KB196341

스물넷과
아이비
②

SCARLET AND IVY 2 : THE WHISPERS IN THE WALLS

First published in English in Great Britain
by HarperCollins Children's Books,
a division of HarperCollins Publishers Ltd.
Text copyright © Sophie Cleverly 2016
Sophie Cleverly asserts the moral right
to be acknowledged as the author of this work.
Korean translation copyright © 2024 by Hanbit Media Inc.
Korean translation rights arranged
with HarperCollins Publishers Ltd. through EYA Co., Ltd.

스콜릿과
아
이
비

숀 클래버리 지음 | 김경희 옮김

②

한빛에듀

벽 속의 속삭임

아이비의 친구로 부유한
회계사의 외동딸. 화재
사건에 휘말려 학교에서
강제로 퇴학당한다.

아리아드네 플리트워스

스칼릿의 전 룸메이트.
스칼릿을 감시하고 남
의 물건에 함부로 손을
댄다. 폭스 선생님의
비밀을 폭로하다 어느
날 갑자기 실종되었고,
다시 학교로 돌아왔다.

바이올렛 애덤스

아이비 그레이

쌍둥이 언니 스칼릿이 남긴 일기의 단서를
쫓아 마침내 언니를 찾아낸다. 그러나 제멋
대로 굴며 말썽을 일으키는 스칼릿과 자꾸
만 부딪친다.

카타스트로피 존스

도서관 사서 선생님으로 '카타스트로피'란 이름은 재앙을 뜻한다. 도서관의 책이 자꾸 사라지자 유령이 책을 훔쳐 간다고 생각한다.

유령 소녀

학교 지하에 있는 비밀의 방에서 발견된 정체불명의 아이.

에드거 바살러뮤

룩우드 기숙 학교의 교장. 학교에 자부심을 갖고 있으며 규칙과 명성을 매우 중요하게 여긴다. 신경질적이고 권위적인 성격이다.

스칼릿 그레이

정신 병원에 오랜 시간 갇혀 지낸 탓에 모든 것이 꿈만 같고 혼란스럽다. 끔찍한 학교로 돌아온 뒤 벽 속에 갇힌 여자아이들이 비명을 지르는 악몽을 꾼다.

✳ 차 례 ✳

프롤로그

　내 이름은 스칼릿 그레이. 오늘이 오기 전까지 나는 모두에게 잊힌 채 영원히 사라질 줄로만 알았다.

　나는 한밤중에 룩우드 기숙 학교에서 끌려 나와 강제로 정신 병원에 갇혔고, 새로운 이름으로 불리게 되었다. 그들은 내가 미쳤다고, 그전에 벌어졌던 모든 일은 전부 내가 상상해 낸 거라고 말했다.

　모두가 나를 잊었다. 모두가.

　내 쌍둥이 동생 아이비만 빼고.

　내 눈을 믿을 수가 없었다. 유리창에 내 모습이 비친 걸 거라고 생각했다. 다음 순간, 내 모습이 혼자 움직이기 시작했다.

　그 애가 손을 들어 유리창에 가져다 댔다. 한동안 나는 그 모습을 가만히 쳐다보았다. 창문을 사이에 두고 우리의 눈동자가

마주쳤다. 나도 손을 들어 거울에 갖다 대자 완벽한 거울 이미
지가 만들어졌다.

구원의 손길이었다.

나는 문을 밀어젖히고 밖으로 달려 나갔다. 뒤에서 간호사
조앤 선생님이 소리쳐 불렀다. 나는 내 쌍둥이 동생 앞에 미끄
러지듯 멈춰 서서 두 팔로 그 애를 부둥켜안았다.

"아이비! 정말 너 아이비 맞아?"

아이비가 나를 바라보며 눈물을 터뜨렸다.

나도 울어야 했는지도 모르겠다. 하지만 울 수가 없었다. 내
인생에서 이토록 행복한 순간이 또 있을까? 당장 땅을 박차고
하늘로 날아오를 수도 있을 것 같았다. 아이비가 나를 찾아냈
다. 이제 구조되어 이 정신 병원에서 벗어날 수 있다. 난 이제
자유다!

나는 신나게 웃으며 내 쌍둥이 동생을 얼싸안고 빙글빙글 돌
았다. 눈물을 흘리던 아이비도 결국 웃음을 터뜨렸다. 우리는
정신없이 웃으며 돌다가 한 덩이가 되어 연못가에 쓰러졌다.

"오, 스칼릿!"

아이비가 흐느끼며 말했다.

"폭스 선생님은 네가 죽었다고 했어. 난 그 말을 곧이곧대
로 믿었지. 아빠도 네가 죽은 줄 알아. 하지만 내가 네 일기
장을 찾아냈고, 그때부터 하나씩 조각을 맞춰 나갔어. 그래도
난…… 상상도 못 했어. 너를 이렇게……."

문득 우리 곁으로 사람들이 다가오는 기척이 느껴졌다. 간호사와 병원 직원이 어느새 건물 밖에 나와 있었다. 그런데 그들 말고 다른 누군가가 또 있었다. 나는 자리에서 벌떡 일어서서 소리쳤다.

"핀치 선생님! 선생님이 여긴 어떻게……?"

옛 발레 선생님이 대답 없이 나를 빤히 바라보았다. 휘둥그레진 두 눈에 행복과 충격이 가득했다.

"맙소사, 스칼릿! 어떻게 이런 일이……. 네가 살아 있다니! 어지러워서 일단 좀 앉아야겠다."

나는 핀치 선생님을 가까운 벤치로 데리고 갔다. 핀치 선생님은 자리에 엉거주춤하게 앉으며 중얼거렸다.

"어머니를 찾아내면……."

어머니? 누구의 어머니 말이지?

그때 연못가에 쓰러져 있던 아이비가 일어섰다. 아이비는 여전히 몸을 부들부들 떨었고, 웃어야 할지 울어야 할지 갈피를 잡지 못했다.

"우리랑 같이 여기서 나가자."

아이비의 말에 행복했던 기분이 와르르 무너져 내리면서 현실이 덮쳐 왔다. 의사들이 날 보내 주지 않으면 어쩌지? 여전히 내가 미쳤다고 하면 어쩌지? 나는 아이비를 바라보며 소리 죽여 물었다.

"정말 그런 일이 있었던 게 맞아? 바이올렛이 음모를 꾸민

것도, 옥상에서 싸웠던 것도, 폭스 선생님이 바이올렛을 데려
가 버린 것도 다 실제로 벌어진 일이야?"

아이비는 말없이 나를 바라보다가 고개를 끄덕였다.

"응. 모조리 다."

핀치 선생님이 병원 직원과 함께 건물 안으로 들어갔다. 솔
직히 나는 선생님을 붙잡고 싶었다. 병원 사람들이 날 여기 두
고 가라며 핀치 선생님을 설득할까 봐 두려웠다. 핀치 선생님
은 내 마음을 아는지, 반드시 일을 바로잡아서 나를 퇴원시켜
주겠다고 약속했다.

아이비와 나는 연못가의 벤치로 가서 한 몸처럼 바싹 붙어
앉았다. 아이비가 피비 고모와 함께 살기 전, 우리 둘이 훨씬
어렸을 때 고모네 집에 놀러 가면 늘 이렇게 연못가에 찰싹 붙
어 앉아 있었다.

아이비는 내가 멀쩡하다는 확신이 들자 그간 있었던 일을 자
세히 들려주었다. 아이비는 억지로 룩우드 기숙 학교에 가서
내 행세를 해야 했고, 내 일기장 조각들을 찾으러 온 학교를 뒤
지고 다녔으며, 아리아드네라는 새 친구가 생겼다. 돈에 굶주
린 폭스 선생님에게는 숨겨진 딸이 있었고, 그 사람이 바로 핀
치 선생님이라는 사실도 알려 주었다.

태어나서 처음으로 아무런 할 말도 생각나지 않았다.

아이비가 모든 이야기를 마쳤을 때, 나는 금붕어처럼 입을

떡 벌린 채 눈만 껌벅이다가 겨우 입을 열었다.

"이게 무슨 뜻인지 알아?"

"무슨 뜻인데?"

아이비가 되물었다.

"바로 내가 천재라는 뜻이지. 내 계획이 통했어! 내가 남긴 일기장을 네가 모두 찾아냈잖아!"

아이비가 눈을 흘기며 대꾸했다.

"기껏 한다는 말이 네가 천재라는 거야?"

나는 대답 대신 싱글싱글 웃어 보였다. 아이비가 다시 걱정스러운 얼굴로 물었다.

"말해 봐, 스칼릿. 넌 어떻게 된 거야? 네가 이런 곳에 있을 거라고는 상상조차……."

나는 인상을 찌푸렸다. 갑자기 속이 울렁거리며 토할 것 같았다. 어찌 되었든 이제 나는 자유의 몸이고 지금은 그 사실이 가장 중요했다. 하지만 아이비는 계속 애원했다.

"제발 말해 줘. 난 알아야겠어."

아, 그렇지! 나는 이 칙칙한 회색 환자복을 내려다보았다. 주머니 안에 아이비의 모든 질문에 답할 수 있는 것이 있었다. 나는 말없이 그걸 아이비에게 건넸다.

나는 미쳤다.

이곳 어른들 말로는 그렇다. 처음에는 그 말을 믿지 않았다. 물론 나도 원래는 멀쩡했다. 내가 무엇을 목격했는지 똑똑히 알고 있었다. 그 애 이름은 바이올렛. 폭스 선생님이 그 애를 없애 버린 날 나는 그 현장에 있었다. 그 사건을 모조리 일기장에 적어 두기도 했다.

하지만 점차 의심이 밀려왔다. 이곳 사람들은 나더러 과대망상에 빠져 있단다. 선생님이 옥상에서 학생을 사라지게 했다는 이야기도 다 내가 미쳐서 꾸며 낸 거란다. 내 담당 의사인 에이브러햄 선생님은 학생들을 가르치는 선생님이 왜 그런 일을 벌이겠느냐며 사실일 리가 없다고 했다. 도무지 말이 안 된다며, 내가 폭스 선생님을 너무 미워한 나머지 만들어 낸 망상이라고 말이다. 에이브러햄 선생님은 그 모든 일이 내 상상이라고 인정만 하면 나를 집으로 돌려보내 줄 수도 있다고 했다.

뭐, 보다시피 난 인정할 마음이 없다. 집에 돌아가고 싶은지도 모르겠다. 물론 이 생지옥에서 벗어나고 싶다. 하지만 아빠랑 새엄마는 지금까지 편지 한 통 보낸 적이 없다. 만약 내가 여기 갇혀 있다는 사실을 두 분이 이미 알고 있다면, 그러거나 말거나 전혀 신경 쓰지 않는다는 뜻이겠지. 나를 염려하는 사람은 아이비뿐. 하지만 내가 여기 있다는 걸 아이비가 무슨 수로 알겠어? 알았다면 바로 나를 구하러 와 주었겠지.

음…… 그랬겠지?

하루하루가 흘러갔다. 병원 사람들은 나를 샬럿이라 부른다. 그건 내 이름이 아니라고 아무리 말해도 소용이 없다. 나는 아주 조그만 방에서 지내는데, 말이 방이지 창문에 창살이 달려서 감옥이나 다름

없다. 방 안은 구역질이 날 정도로 끔찍한 민트색으로 칠해져 있다. 벽만 멀뚱멀뚱 쳐다보며 지냈더니 이제는 벽에 난 금이나 페인트 얼룩, 가느다란 거미줄 가닥 하나까지 다 외울 정도다.

주중에는 매일 낮 12시에 에이브러햄 선생님을 만나야 한다. 그분은 내가 정신병을 앓고 있다는데, 내가 보기에 선생님은 환자가 여자아이면 일단 정신병이 있다고 여기는 것 같다. 처음에는 여기서 내보내 달라며 악을 쓰고, 책상 위의 서류를 엎어 버리기도 했다. 하지만 그때마다 에이브러햄 선생님은 "샬럿, 또 히스테리 발작 증세를 보이는구나."라는 말만 되풀이할 뿐이었다.

히스테리라니! 만약 자기가 이곳에 갇혔는데 사람들이 다 널 위해서라고 하면 어떻게 반응할지 진짜 궁금하다. 어쨌든 난 에이브러햄 선생님한테 바락바락 소리쳤다.

"스칼릿! 내 이름은 스칼릿이에요!"

뭐, 별 도움은 되지 않은 것 같다.

이제 나는 일기장이 없다. 예전 일기장, 가죽 표지에 SG라는 내 이름 약자가 새겨진 정든 일기장은 조각난 채 룩우드 기숙 학교 곳곳에 흩어져 있다. 부디 내 쌍둥이 동생 아이비가 그 일기장을 모두 찾아내기를 기도할 뿐이다. 한때는 아이비도 표지의 이름 약자만 다른 똑같이 생긴 일기장을 지니고 있었다. 하지만 아이비는 자기 이야기를 쓰기보다 남이 쓴 책에 고개를 파묻고 있기 바빴다.

나는 간호사 선생님들한테 글을 쓸 수 있는 공책 한 권만 구해 달라고 빌었다. 그러자 내 등쌀에 시달리던 아그네스 수녀님이 몇 페이지밖에 사용하지 않은 이 공책을 넘겨주었다. 식료품 목록과 '도버에 사는 마리 이모한테 소포 보낼 것' 같은 따분한 메모뿐이었는데, 나는 그 부분을 찢어 아주 작은 종이비행기를 만들었다. 덕분에 지루하고 공허한 나날이 이어지는 이곳에서 30분 정도 그럭저럭 시간을 때울 수 있었다.

여기서 얼마나 지냈는지 알 수 있으면 좋겠다. 오늘까지는 날짜를 셀 방법이 없었다. 벽의 페인트를 긁어서 자국을 남기려 해 보았는데, 수많은 환자가 이미 여기저기 잔뜩 긁어 놓은 바람에 어느 자국이 내가 만든 건지 헷갈려서 실패하고 말았다.

하지만 나는 그 사람들과 다르다. 환자 중에는 정말로 정신이 불안정한 사람도 있다. 그 사람들은 늘 울고 소리를 질러 대지만 나는 아니다.

다만…… 가끔은, 어쩌면, 혹시, 의사 말이 맞을지도 모른다는 생각이 든다. 내가 제정신이라면 왜 정신 병원에 있을까? 어쩌면 그들 말대로 전부 다 내가 꾸며 낸 이야기인지도 모른다.

내가 꿈을 꾼 걸까? 늘 나를 지켜 주는 쌍둥이 동생이 곁에 있기를, 아빠가 나를 애지중지 아끼고 아무도 나를 해치지 못하도록 막아 주기를 간절히 바라다 보니 꿈을 꾼 걸까? 바이올렛이라는 이름의 소녀가 흔적도 없이 사라져 버린 것도 다 꿈이었던 걸까?

이 모든 게 사실이라는 걸 알 수 있는 유일한 길은 아이비가 나를 찾아내는 것뿐이다. 하지만 이젠 너무 오랜 시간이 흘렀다. 이미 늦었는지도 모른다. 내가 남긴 일기장이 모두 망가졌을 수도 있다. 폭스 선생님이 찾아내 불태워 버렸을 수도 있다.

아냐. 아이비가 나를 찾아낼 거라는 희망을 붙잡아야 한다. 나는 안다.

아이비는 반드시 올 거다.

나는 내 쌍둥이 동생의 얼굴을 가만히 바라보았다. 아이비의 볼을 타고 눈물이 주룩주룩 흘러내렸다.

"아이비, 네가 해냈어. 네가 날 찾아냈어!"

아이비가 너덜너덜한 공책을 내려놓더니 나를 숨 막힐 정도로 꽉 끌어안고 약속했다.

"다시는 널 잃지 않을 거야."

스칼릿

내가 죽은 줄로만 알고 있는 사람 앞에 불쑥 나타나서 '난 안 죽었어요.'라고 말하는 건 쉽지 않은 일이다. 게다가 그 대상이 아빠라면 더더욱. 그래도 긍정적으로 생각하자. 적어도 이렇게 멀쩡히 살아서 아빠한테 직접 이야기할 수 있잖아.

정신 병원에서 처음 아빠와 통화를 했고(한동안 침묵이 흘렀고, 그 뒤 얼마간 고래고래 고함이 이어졌다.), 병원에서 사태를 정리했다. 아빠가 당장 런던에서 병원까지 우리를 데리러 올 방법이 없어 그날은 핀치 선생님이 마련해 둔 숙소에 머물렀다. 아이비와 나는 결국 다음 날에야 고향집 현관문을 두드릴 수 있었다.

11월 초라 날씨가 꽤 쌀쌀했다. 우리는 누군가 나올 때까지 한참 동안 시골집 현관 계단에서 오들오들 떨며 서 있었다. 마침내 문이 열리더니 흉측한 마녀가 모습을 드러냈다.

"아, 이제 다시 쌍으로 보는구나."

그 여자가 비열한 웃음을 띠며 말했다.

"오랜만이네요, 친애하는 새어머니."

나는 차갑게 대꾸하며 새엄마를 밀고 안으로 들어섰다. 아이비가 후다닥 내 뒤를 따라 들어오는 사이 새엄마는 콧방귀를 흥 끼며 짜증을 냈다.

"스칼릿, 그런 일이 있었다고 해서 네가 이 집 주인이라도 되는 듯이 굴 작정이라면 다시 생각……."

계단을 내려오는 묵직한 발걸음 소리가 들리자 새엄마는 곧장 말을 멈췄다. 그러더니 가면을 쓰듯 표정을 싹 바꾸고 생글생글 웃으며 우리를 얼싸안았다.

"오, 얘들아. 너희가 무사히 돌아와서 얼마나 기쁜지 몰라."

이윽고 아빠가 현관에 모습을 드러냈다. 나랑 눈이 마주치자 아빠는 심호흡하며 넥타이를 고쳐 맸다.

"스칼릿."

"아빠."

"난 도무지 믿을 수가 없구나. 네가 여기 이렇게 서 있다니."

평소 조각상처럼 차갑게 굳어 있는 아빠의 표정에 금이 쫙 가는가 싶더니 눈가에 눈물이 고였다. 나는 새엄마 품에서 빠져나와 후다닥 달려가 아빠를 끌어안았다. 아빠는 겸연쩍은지 슬쩍 물러서며 내 머리 쪽으로 팔을 둘렀다. 우리가 이렇게 가까이 마주 선 건 정말 몇 년 만의 일이었다.

아이비는 아빠에게서 한 발짝 떨어져 어색하게 서서 말했다.

"아빠, 드릴 말씀이 있어요. 룩우드 기숙 학교는 끔찍할 뿐 아니라 위험한 곳이에요. 폭스 선생님이 범인……."

새엄마가 콧방귀를 끼며 아이비의 말을 잘랐다.

"다 끝난 일이잖니? 그 폭스 선생님이란 사람은 도망쳤다며? 그만한 일로 아빠를 성가시게 하면 안 되지."

아빠가 고개를 들어 새엄마를 바라보았다.

"아니, 아이비 말이 맞소. 난 어째서 이런 일이 벌어졌는지 알아야겠어요. 얘들아, 서재로 가자꾸나."

아빠를 따라 서재로 가면서 새엄마를 흘깃 보니 어이없어하는 표정이었다. 솔직히 좀 고소했다.

그런데 새엄마는 왜 사실대로 말하기를 꺼리는 걸까?

우리는 복도를 따라 걸으며 눈에 익은 문과 벽난로와 가구를 스쳐 지나갔다. 내 어린 시절 풍경이 눈앞에 펼쳐졌다. 어느 방문 뒤에서 이복동생 해리가 고개를 빼꼼 내밀더니 혀를 쭉 내밀었다. 죽었다가 살아난 누나를 맞이하는 태도가 저게 뭐람! 뺨을 한 대 갈겨 주려고 손을 뻗자 아이비가 얼른 내 손목을 옆으로 잡아끌었다.

아빠의 서재는 마호가니 나무로 만든 책상과 의자, 서류함 몇 개가 덩그러니 놓인 따분한 모습 그대로였다. 아이비와 나는 불길이 시들한 벽난로 옆에 자리를 잡고 앉았다.

아빠가 책상에 앉아 안경을 닦기 시작하자 아이비가 말을 꺼냈다.

"어떤 이야기부터 해야 할지 모르겠어요."

"아이비, 내가 할게."

나는 아빠에게 그동안 있었던 사건을 모조리 말했다. 룩우드 기숙 학교에서 룸메이트였던 '비열한 바이올렛'이 나를 자기 하인 부리듯이 대하고 내 행동을 감시하고 내 물건을 훔쳤던 일, 학교 옥상에서 바이올렛이 폭스 선생님의 어두운 비밀을 폭로해 버리겠다고 협박하자 사악한 폭스 선생님이 그 애를 감쪽같이 사라지게 만든 일, 그 뒤로 내가 맞서려 하자 폭스 선생님이 나를 학교에서 몰래 빼내어 정신 병원에 가둬 버린 일까지 낱낱이 고했다.

내가 이야기하는 동안 아빠는 내 머리 위쪽 벽을 빤히 쳐다보았다. 충격적인 순간을 언급할 때마다 헉하고 숨을 들이쉬는 걸로 보아 내 이야기를 듣고 있는 건 분명했다.

이야기가 결말에 다가가자, 아이비도 간간이 끼어들어서 그동안 학교에서 무슨 일이 있었는지 전했다. 나는 숙소에서 자고 이곳으로 기차를 타고 오는 동안 아이비한테 자세한 이야기를 들어서 이미 내용을 알고 있었다. 폭스 선생님은 혹시라도 사생아를 낳았다는 사실을 들킬까 봐 나를 아무도 모르는 곳에 가둬 버린 모양이었다. 그동안 학부모들이 낸 수업료로 딴 주머니를 찬 건 말할 것도 없었다. (어쩐지 매일같이 멀건 스튜만 나오더라.)

나는 마지막으로 이렇게 말했다.

"악몽 같은 시간이었어요. 이렇게 집으로 돌아와서 정말 기뻐요. 아빠, 우리 여기서 지내도 되죠?"

아빠가 내 두 눈을 바라보며 대답했다.

"아니."

나는 너무 놀라서 입이 떡 벌어졌다.

"왜요?"

아빠는 안경을 벗어서 책상에 내려놓으며 대답했다.

"스칼릿, 왜 그런지 너도 알잖아. 학교에 돌아가야지."

갑자기 불안감이 파도처럼 몰려들었다. 내가 당황해서 어쩔 줄 몰라 하자 아이비가 나섰다.

"아빠, 그 학교는 스칼릿을 정신 병원에 가두고서 죽었다고 속인 곳이에요. 어떻게 그런 곳에 우리를 돌려보낼 수가 있어요?"

나는 눈을 휘둥그레 뜨고 아이비를 쳐다보았다. 수줍고 소심한 아이비가 이렇게 똑 부러지게 자기 목소리를 내다니. 하지만 아빠는 그 변화를 전혀 알아차리지 못하는 것 같았다.

"그 폭스 선생이란 사람이 문제였던 거잖아. 그 사람이 학교로 되돌아올 일은 없으니 괜찮을 거야."

나는 주먹을 불끈 쥔 채 자리를 박차고 일어섰다.

"아니, 난 절대로 그곳에 돌아가지 않을 거예요! 날 돌려보낼 수 없어요!"

아빠는 눈도 까딱하지 않았다.

"이디스는 너희 둘까지 뒤치다꺼리할 겨를이 없어. 네 동생들을 돌봐야 하잖아."

이디스라니! 나는 아빠가 새엄마의 이름을 다정하게 부르는 게 듣기 싫었다. 아빠는 우리보다 새엄마를 더 아끼는 게 분명했다. 아이비가 바닥으로 눈길을 떨어트린 채 뭐라고 중얼거리자 아빠가 물었다.

"뭐라고 했니?"

아이비가 자리에서 벌떡 일어서며 대답했다.

"새엄마가 혹시 이 일에 관련되어 있는 건 아닌지 어떻게 알아요? 그 소식을 우리한테 전한 사람이 바로 새엄마였잖아요. 스칼릿이…… 그렇게 됐다고 말이죠. 시신을 확인한 사람도 새엄마였고요! 장례식 준비며 모든 걸 새엄마가 도맡아서 처리하겠다고 했죠."

아빠는 죽은 사람처럼 말이 없었다. 나는 아빠가 아이비의 뺨을 때릴 것 같아 조마조마했다. 하지만 아빠는 한숨을 푹 쉬며 말했다.

"무슨 터무니없는 소리냐? 이디스가 얼마나 너희를 아끼는데. 우리 둘 다 같은 마음이다. 그래서 너희가 제대로 교육을 받고 독립적인 숙녀가 되기를 바라는 거야."

아이비는 눈길을 떨군 채 바닥만 내려다보았다. 무슨 생각을 하는지 알 것 같았다. 아빠가 처음 그 말을 하던 때, 나를 떠나보내던 때를 떠올리는 게 분명했다.

"아빠."

나는 잠잠히 말을 꺼냈다.

"우리를 룩우드 기숙 학교로 돌려보내지 마세요. 제발요."

아빠는 고개를 가로저으며 대답했다.

"너희가 힘든 시간을 보냈다는 건 나도 안다. 생각해 보마."

아빠가 그만 나가 보라는 듯 서재 문을 열었고, 이내 우리는 복도에 덩그러니 남겨졌다. 너무 화가 나서 이가 갈렸다. 보란 듯이 서재 문을 쾅 쳐 볼까 생각하는데, 문득 거실 문 사이로 멍청한 얼굴 하나가 보였다. 문 뒤에서 해리가 나를 지켜보고 있었다.

나는 대뜸 거실로 달려갔다. 해리는 후다닥 안락의자 뒤에 숨으려 했지만 어림없었다. 나는 해리의 목덜미를 덥석 잡고 일으켜 세웠다.

"요 얌체 녀석, 무슨 꿍꿍이를 꾸미는 거야?"

해리가 내 손아귀에서 빠져나가려 팔을 허우적거리며 소리 쳤다.

"난 아무 짓도 안 했어!"

"우리 이야기를 엿들었지?"

그때 버둥대던 해리가 내 정강이를 걷어찼다. 나는 순간적으로 집중이 흐트러져 해리를 놓치고 말았다.

"둘 다 다시 꺼지면 좋겠어!"

해리가 소리치며 거실 반대편으로 달아나더니 덥수룩한 머리칼을 정돈하려 애썼다. 소용없는 짓이었다. 해리의 머리카락은 사실상 새 둥지나 다름없으니까.

"쪼끄만 녀석이 어디서……."

내가 주먹을 치켜들자 아이비가 내 팔을 잡았다. 해리가 이죽거리며 말했다.

"엄마는 누나들을 싫어해. 누나들이 없어지니 훨씬 좋더라. 돈도 많아져서 새 신발도 사고, 그리고……."

내가 냅다 쫓아가지 않았다면 아마도 해리는 그 자리에 서서 끝도 없이 떠들어 댔을 거다. 해리의 어깨를 부여잡으려고 손을 뻗자 해리가 몸을 휙 숙여서 내 손길을 피하더니 비명을 지르며 달아났다. 으으, 저 못돼 먹은 녀석 같으니라고.

해리가 사라지자 응접실이 고요해졌다. 아이비가 내 곁으로 다가와 나직이 말했다.

"스칼릿, 내 짐작이 맞는 것 같아. 새엄마는 분명히 이 사건과 연관이 있어. 갑자기 돈이 생겼다면, 그건 아마 폭스 선생님한테 장단을 맞춰 주는 대가로 뇌물을 받았기 때문일 거야."

나는 손톱이 살을 파고들 정도로 주먹을 꽉 움켜쥐었다.

"보나 마나지. 그 여자는 역겨운 마녀야. 내가 죽여 버리고 말 거야! 내가……."

아이비가 내 말을 자르며 끼어들었다.

"그게 사실이라 쳐도, 새엄마가 우리를 싫어한다는 걸 폭스 선생님이 어떻게 알았을까?"

아차. 순간 나는 얼굴이 화끈거렸다. 까맣게 잊고 있던 사실이 있었다.

"아, 그게…… 입학하던 날 사람들 보는 앞에서 새엄마랑 나랑 말다툼을 좀 했거든. 그때 폭스 선생님도 그 자리에 있었어. 아마도 내가 새엄마한테 모욕적인 말을 했던 것 같기도 하고, 새엄마는 새엄마대로 나한테 거머리 같은 애라며 영영 없어져 버리면 좋겠다고 소리를 질렀던 것 같기도 하고…… 그러네."

아이비가 안락의자에 털썩 주저앉더니 두 손에 얼굴을 파묻었다. 한참 뒤 아이비가 다시 말했다.

"스칼릿, 이렇게 일이 엉망진창이 된 이유가 그저 네가 화를 억누르지 못했기 때문이라는 거니?"

나는 대답 대신 어깨를 들썩여 보였다. 폭스 선생님이 알고 보니 사악한 인간이었고, 모두에게 내가 죽었다고 떠들어 대고 다닐 줄 내가 어떻게 알았겠어?

아이비는 내가 분을 삭이고 차분해질 때까지 한참 동안 날 다독여 주었다. 우리는 바람을 쐴 겸 밖으로 나가기로 했다. 떨기나무 울타리를 지나, 나무들이 성기게 자란 숲으로 들어가 구불구불 이어지는 오솔길을 따라가면 시냇물이 졸졸 흐르는 공터가 나온다. 모든 것에서 잠시 벗어나고 싶을 때 찾는 우리 둘만의 특별한 장소였다.

서재 앞을 지나는데 안에서 다투는 목소리가 들렸다. 아빠와 새엄마가 언성을 높이고 있었다. 내가 갑자기 멈춰 서는 바람에 아이비는 하마터면 내 뒤통수에 이마를 부딪칠 뻔했다.

"학교로 돌려보내야 해요! 그 애들도 철이 들어야 할 것 아니에요?"

새엄마가 흥분해서 소리치는 목소리가 문틈으로 흘러나왔다. 나는 얼른 문에 귀를 가져다 댔다. 아이비도 마지못해 내 행동을 따라 했다. 아빠 목소리가 이어졌다.

"글쎄, 난 잘 모르겠소. 거기서 아이들이 정말 안전하게 지낼 수 있을지."

"당연히 잘 지내겠죠! 학교 가는 게 무슨 대수라고! 내가 여기서 어떻게 그 애들까지 감당하겠어요? 난 못 해요. 당신도 알잖아요. 보내야 해요."

이윽고 새엄마의 결정타가 날아들었다.

"선택해요. 그 애들을 보낼지 나를 보낼지. 둘 중 한쪽은 떠나야 해요!"

새엄마가 새된 소리를 질러 대는 동안 나는 속으로 나직이 기도했다.

'저 여자를 보내요. 제발!'

견디기 힘든 침묵이 이어졌다. 마침내 아빠가 대답했다. 목소리가 낮아서 알아듣기가 쉽지 않았다.

"내일 아침에 다시 학교로 데려다 놓으리다."

그날 집에서 저녁 식사를 하고 하룻밤을 묵는 게 전부였다.

아빠는 다음 날 바로 우리를 학교에 보내 버릴 작정이었다. 난 당연히 분통을 터트렸고, 아이비는 그런 나를 달래느라 애썼다. 아빠는 현실을 받아들이라는 듯 아무 반응도 보이지 않았다. 어휴, 아빠 안경을 두 동강 내 버렸어야 하는데.

새엄마는 저녁 식사로 검게 탄 양고기와 질척거리는 채소를 내어놓았다. 억지 미소를 지으며 우리더러 용감한 자매라고 가짜 칭찬을 늘어놓았다. 이복동생인 해리, 조지프, 존은 우리가 오랜만에 집에 왔다는 사실을 전혀 신경 쓰지 않는 듯했다. 어쩜 삼 형제가 그리 하나같이 못됐는지 눈살을 찌푸리며 우리한테 완두콩을 날려 댔다. 내가 한 녀석을 꾸짖자 마녀는 내가 그 애를 때리기라도 한 듯 콧김을 뿜으며 눈총을 쏘아 댔다. 하지만 아빠 앞이라서 찍소리도 못 했다.

아이비와 나는 너무 피곤해서 먼저 물러가겠다고 인사를 한 뒤 가파른 계단을 올라 우리 방으로 왔다. 전등 스위치를 켜자 방 양쪽에 마련된 똑같이 생긴 침대 두 개와 그 사이에 놓인 커다란 거울이 모습을 드러냈다. 벽에 달린 선반 하나와 창문 커튼 말고는 아무런 장식도 없는 방이었다.

나는 짐 가방을 들고 방으로 들어섰다. 이 작은 가죽 가방 안에 얼마 되지 않는 내 소지품이 모두 들어 있었다. 폭스 선생님은 끔찍한 악당이었지만, 나를 로즈무어 정신 병원에 집어넣을 때 최소한의 물건은 지니고 가게 해 주었다. 아마도 폭스 선생님은 의사들한테 나에 대해 신경질적이고 환각을 보는 정신병자라며 끝도 없이 거짓말을 늘어놓았을 것이다. 나 자신과 이웃의 안전을 위해 나를 반드시 가둬 놓아야만 한다고 설득했겠지. 나는 도리질을 치며 다짐했다. 무슨 일이 있어도 그곳으로 돌아가지 않겠어.

"스칼릿, 이제 어쩌면 좋지?"

아이비가 침대에 털썩 주저앉자 하얀 침대보에서 먼지구름이 뭉게뭉게 피어올랐다. 나도 내 침대에 쓰러지듯이 앉았다.

"마녀를 독살할까? 아니면 도망칠까?"

"독살은 안 돼. 그리고 도망친다고 해결되는 것도 아니야. 우리는 돈도 없고 차도 없는걸. 바로 붙잡혀서 룩우드로 보내질 거야."

"그럼 땅을 파서 탈출용 터널을 뚫자."

나도 말도 안 되는 소리라는 걸 알고 있었다. 이렇게 꼼짝없이 갇힌 신세가 되다니. 아이비가 멍한 눈빛으로 천장을 올려다보며 중얼거렸다.

"더 나빠질 수도 있는데 이 정도라 다행이지."

나는 룩우드 기숙 학교가 정말로 싫었다. 그곳에는 구석구석 끔찍한 기억이 가득했다.

"어떻게 이보다 더 나쁠 수가 있어?"

"혼자인 것보다는 낫잖아."

대답과 함께 아이비가 나를 보며 빙그레 웃었다. 깊고 깊은 슬픔에서 흘러나온 미소였다. 내 마음속의 분노 한 조각이 떨어져 나가는 게 느껴졌다.

"그래, 아이비. 네 말이 맞아. 우린 이제 함께 있어. 그게 가장 중요해."

나는 침대 위에 올라섰다. 신발을 신고 있었지만 아무 상관없었다.

"돌아갈 수밖에 없다면 돌아가지, 뭐. 온 학교가 뒤집히는 꼴을 한번 보자고!"

아이비

지난 몇 달 동안 나는 내 쌍둥이 언니 스칼릿이 영영 세상을 떠난 줄 알았다. 그런데 바로 그 스칼릿 곁에 앉아서 다시는 발을 들이고 싶지 않은 곳으로 돌아가고 있다니. 나는 이게 꿈이 아니라 현실임을 계속 되뇌었다. 그래도 마음이 놓이지 않아서 계속 손을 뻗어 스칼릿의 팔을 잡으며 진짜인지 확인했다.

아빠 차는 편안했지만 담배 냄새가 심하게 났다. 학교로 가는 길 내내 아빠는 파이프 담배를 피웠고, 간간이 어색하게 대화를 나누려 했다.

"아이비, 학교 수업은 잘 따라가고 있니? 발레는 어때? 잘하고 있어?"

정말로 할 이야기가 그것밖에 없는 걸까?

룩우드 기숙 학교에 가까워질수록 점점 마음이 불안해졌다. 겨우 며칠 떠나 있었지만, 그곳에서 실제로 어떤 일이 벌어졌는지 알고 나니 예전보다 더 두렵고 불길했다. 나는 계속 괜찮을 거라고 스스로를 다독였다. 내게는 스칼릿이 있고 아리아드네가 있다. 핀치 선생님도 우리 편이다. 폭스 선생님은 사라졌고 다시는 돌아오지 않을 거다.

차가 부르릉 소리를 내며 교문으로 들어섰다. 현관 양쪽 돌기둥 위의 까마귀 조각들이 우리를 낚아채려고 발톱을 세우는 것 같았다. 문득 스칼릿이 내 손을 꽉 쥐었다. 눈길을 돌려 보니 스칼릿의 표정이 여느 때 못지않게 결연했다. 진입로에 늘어선 키 큰 나무들이 우리를 살피려는 듯 허리를 숙였다. 늦가을 바람에 낙엽이 스산하게 흩날렸다.

학교 건물 앞에 차가 멈춰 서자 스칼릿은 내 손을 놓고서 말 한마디 없이 차에서 내렸다. 나는 차창 밖으로 스칼릿이 짐 가방을 들고 계단을 오르는 모습을 지켜보았다. 우리를 이곳에 다시 데려온 아빠를 과연 스칼릿이 용서할 수 있을까?

나는 내리지 않고 차에 머물렀다. 지금이 아빠랑 이야기 나눌 마지막 기회였다.

"꼭 이래야 해요? 그냥 이렇게 차에 태우고 와서 우리를 여기에 버려야 하는 거예요?"

아빠가 목을 쭉 빼고서 뒷좌석에 앉은 나를 바라보았다.

"아이비, 이미 끝난 얘기잖아."

"알아요. 하지만 분명히 다른 방법이 있을 거예요. 피비 고모네 가서 살면 안 돼요? 고모 혼자 지내느라 외로울 거예요."

아빠가 차에서 내리더니 쿵 소리와 함께 뒷좌석 문을 열었다. 그러고는 내 발치에 쪼그리고 앉아 나를 올려다보았다. 그런 아빠를 보자니 내가 다시 어린아이가 된 기분이 들었다.

"예전처럼 상황이 나빠질까 봐 걱정하는 거 안다."

이어 아빠는 스칼릿에게 눈길을 돌렸다. 현관 앞에 도착한 스칼릿은 문 위의 석조 장식을 노려보고 있었다.

"하지만 그건 다 지난 일이야. 우리는 앞으로 나아가야 해. 교장 선생님께서, 성함이 뭐였더라……?"

"바살러뮤요."

"아, 그래. 바살러뮤 교장 선생님께서 나와 네 새엄마한테 모든 게 제자리를 찾을 거라고 장담하셨단다. 다 조처해 놓았다고 말이야. 너희는 교육을 받아야 하고, 그러기에는 여기만 한 곳이 없잖아. 네 언니도 지금은 저렇게 펄펄 뛰지만 언젠가는 우리가 옳다는 걸 깨달을 거야."

나는 자갈길 위에 쪼그리고 앉은 아빠를 내려다보았다. 희끗희끗해진 밤색 머리칼과 주름진 양복이 눈에 들어왔다. 내 마음속의 어린아이는 아빠를 꼭 끌어안고서 너무너무 그리웠다고 말하고 싶을 테다. 하지만 난 이제 어린아이가 아니다. 그래서 이렇게만 말했다.

"아니요. 이건 잘못된 일이에요."

나는 짐 가방을 들고서 아빠를 밀치고 지나갔다. 아빠가 놀라서 탄식하는 소리가 들렸지만, 나는 돌아보지 않기로 했다.

이번만큼은 그럴 수가 없었다. 저만치 뒤에서 아빠의 외침이 들렸다.

"얘들아, 사랑한다!"

나는 뒤돌아보지 않았다. 그 대신 뚜벅뚜벅 돌계단을 올라 스칼릿의 손을 잡았다. 스칼릿이 나를 끌고 문 안으로 들어섰다. 그렇게 우리는 아빠와 다시 멀어졌다.

"어떻게 그럴 수가 있지?"

현관문이 쿵 닫히자 스칼릿이 버럭 소리를 질렀다.

"어떻게 이게 최선이라는 거냐고?"

늘 주눅 들어 있는 행정 선생님이 안내 데스크에서 고개를 들더니 스칼릿에게 조용히 하라고 손짓했다. 내가 태어나서 지금까지 본 것 중 가장 소심한 손짓이었다. 물론 내 쌍둥이 언니는 눈 하나 깜짝하지 않고 벽을 퍽퍽 걷어차며 소리를 질렀다.

"순 위선자야! 아들들은 뭐든 마음대로 하고 돌아다니게 두면서 우리더러 여기서 썩으라니. 그 모든 일을 겪고도! 이건 너무 불공평해!"

"에헴……."

나는 놀라서 뒤를 돌아보았다. 리치몬드 기숙사의 학생 주임인 나이트 선생님이 현관 반대편에 서 있었다.

"그레이 양, 부디 불쌍한 벽을 그만 괴롭히렴. 그리고 우리 모두의 고막을 위해 목소리 좀 낮춰 줄 수 있을까?"

"죄송해요."

서둘러 사과하는 나와 달리 스칼릿은 인상을 구길 뿐이었다.

"너희가 오기를 기다리고 있었다. 바살러뮤 교장 선생님께서 조처를 해 두셨지. 바로 교장실로 데려다주마."

나이트 선생님이 나를 보며 방긋 웃었다. 어쩐지 웃는 입꼬리가 불안해 보였다. 스칼릿을 경계심 가득한 눈으로 바라보는 행정 선생님을 가리키며 나이트 선생님이 말을 이었다.

"카버 선생님이 사람을 불러서 너희 짐 가방을 방으로 옮겨 주실 거야."

나는 얼른 스칼릿을 쳐다보았다. 혹시 스칼릿도 알아차렸을까? 우리 둘이 같은 방을 쓰는 걸까? 스칼릿이 '오호라.'라고 대답하는 듯 한쪽 눈썹을 추켜세웠다.

"자, 그럼 가 볼까? 이쪽이야."

우리는 안내 데스크 앞에 짐 가방을 내려놓고 나이트 선생님을 따라나섰다. 일요일 아침이라 교실은 텅 비어 있었다. 마치 잠든 듯이 고요했다. 나이트 선생님이 나직한 소리로 말을 이었다.

"스칼릿, 지난 시련은 다 잊고 새 출발을 하면 좋겠구나. 폭스 선생님이 벌인 짓을 듣고서 다들 경악했단다."

스칼릿은 인상을 찌푸렸지만 아무 대꾸도 하지 않았다.

폭스 선생님의 사무실이 가까워지자 심장이 쿵쾅쿵쾅 요동쳤다. 나는 사무실 문이 활짝 열려 있는 걸 보고서 깜짝 놀랐다. 사무실 안에는 서류를 뒤적이는 양복 차림의 남자들이 가득했다. 기괴한 박제 개들은 여전히 그곳에서 유리 눈알을 번득이고 있었다.

다행히 폭스 선생님의 모습은 보이지 않았다. 나는 아빠 말이 맞기를, 바살러뮤 교장 선생님이 우리를 위해 모든 것을 바로잡아 주기를 간절히 바랐다.

더 깊이 생각할 겨를도 없이 우리는 다시 육중한 나무문 앞에 이르렀다. '교장실'이라고 쓰인 명패가 달려 있었는데 글씨체부터 엄격한 인상을 풍겼다.

나이트 선생님이 조심스럽게 문을 두드리자, 기침 소리와 함께 "들어오시오." 하는 대답이 들렸다. 목이 쉰 듯 목소리가 거칠었다. 나이트 선생님이 문을 열더니 우리더러 들어가라는 손짓을 했다. 나이트 선생님도 따라 들어올 줄 알았는데, 우리가 교장실 안에 발을 들이자마자 선생님은 밖에서 서둘러 문을 닫아 버렸다.

교장실은 널찍했다. 폭스 선생님 사무실의 두 배는 되는 것 같았다. 한쪽 벽에 마련된 커다란 벽난로에서 장작이 활활 타고, 널장식이 된 벽에는 짙은 색 가구들이 늘어서 있었다. 방 안 어디에도 창문은 보이지 않았다.

방 가운데에는 바닥을 거의 덮다시피 할 정도로 큰 떡갈나무 책상과 높다란 가죽 의자가 놓여 있었다. 머리가 하얗게 센 책상 주인은 자세가 구부정해서 아예 가구에 파묻힌 것처럼 보였다. 남자가 파르르 떨리는 손으로 재킷 호주머니에서 회중시계를 꺼내더니 버럭 소리를 질렀다.

"늦었잖아!"

스칼릿과 나는 깜짝 놀라서 눈길을 주고받았다. 바살러뮤 교장 선생님이 책상 앞에 놓인 두 의자를 가리키자, 우리는 잽싸게 자리에 앉았다.

교장 선생님은 한 마디 한 마디를 고르듯 말을 느릿느릿하게 했다. 눈길은 우리 쪽을 향하고 있지만 우리를 제대로 쳐다보지는 않았다. 나는 교장 선생님의 두 눈을 가만히 마주 바라보았다. 움푹 꺼진 눈동자가 공허해 보였다.

"룩우드에 돌아온 걸 환영한다. 너희가 그동안 힘든 시간을 보냈다는 건 알고 있다. 장담하는데 이제 다시는 그런 일 없을 거다."

거기까지 말하더니 교장 선생님이 갑자기 침묵했다. 나는 혹시 뭐라고 대답을 해야 하나 싶어서 머뭇거리다 말했다.

"감사합니다?"

그러자 교장 선생님이 혼잣말하듯 다시 말했다.

"과연 여자한테 내 학교 운영을 맡겨도 되는지 늘 의문이었지. 이제 그 질문에 대한 답을 얻었어."

나는 눈에 띄지 않게 조심조심하며 스칼릿의 손을 꼭 붙잡았다. 스칼릿이 고함을 지르며 대들까 봐 조마조마했다. 하지만 스칼릿은 입을 꾹 다문 채 아무 대꾸도 하지 않았다.

"명심하렴. 중요한 건 이 학교야. 학생과 교사는 오고 가지만 학교는 남아 있지. 그 점이 중요해."

스칼릿과 나는 알겠다는 듯이 고개를 끄덕였다. 하지만 솔직히 교장 선생님이 무슨 말을 하는지 전혀 알 수 없었다.

"우리 룩우드 기숙 학교가 살아남기 위해서는 명성을 잘 유지해야 해. 세상에 좋은 이미지를 보여 주지 못하면 아무 소용없어."

스칼릿이 더는 이를 꽉 깨물고 있을 수 없는 모양이었다.

"교장 선생님, 대체 무슨 말씀이세요?"

그러자 바살러뮤 교장 선생님이 허리를 쭉 펴고 앉았다. 인제 보니 엄청나게 덩치가 컸다. 교장 선생님이 스칼릿을 매섭게 노려보며 물었다.

"그레이 양. 나는 자네한테 질문하라고 한 기억이 없는데?"

나는 움츠러들었지만 스칼릿은 물러서지 않았다.

"네, 그런 말씀 안 하셨어요."

"그런데 왜 네 마음대로 떠드는 거야!?"

귀청이 찢어질 듯한 고함 소리가 울려 퍼졌다. 나는 순간 심장이 멎는 줄 알았다. 스칼릿은 눈만 껌벅였다.

교장 선생님이 자리에 웅크리고 앉더니 쿨럭쿨럭 기침하기 시작했다. 한참 뒤 기침이 멎자, 교장 선생님은 처음처럼 중얼거리듯 이야기를 이었다.

"우리 룩우드 기숙 학교는 체계적인 교육 시스템과 수준 높은 가르침, 학생들의 안전을 보장하는 데 있어 큰 자부심을 가지고 있다. 이걸 훼손하는 일은 결코 있을 수 없어. 내가 장담하는데……."

잠시 기침이 이어졌다.

"지난번 같은 일은 절대 반복되지 않을 거다. 적어도 내가 지켜보는 한 그런 일은 없어."

우리는 감히 무슨 말을 할 엄두가 나지 않아서 가만히 앉아 있었다.

"내가 하려는 말은 그게 다야. 그만 가 보거라."

나는 충격으로 어리벙벙해하다가 정신을 차리자마자 스칼릿에게 물었다.

"저게 다 무슨 소리야?"

"내 말이."

스칼릿과 함께 계단 쪽으로 걸어가는데 또다시 기묘한 느낌이 들었다. 스칼릿이 진짜 내 곁에 있는 게 맞는지 의심스러웠다. 나는 한 번도 스칼릿과 함께 이 복도를 걸은 적이 없었다.

"교장 선생님을 믿어도 될까?"

계단을 오르며 묻자 스칼릿이 씁쓸하게 웃으며 대답했다.

"믿어도 되냐고? 내 눈에는 사람이 아니라 흡혈귀 같던걸!"

나도 모르게 피식 웃음이 났다.

"그래도 폭스 선생님이 아닌 게 어디야. 보아하니 교장 선생님도 폭스 선생님을 좋아하지 않는 것 같아. 무슨 일이 있었는지 모두에게 털어놓겠지."

"그렇겠지. 어차피 갑자기 우리가 둘이 된 걸 모두가 알아차릴 텐데, 뭐."

계단 꼭대기에 다다르자 누군가가 내게 와락 달려들었다. 나는 그대로 양탄자 위에 콰당 넘어지고 말았다.

"아이비오아이비드디어돌아왔구나!"

놀라서 고개를 들어보니 익숙한 얼굴이 싱글싱글 웃으며 나를 내려다보고 있었다.

"아리아드네!"

아리아드네는 자리에서 허둥지둥 일어나 눈앞을 가린 머리칼을 쓸어 넘기며 말했다.

"어서 와! 다시 보니 너무너무 반가워!"

아리아드네는 놀라서 입을 떡 벌리고 있는 내 쌍둥이 언니를 발견했다.

"스칼릿! 스칼릿, 맞지? 아이비, 네가 스칼릿을 찾아냈구나. 정말로 해냈어!"

아리아드네가 신이 나서 깡충깡충 뛰는 통에 나는 멀미가 날 지경이었다. 나도 아리아드네를 다시 만나서 정말로, 진심으로 기뻤다. 나는 웃으며 자리에서 일어섰다.

"그래. 찾아냈어. '우리가' 해냈지."

그러자 스칼릿이 속삭이는 척 다 들리게 물었다.

"얜 누구야?"

"아, 음…….."

나는 양쪽을 가리키며 대답했다.

"스칼릿, 이쪽은 아리아드네야. 널 찾는 걸 많이 도와줬어."

스칼릿은 대뜸 인상을 찌푸렸지만, 아리아드네는 알아차리지 못한 듯 반갑게 인사를 건넸다.

"만나서 반가워! 난 아리아드네야. 미노타우로스를 무찌른 테세우스 이야기에 나오는 그 아리아드네랑 이름이 같아."

"누가 뭘 어쨌다고?"

스칼릿이 대놓고 부루퉁하게 굴기에 나는 곧장 경고의 눈빛을 날렸다.

"스칼릿."

나는 다시 아리아드네를 바라보며 말을 이었다.

"우리 다 같이 방에 가서……."

아차. 기숙사 방에는 침대가 두 개뿐인데. 나는 내 단짝과 쌍둥이 언니를 번갈아 쳐다보았다. 평소 밝기만 한 아리아드네의 환한 미소가 희미하게 시들었다.

"아, 나이트 선생님이 나더러 방을 옮기라고 하더라고."

아리아드네는 바닥으로 눈길을 떨군 채 말을 이었다.

"새 룸메이트가 생기려나 봐."

마음이 와르르 무너져 내리는 것 같았다. 스칼릿은 그것도 모른 채 지나가는 학생들에게 눈총을 날리느라 바빴다. 다들 우리를 빤히 쳐다보며 지나갔다.

"아리아드네, 미안해. 이 문제는 전혀 생각하지 못했어."

"어휴, 괜찮아. 맨날 볼 텐데, 뭐. 너희 짐 풀 동안 방에 같이 있어도 돼?"

말은 그렇게 하지만 괜찮지 않으리라는 걸 알기에 나는 열심히 고개를 끄덕였다.

"당연하지."

스칼릿이 더 말썽을 일으키기 전에 나는 서둘러 13호실로 향했다.

스칼릿

예전 방으로 돌아가려니 꿈을 꾸는 것 같았다. 아주 잘 아는 곳에 갔는데, 이상하게도 낯설고 불안한 느낌이 드는 그런 꿈 말이다.

똑같은 13호실이지만 내가 두고 온 물건은 하나도 남아 있지 않았다. 아리아드네라는 아이가 자기 짐을 싹 빼서인지 방 왼편이 텅 비어 있었다. 반면 방 오른편에는 아이비의 소지품이 흩어져 있었다. 나는 칭찬을 담아 말했다.

"그래, 나라면 늘 오른쪽이지. 잘했어, 아이비."

아이비가 쓸쓸한 표정으로 웃었다. 아마 내가 자기 친구를 예의 바르게 대하지 않아서 짜증이 난 것 같았다. 하지만 내가 그런 태도를 보인 건 아이비 탓이다. 그간 어떻게 지냈는지 아이비한테서 자세한 이야기도 들었고, 아리아드네가 누구인지도 이미 알고 있었다. 그렇다고 내가 그 사실을 기쁘게 받아들일 필요는 없잖아? 그토록 모든 일을 비밀로 하라고 신신당부했는데, 만약 아리아드네라는 애가 배신이라도 하면 어쩌려고.

나는 오른쪽 침대 옆에 놓인 책을 주섬주섬 모아서 왼쪽 침대에 와르르 내려놓았다.

"뭐 하는 거야?"

아이비가 문간에 서서 물었다. 아이비 뒤에서 아리아드네가 고개를 빼꼼 내밀더니 의아한 표정을 지으며 방 안을 실폈나.

"방 정리하는 거야. 그래야 내가 오른쪽, 네가 왼쪽을 쓸 거 아니야?"

아이비가 어이없다는 표정을 지었다.

"아직도 그 방식을 지키자는 거야?"

"그럼. 게다가 일기장을 넣을 수 있는 구멍이 이쪽 침대에 나 있잖아."

나는 문 바로 안쪽에 놓인 짐 가방으로 가서 정신 병원에서 받은 얇은 공책을 꺼냈다.

"아이비, 너도 일기를 써 봐. 일기 덕분에 목숨을 건질 수도 있다고."

"그건 그래."

아이비가 반대편 침대로 가자 아리아드네가 길 잃은 강아지처럼 아이비 뒤를 졸졸 따랐다. 나는 바닥에 엎드려 매트리스에 뚫린 구멍 속으로 새 일기장을 밀어 넣었다. 솔직히 일기장을 그 자리에 계속 두어도 될지 알 수 없었다. 아이비는 믿지만 아리아드네는 믿어도 될지 알 수 없었다. 내가 지금 당장 위험에 처한 건 아니지만…… 아니, 이미 위험한 상황인가?

아이비가 물었다.

"아리아드네, 이사 간 방은 누구랑 같이 써?"

"아직 몰라. 나이트 선생님한테 물어봤는데, 선생님 표정이 묘해지더니 대답 없이 그냥 가 버리시더라. 도대체 내 룸메이트가 누굴까?"

다른 학생들은 이미 전부 방이 정해져 있었다. 내가 냉큼 대답했다.

"아마 새로 온 애겠지. 분명히 '아주' 좋은 애일 거야. 걔랑 너무 잘 지내서 우리 둘이랑 어울리고 싶은 마음이 '전혀' 안 들게될걸?"

나는 부디 그렇게 되기를 진심으로 바랐다. 아이비와 나는 늘 한 쌍이니까. 한 쌍은 둘을 뜻하니 그 이상은 필요 없다.

아이비가 가방에서 소지품을 꺼내 침대 위에 펼치며 아리아드네에게 말했다.

"곧 저녁 식사 시간이야. 그때 되면 새 룸메이트가 누군지 알게 되겠지."

저녁 식사라는 말에 나는 저절로 인상이 구겨졌다. 룩우드 기숙 학교에는 끔찍한 것이 참 많은데 그중에 저녁 식사가 결코 빠질 수 없었다. 그래도 병원 음식보다는 낫다고 해야 하겠지. 그곳 음식은 절망 그 자체였다.

갑자기 누군가가 열린 방문을 똑똑 두드리기에 우리 셋은 화들짝 눈길을 돌렸다. 문간에 나디아 사야니가 서 있었다. 그새 시비를 걸러 왔구나 싶어서 나는 얼른 눈을 치떴다. 그런데 맙소사, 아이비와 아리아드네가 나디아를 반갑게 맞이하네? 내가 없는 동안 정말 많은 것이 변하긴 했군.

나디아는 나란히 선 우리 둘을 보고 순간 멈칫하더니 놀란 목소리로 중얼거렸다.

"정말 둘이네."

그러더니 나디아의 얼굴에 미소가 번졌다.

"우아, 난 도무지……. 쌍둥이라니! 아이비, 거울에 비친 네 모습이 밖으로 걸어 나온 건 아니지?"

아이비가 방긋 웃으며 대답했다.

"그래. 바로 그 일이 일어난 거야."

"하하! 뭐 어쨌든 난 공지 사항을 전하러 왔어. 저녁 식사 전에 전교생 모임이 있대. 지금 당장 다 같이 강당으로 가야 해."

이상하네. 일요일에, 그것도 이 시간에 전교생 모임이 열린다고? 그런 적은 단 한 번도 없었는데.

"누가 그래?"

"나이트 선생님이 나더러 돌아다니면서 전하라고 하셨어. 교장 선생님 말씀이라고."

아리아드네가 자리에서 벌떡 일어나며 소리쳤다.

"상을 주려나 봐!"

나는 생각이 좀 달랐다.

"벌을 줄 수도 있고."

우리는 우르르 강당으로 몰려가서 불편한 나무 벤치에 자리를 잡고 앉았다. 나는 주위를 휘휘 둘러보다가 벽 쪽에 마련된 의자에 앉은 핀치 선생님을 발견했다. 선생님은 나와 눈이 마주치자 빙그레 웃었다. 강당 위의 단상은 텅 비어 있었고, 바살러뮤 교장 선생님의 모습은 보이지 않았다.

"교장 선생님이 지난해 사건을 모두에게 알리려는 걸까?"

내가 속삭여 묻자, 아이비는 "글쎄."라며 어깨를 들썩이더니 한쪽을 살며시 가리켰다. 아이비의 손끝을 따라가 보니 강당 맞은편에서 수영 담당인 볼러 선생님이 나를 매섭게 노려보고 있었다. 흠, 입 꾹 닫고 가만히 앉아 있으라는 건가?

"아직 오지도 않았는데, 뭘."

갑자기 커다란 기침 소리가 울려 퍼지더니 교장 선생님이 단상에 모습을 드러냈다. 선생님들이 황급히 학생들에게 조용히 하라는 신호를 보냈고, 이내 강당 안에 정적이 흘렀다.

"여러분, 반갑습니다."

교장실에서 들었던 느릿느릿 갑갑한 말투 그대로였다.

"건강 문제로 한동안 자리를 비운 탓에 내가 누구인지 모르는 학생도 있을 거예요. 나는 이 학교 교장인 에드거 바살러뮤라고 합니다. 돌아가신 아버지께서 내 누이들을 비롯해 저명한

51

집안의 딸들이 제대로 된 교육을 받을 수 있도록 이 학교를 설립하셨지요."

갑자기 교장 선생님이 검붉은 손수건을 입에 대고 기침을 콜록콜록하더니 다시 말을 이었다.

"왜 느닷없이 전교생을 소집했는지 궁금하겠지요. 내가 자리를 비운 사이에 몇몇 사건이 발생했다는 소식이 들리더군요."

학생들 사이에서 대답하듯 웅얼대는 소리가 흘러나왔다. 나는 아이비를 쿡 찌르며 속삭였다.

"폭스 선생님 이야기를 하려나 봐!"

대번에 볼러 선생님이 내게 손가락질을 했다. 물론 나는 못 본 척했다.

"분명히 말합니다. 이제 내가 돌아온 만큼 모든 일을 '내 방식'에 따라 처리할 작정이에요. 불량한 태도를 보이는 학생은 즉시 퇴학 처분을 받을 겁니다. 앞으로 모든 일이……."

교장 선생님은 잠시 말을 멎고 목을 가다듬었다.

"하나부터 열까지 모조리 내 허락을 거쳐서 이루어질 겁니다. 알아들었습니까?"

모든 학생이 우물우물 "네." 하고 대답했지만, 교장 선생님은 그 정도로는 성이 차지 않는 모양이었다.

"알아들었냐고 묻잖아!"

교장 선생님의 쉰 목소리가 갑자기 쩌렁쩌렁한 고함으로 변하자 아이들이 흠칫했다. 곧 모든 학생이 입을 모아 외쳤다.

"네, 교장 선생님!"

"내가 없는 동안 반장 제도가 소홀해진 것 같은데, 그 제도를 부활시킬 작정입니다. 리치몬드, 에버그린, 메이휴 기숙사에서 각각 반장을 뽑아서 모든 학생이 내 규칙을 철저히 따르도록 지도할 거예요."

아이비가 내 쪽을 바라보았다. 우리 둘 다 같은 생각을 하고 있다는 걸 바로 알 수 있었다. 왜 폭스 선생님 얘기는 안 하지? 반장을 뽑는 것보다 그 얘기가 훨씬 중요한 일이잖아?

교장 선생님이 느릿느릿 단상 위를 서성이더니 다시 말을 이었다.

"옛일은 옛일로 묻어 두고 미래로 나아가야 하는 법이지요. 그런 점에서 여러분에게 두 학생을 소개하려 합니다."

나는 주변을 둘러보았다. 신입생이 있나?

"아이비 그레이 양, 일어나세요."

순간 아이비의 얼굴이 하얗게 질렸다. 전교생의 눈길이 우리 쪽을 향하자 아이비는 바르르 떨며 자리에서 일어섰다.

"아이비 그레이 양은 쌍둥이 자매인 스칼릿 양을 따라 우리 학교에 다니게 되었으니 모두 환영해 주기를 바랍니다."

인사 소리가 간간이 들리기는 했지만, 모두가 아이비를 이상하다는 눈빛으로 멀뚱멀뚱 바라보았다. 나도 마찬가지였다. 머리가 복잡했다. 대체 무슨 속셈이지? 어째서 교장 선생님은 아이비가 신입생인 양 소개하는 걸까? 왜 폭스 선생님의 범죄를 덮으려 하는 거지?

"다음으로 한동안 외국에서 지내다가 돌아온 학생을 소개하겠습니다."

교장 선생님이 웅얼거리며 강당 뒤를 가리켰다. 손끝을 따라 눈길을 돌리는 순간, 교장 선생님의 다음 말이 이어졌다.

"애덤스 양, 일어나세요."

믿을 수가 없었다.

비열한 바이올렛.

그 애가 돌아오다니.

아이비

나는 이토록 겁에 질린 스칼릿을 본 적이 없었다. 교장 선생님이 바이올렛의 이름을 부른 순간 스칼릿의 낯빛이 기묘한 초록빛으로 변했다. 나는 자리에 앉아 스칼릿의 손을 꼭 잡아 주었다.

꼴이 말이 아니기는 바이올렛도 마찬가지였다. 바이올렛은 얼굴이 하얗게 질린 채 두려움에 떨고 있었다. 한 번도 만난 적 없는 사이지만, 스칼릿의 일기 덕에 이미 잘 아는 사람 같았다. 마주하기 두려울 만큼 지독한 악당인데도, 어쩐지 이 순간엔 불쌍하게 느껴졌다.

학교에서 바이올렛을 찾아낸 줄은 꿈에도 몰랐다. 나로서는 바이올렛이 아직 살아 있는지조차 알 수 없었는걸. 아마 핀치 선생님이 찾아냈겠지. 어쩌면 교장 선생님이 직접 움직였을 수도 있고. 만약 저 애도 스칼릿처럼 정신 병원에 감금되었던 거라면……. 뭐, 어디 있었든 "한동안 외국에서 지내다가 돌아온" 게 아닌 것만은 분명했다. 그 생각을 하자 속이 울렁거렸다.

교장 선생님은 지루한 공지 사항을 전하고 룩우드 기숙 학교의 수많은 교칙 중 몇 가지를 상기시키는 것으로 전교생 모임을 마쳤다. 9시 정각 소등. 기숙사 방에 음식물 반입 금지. 복도에서 뛰지 말 것. 아니, 사실상 운동장 트랙 정도를 제외하고는 어디서도 뛰지 말 것.

머리가 멍했다. 교장 선생님이 폭스 선생님의 수법을 그대로 쓰다니. 교장 선생님에게도 학교의 명성이 학생보다 더 중요한가 보다. 게다가 이건 거짓말을 계속해야 한다는 뜻이다. 이제 내 모습 그대로 살 수 있을 줄 알았는데, 이곳에서 몇 달이나 지내 놓고 처음 온 척해야 한다니.

우리는 터덜터덜 식당으로 걸음을 옮겼다. 왁자지껄 수다 소리, 달그락달그락 식기 소리 등 익숙한 소음이 들려왔다. 사람들이 놀란 눈으로 우리를 쳐다보는 게 느껴졌다. 둘이 완벽하게 똑같이 생겼으니 신기한 구경거리겠지. 나는 멀건 스튜를 받아서 리치몬드 기숙사 자리에 앉았다.

"아, 룩우드 식당 음식을 또 먹게 되다니."

무심코 투덜거리다 아차 싶었다. 교장 선생님 말대로라면 난 이곳에 처음 왔는데. 누가 듣고서 이상하게 여기지 않는지 얼른 주위를 살폈다. 스칼릿이 내 팔을 툭 치며 조용히 하라고 눈치를 줄 줄 알았는데 그 앤 다른 데 정신이 팔려 있었다. 스칼릿의 눈길을 좇으니 우리 식탁 근처에 선 바이올렛이 보였다. 표정이 정말 '비참해' 보였다.

나이트 선생님의 말소리가 들려왔다.

"바이올렛, 아무래도 넌 에버그린 기숙사 자리에 앉아야 할 것 같구나."

그러자 페니가 자리에서 발딱 일어서며 소리쳤다.

"선생님, 바이올렛은 원래 리치몬드 소속이었잖아요! 다른 애를 보내면 안 돼요?"

페니는 바이올렛의 둘도 없는 친구이자 스칼릿의 또 다른 천적이었다. 나이트 선생님은 인상을 찌푸리며 대답했다.

"아리아드네에 이어 아이비까지 새로 와서 이제 리치몬드에는 방이 없어. 반면 에버그린에는 빈방이 몇 군데 있단다."

'어?'

뭔가 이상했다. 나이트 선생님은 왜 내가 신입생인 것처럼 말하는 걸까? 무슨 일이 있었는지 나이트 선생님은 다 알고 있는데 왜 교장 선생님의 게임을 따르는 거지?

그때 스칼릿이 입을 열었다.

"선생님께서 에버그린 자리에 가서 앉으라고 하시면 고분고분 따라야지."

이어 스칼릿은 내 쪽으로 고개를 돌리더니 속삭이는 척 모두에게 들리도록 말했다.

"우리한테서 최대한 멀리 떨어졌으면 좋겠어."

그러자 나이트 선생님이 언짢은 얼굴로 목소리를 높였다.

"스칼릿, 예의를 지키렴."

나는 얼른 바이올렛 쪽으로 눈길을 돌렸다. 당장 고래고래 소리를 지를 줄 알았는데, 그냥 잠자코 에버그린 자리로 가는 게 아닌가? 예상 밖의 반응에 지켜보던 모두가 깜짝 놀랐다. 페니는 놀란 얼굴로 자리에 털썩 주저앉았다. 옛 단짝이 왜 저러는지 어리둥절한 듯했다. 모든 사람에게 이래라저래라 명령하면서 자신은 절대로 남의 말을 듣지 않던 바로 그 바이올렛이 말이다.

나는 맛없어 보이는 스튜 안의 미심쩍은 덩어리를 포크로 찍어 들고서 가만히 들여다보았다. 아, 모르겠다. 배고파. 한 입 먹어 보니 적어도 따뜻하긴 했다. 후춧가루 범벅이긴 했지만. 이윽고 아리아드네가 저녁 식사를 들고서 내 곁에 나타났다.

"무슨 일 있었어?"

"바이올렛이 에버그린 자리로 갔어."

그때 나이트 선생님이 아리아드네를 쳐다보며 말했다.

"아리아드네, 네 방이 새로 정해졌어. 넌 바이올렛과 함께 지낼 거야."

대번에 아리아드네의 눈이 휘둥그레졌다. 나는 하마터면 음식을 잘못 삼켜서 사레가 들 뻔했다. 나이트 선생님이 물었다.

"혹시 문제라도 있니?"

아리아드네는 천천히 고개를 가로저었다. 하지만 얼굴이 굳어 눈도 깜박이지 않았다.

"아니요. 아무 문제 없어요, 선생님."

나이트 선생님이 고개를 끄덕이더니 역사 담당인 러브레이스 선생님과 이야기를 나누기 시작했다.

세상에, 불쌍한 아리아드네. 바이올렛에게 얼마나 시달릴까. 저 애가 스칼릿의 삶을 어떻게 지옥으로 만들었는지 읽는 것만으로도 끔찍했다. 부디 그 역사가 되풀이되는 일은 없어야 할 텐데. 아직은 바이올렛이 모두를 완전히 무시한 채 침묵으로 대하는 것 같았다.

페니가 아리아드네와 나를 노려보며 뭐라고 쏘아붙이려는 순간, 스칼릿이 탁자 밑으로 페니의 다리를 걸어찼다.

"아야!"

페니가 정강이를 문지르려 몸을 숙인 사이 나는 스칼릿에게 나직이 경고했다.

"제발 오늘 식사는 조용히 끝마쳤으면 해."

내 쌍둥이 언니가 나를 보며 인상을 찌푸리기에 나도 보란 듯이 그 표정을 똑같이 흉내 내어 주었다. 휴, 세상에는 절대 바뀌지 않는 것들이 있나 보다.

저녁 식사를 마친 뒤, 나는 기가 팍 죽은 아리아드네를 새로 배정된 방까지 배웅해 주었다. 내가 행운을 빌자 아리아드네는 나를 꼭 끌어안았다. 내가 자리를 뜰 때까지 바이올렛은 모습을 보이지 않았다. 나는 룩우드 기숙 학교의 유서 깊은 미지근한 물에 목욕한 뒤 서둘러 침대로 향했다.

"내 침대야."

화장대에 앉아 머리를 빗던 스칼릿이 나를 불러 세웠다. 아차, 무의식적으로 스칼릿의 침대로 가려 했다.

드디어 지친 몸을 누이자, 혹시 침대 밑에 아리아드네의 비밀 간식이 남아 있을까 하는 궁금증과 함께 잠이 스르르 쏟아졌다.

스칼릿은 공책을 펼쳐 글을 쓰기 시작했다. 손이 하얀 페이지 위를 빠르게 가로질러 나갔다. 나는 졸린 눈을 비비며 배시시 웃었다. 몇 달 전만 해도 이런 광경을 보리라고는 상상도 못했는데. 스칼릿이 일기장을 덮다가 나랑 눈이 마주치자 씩 웃었다.

"관심 갖지 말아 줄래?"

나도 피식 웃었다.

"얼마 전까지만 해도 네 일기장을 읽는 게 내 인생에서 가장 중요한 일이었거든?"

스칼릿이 싱글거리며 대꾸했다.

"그렇다고 습관 들이면 곤란하지."

이어 스칼릿이 입이 찢어지게 하품을 하더니 내 침대 옆으로 왔다.

"비켜."

"응? 예전 침대를 쓰고 싶다며?"

"내가 한 말은 나도 기억하거든. 그런데 이번 딱 한 번만……."

스칼릿이 눈길을 떨구며 말을 흐리기에 내가 대신 말을 맺었
다. 어렸을 때 우리는 늘 같은 침대에서 함께 잤다.

"네가 혼자가 아니라는 걸 확인하고 싶은 거지."

스칼릿이 평소답지 않게 수줍은 얼굴로 고개를 끄덕였다. 나
는 옆으로 꼼지락꼼지락 비켜서 스칼릿이 누울 자리를 만들어
주었다.

"알았어. 대신 코 골지 마."

그렇게 우리는 등을 맞댄 채, 다시금 완벽한 거울 모양이 되
어 잠에 빠져들었다.

아침 종소리에 화들짝 잠에서 깨어났다. 스칼릿은 벌써 일어
나서 교복을 입다가 내 어깨를 톡톡 쳤다.

"게으름뱅이!"

난 장난스레 스칼릿의 손을 치며 이불에서 빠져나왔다. 피부
에 닿는 공기가 쌀쌀했다. 나는 눈을 비비며 졸음을 몰아냈다.

"아 참, 내 교복도 있을까?"

스칼릿이 고개를 끄덕이더니 옷장을 휙 열었다. 스칼릿 것과
똑같은 교복 한 벌이 들어 있었다. 아마 핀치 선생님이겠지?
누군가 계속 우리를 보살펴 주고 있다니 정말 고마웠다.

스칼릿이 가방을 챙기느라 콧노래를 흥얼거리며 방 안을 바쁘게 돌아다니는 사이 나는 옷을 갈아입었다. 다시 연기를 해야 한다는 생각에 마음이 불안했다. 그동안 신입생이 '아닌' 척하느라 골머리를 앓았는데 이제는 도리어 신입생인 척해야 한다니. 내 쌍둥이 언니는 어떻게 저토록 태평할까?

화장대에 앉아 구두끈을 매다가 문득 깨진 유리에 비친 내 모습을 보았다.

'스칼릿.'

그 이름이 먼저 떠올랐다. 하지만 내 뒤에서 움직이는 스칼릿의 모습을 본 순간 정신이 퍼뜩 들었다.

'아니, 난 아이비야.'

나는 이제 다시 내가 되었다. 하지만 내게 돌아갈 모습이 남아 있는지 알 수가 없었다. 너무 오랫동안 스칼릿 행세를 하고 지냈는데 예전의 아이비가 과연 남아 있을까?

아침 식사 시간이 되었다. 스칼릿은 평소와 달리 멀건 오트밀을 군말 없이 열심히 퍼먹었다. 스칼릿이 왜 갑자기 쾌활하게 구는 걸까? 나는 스칼릿 걱정은 그만두기로 하고서 곁에 앉은 아리아드네에게 물었다.

"바이올렛은 어때?"

아리아드네는 나만큼이나 당혹스러운 얼굴로 대답했다.

"솔직히 모르겠어. 아예 없는 사람처럼 굴어. 계속 말을 걸어

봤는데 입도 벙긋 안 하더라. 그래서 결국 내가 먼저 잤어.”

“이상하긴 하네. 어쨌든 나도 너랑 13호실에서 같이 지내던 때가 그립더라.”

내 말에 스칼릿이 인상을 팍 찌푸렸다. 아, 나는 이 학교에 다닌 적이 없는 것으로 되어 있으니 아리아드네와 같은 방을 썼다는 이야기도 하면 안 되는구나. 다행히 다들 수다 떠느라 내 말을 못 들은 듯했다. 아리아드네가 한숨을 푹 쉬며 대답했다.

“우리 셋이 같이 지낼 수 있으면 좋을 텐데. 램프의 요정을 만난다면 그렇게 해 달라고 소원을 빌래.”

나는 고개를 절레절레 흔들며 대답했다.

“괜히 소원 낭비하지 마. 빌 거라면 아예 우리 셋 다 이 학교에 다니지 않게 해 달라고 빌어야지.”

그러자 스칼릿이 숟가락으로 나를 가리키며 말했다.

“아니면 백만 파운드를 달라고 하든가. 백만 파운드가 있으면 아무도 우리한테 이래라저래라 할 수 없어.”

나는 고개를 갸웃하며 대답했다.

“흠, 그래도 교장 선생님은 할 수 있을 것 같은데.”

우리는 잠시 그 상상을 해 보고서 몸을 부르르 떨었다. 말투, 목소리, 신경질적인 몸놀림까지, 교장 선생님한테는 뭔가 꼬집어 말할 수 없는 이상한 면이 있었다. 대신 한 가지는 확실했다. 괜히 성미를 건드리면 안 된다는 것이었다.

스칼릿

두렵다.

교실로 돌아갈 일이 두렵고, 바이올렛이 두렵다. 폭스 선생님이 저 밖 어딘가에 살아 있다는 사실이 두렵다.

룩우드 기숙 학교가 너무도 두렵다.

첫날 밤은 거의 뜬눈으로 지새웠다. 잠이 들면 끔찍한 악몽을 꾸고, 깨어 있으면 자꾸만 '벽 속에서' 무슨 소리가 들리는 것 같다. 아이비한테 이 이야기를 하는 게 좋을까? 아니, 그건 좋은 방법이 아니다. 아이비를 위해서라도 용기를 그러모아야 한다. 아이비까지 나처럼 겁에 질려 지내는 건 싫으니까.

나는 침대에서 벌떡 일어나 오늘이 내 인생에서 가장 행복한 날인 것처럼 굴었다. 입맛이 없고 속도 더부룩하지만 역겨운 오트밀도 열심히 퍼먹었다.

전교생 아침 모임 시간은 그래도 덜 두려웠다. 다 같이 찬송

가를 부르고 기숙사 방을 깨끗이 하라는 사감 선생님의 잔소리를 듣는 게 다니까. 그런데 예상치 않은 일이 일어났다. 아이비와 내 앞으로 편지가 왔다는 게 아닌가?

"피비 고모가 보낸 거야!"

아이비가 우체국 소인을 보더니 신이 나서 소리쳤다. 아리아드네가 1교시 수업을 들으러 종종걸음으로 떠나자 아이비와 나는 복도에 선 채 편지를 읽었다.

사랑하는 스칼릿과 아이비에게

소식을 듣고 얼마나 기뻤는지 모른단다. 스칼릿이 우리 곁으로 돌아오다니, 이건 정말 기적이야. 너희 둘이 다시 함께 있는 모습을 보고 싶지만 그럴 수 없을 것 같구나. 나는 너희가 나랑 함께 지냈으면 했어. 하지만 내가 너희 삶을 이미 너무 방해하고 있다는 걸 깨달았단다. 올케 말이 옳아. 너희는 교육을 받아야지, 나 같은 늙은이 옆에 매여 있으면 안 돼. 마음이 너무 아프지만 어쩔 수 없지. 언젠가 다시 만날 수 있기를 기대할게.

너희 미래에 행복이 가득하기를 빌며 사랑을 담아
피비 고모가

편지지 군데군데에 눈물 자국과 함께 잉크가 번져 있었다. 나는 손톱이 살을 파고들 정도로 두 주먹을 꽉 움켜쥐었다.

"새엄마가 고모한테 이런 편지를 보내라고 시킨 거겠지?"

한껏 들떴던 아이비는 이제 숫제 울음을 터뜨릴 것 같은 표정을 지었다. 나는 아이비의 손에서 편지를 잡아채 박박 구겨 버렸다.

"그런 것 같아."

"말도 안 돼! 우리 앞길을 방해하는 건 피비 고모가 아니라 그 마녀거든!"

지나가던 아이들이 무슨 일인가 싶어 우리 쪽을 쳐다보았지만 나는 신경 쓰지 않았다. 보고 싶으면 실컷 보라지.

언젠가 새엄마한테 반드시 앙갚음해 줘야지. 아무래도 새엄마가 폭스 선생님한테 돈을 받고서 내가 죽었다고 아빠를 속인 게 맞는 것 같다. 흥, 그렇다 해도 우리 삶을 영원히 지배할 수는 없을걸?

아이비와 나는 나란히 역사 교실로 들어갔다. 역사는 내가 진짜 싫어하는 과목이다. 이미 죽은 사람들이 벌인 일을 왜 배워야 하는지 이해를 못 하겠다.

교실 안을 쓱 훑어보니 책상 위치가 바뀌어 있었다. 헉, 하필 바이올렛이 내 옆자리였다.

"아, 그렇지."

러브레이스 선생님이 오늘도 변함없이 분필 가루를 뒤집어쓴 채 입을 열었다.

"쌍둥이가 오기로 했지. 둘 중 어느 쪽이 아이비니?"

나는 냉큼 손을 들었다.

"저요."

아이비가 놀라서 나를 흘깃 쳐다보았다. 내가 마치 '나는 홍당무예요!'라고 선언하기라도 한 듯한 표정이었다.

"그래. 룩우드 기숙 학교에 온 걸 환영한다. 부디 네 쌍둥이 자매보다 역사에 소질이 있으면 좋겠구나."

러브레이스 선생님이 아이비를 매섭게 노려보며 말했다. 아이비는 흠칫하며 말없이 내 천적의 옆자리에 앉았다.

"아이비, 너는 저기 빈자리에 앉으렴. 여기, 네 교과서 가져가거라."

"네. 고맙습니다, 선생님."

나는 얌전하게 교과서를 받아 들고 교실 뒤쪽으로, 바이올렛 애덤스한테서 최대한 멀리 떨어진 곳으로 향했다. 러브레이스 선생님이 칠판에 이름과 날짜를 쓰기 시작하자 아이비가 고개를 돌리더니 입 모양으로 물었다.

'뭐 하는 거야?'

나는 대답 대신 바이올렛의 뒤통수를 연거푸 손짓했다. 마침내 아이비가 내 뜻을 알아차렸는지 다시 고개를 돌렸다.

나는 수업 내용을 부지런히 받아 적는 아이비의 모습을 가만히 지켜보았다. 아이비는 나인 척하고 지낼 때도 저랬을까? 나는 공부를 열심히 해 본 적이 없는데.

다행히 이번에는 서로인 척하는 연기를 얼마나 잘하는지가

67

중요하지 않았다. 러브레이스 선생님은 박쥐만큼이나 눈이 나쁜 데다가, 안경을 써도 관찰력이 좋지는 않았다. 나는 마음 놓고 공책에 필기 대신 낙서를 하기 시작했다. 춤추는 내 모습을 그리고서 옆에 아이비를 그려 넣었다. 내가 기다리는 수업은 오직 발레뿐이었다. 핀치 선생님은 모든 진실을 알고 있으니, 나이트 선생님처럼 아이비를 신입생 취급하며 내가 이곳을 떠나 있었다는 사실을 모른 척하지 않겠지.

나는 수업이 끝날 때까지 멍하니 낙서를 하다가 따르릉 울리는 종소리에 화들짝 놀랐다. 페니가 내 반응을 보더니 깔깔대고 웃었다. 나는 페니에게 눈을 흘겨 주곤 짐을 챙겼다.

교실 앞쪽으로 걸어가는데 아이비가 나를 보고 인상을 찌푸렸다. 교실 밖으로 나서자마자 아이비가 입을 열었다.

"스칼릿, 이러지 마."

"내가 뭘?"

아이비가 언성을 높였다.

"나인 척하지 말라고!"

"바이올렛이랑 나란히 앉고 싶지 않았어."

"그럼 다음에는 미리 귀띔이라도 해 주든지."

아이비는 그 말을 남기고는 아이들 사이를 비집고서 성큼성큼 걸어가 버렸다.

좋아. 혼자 있고 싶으면 혼자 있으라지. 나는 반대 방향으로 가려고 휙 뒤돌아섰다가 그 자리에 얼어붙고 말았다.

내 앞에 바이올렛이 서 있었다.

갑자기 온갖 기억이 몰려와 숨을 쉬기가 힘들었다. 이가 시리도록 추웠던 옥상과 격했던 다툼. 폭스 선생님에게 덜미를 잡힌 채 지붕 끝으로 내몰리던 바이올렛까지.

바이올렛이 날 때릴까? 내 얼굴에 대고 고래고래 고함을 지를까? 복수를 맹세할까?

바이올렛은 마치 내가 보이지 않는 듯 멍한 눈으로 무심하게 중얼거렸다.

"실례."

바이올렛이 내 곁을 스쳐 지나갔다.

나는 남은 수업을 위해 마음을 추스르려고 무진장 애를 썼다. 하지만 아이비가 계속 짜증 난 티를 내니 침착해지기 힘들었다. 솔직히 왜 그렇게 화를 내는지 이해가 되지 않았다. 이미 내 역할을 충분히 해 왔을 텐데 왜 이제 와서 나인 척 연기하는 게 불만인 걸까? 언제는 신입생인 척하고 싶지 않다며?

발레 수업을 위해 레오타드로 갈아입으러 방으로 돌아가면서 내가 먼저 말을 꺼냈다.

"바이올렛이 이상해. 그 못된 성깔이 다 어디로 사라졌지? 아니, 알맹이가 싹 사라진 것처럼 애가 그냥 텅 비었어."

아이비가 한숨을 푹 쉬며 대답했다.

"뭐가 어떻게 돌아가는지 나도 모르겠어."

아이비의 반응은 내 예상을 완전히 빗나갔다. 바이올렛이 고생을 겪으면서 성격이 변했나 보다고, 그 애가 날 죽이려 하지 않으니 다행이라고 대답할 줄 알았는데. 그러나 아이비는 조금 전보다 더 크게 한숨을 쉬며 스타킹을 올려 신을 뿐이었다.

잠시 후 우리는 발레 수업을 듣기 위해 지하로 달려 내려갔다. (정확히 말하자면, '내'가 달렸고, 교칙에 예민한 아이비는 빠르게 걷기만 했다.) 선득한 무용실에 들어서자 핀치 선생님이 우리를 반겨 주었다.

"스칼릿, 돌아온 걸 환영해."

핀치 선생님이 방긋 웃으며 나직이 인사를 건넸다.

"웜업 동작은 잊지 않았겠지?"

나는 힘차게 고개를 끄덕였다.

"당연히 기억하죠."

"좋아. 부디 행동 조심하렴."

핀치 선생님이 짐짓 피아노를 가리키자 나는 순간 얼굴이 화끈거렸다. 부디 창피해하는 티가 나지 말아야 할 텐데.

핀치 선생님은 아이비도 웃으며 맞아들였지만, 함께 수업을 듣는 아이들에게 군이 소개하려 하지 않았다. 아이비의 표정을 보니 억지 인사를 하지 않아도 되어서 고마워하는 것 같았다.

나는 아이비 옆에서 바를 잡고 가볍게 다리를 풀기 시작했다. 아주 단순한 동작이지만 집에 돌아온 기분이 들었다. 춤을 출 때면 미래의 세계적인 프리마 발레리나가 된 것 같았다. 내

운명이 눈앞에 펼쳐지는 걸 느낄 수 있었다. 게다가 비록 나한테 골이 나 있긴 하지만, 이렇게 아이비까지 곁에 있으니 모든 게 완전해진 느낌이었다.

그러나 페니의 속삭임이 귀에 들린 순간, 행복했던 기분이 와장창 깨졌다.

"야, 스칼릿 그레이. 어찌어찌 돌아오긴 했나 본데, 우리 사이에 아직 끝내지 못한 일이 있다는 걸 명심해. 난 왜 바이올렛이 나랑 말을 안 하는지 알아낼 거야. 만약 네가 조금이라도 관련되어 있다면 가만있지 않겠어."

나는 눈을 빗뜨며 대꾸했다.

"걔가 너랑 말 안 하는 게 왜 내 탓이야?"

페니가 팔꿈치로 나를 콱 치며 쏘아붙였다.

"공식 발표대로라면, 네가 정신 병원에 갇혀 있을 때 바이올렛은 프랑스에 있는 학교에서 아주 잘 지냈어. 그런데 왜 너는 이렇게 멀쩡한데 바이올렛은 영 이상해져서 돌아왔지? 선생님들은 아이비가 신입생이라고 하고 넌 여기서 쭉 지냈던 것처럼 말하지 않나! 뭔가 이상해."

나도 그닥 멀쩡하진 않은데. 물론 페니가 그 사실을 알 리가 없지만.

"다 내가 잘나서 그래. 그러니까 날 좀 가만 내버려둘래?"

나는 페니를 무시하고서 한쪽 발로 마루 위에 반원을 그리는 롱 드 장브 아 떼르 동작을 시작했다.

"내 말 똑바로 들어, 이 계집애야."

페니가 목소리를 돋우었다.

"난 내 친구를 되찾을 작정이고, 그러기 위해서는 뭐든 할 거야. 내 말 알아들었어?"

아무 대꾸도 하지 않았지만 가슴이 선득했다. 그 말대로 페니는 무슨 일이든 벌이고도 남을 아이였다.

아이비

밤에 스칼릿이 사라졌다.

깊이 잠들었다가 우르릉 쾅 하고 창문을 뒤흔드는 우렛소리에 퍼뜩 눈을 떴다. 번쩍하고 번개가 방 안을 비춘 순간 비어 있는 스칼릿의 침대가 보였다.

폭풍은 두렵지 않았다. 하지만 스칼릿이 보이지 않는 건 너무 무서웠다. 순간 이제까지의 모든 게 꿈이었나 생각했다. 스칼릿은 정말로 죽었고, 나는 홀로 룩우드 기숙 학교에 있는 게 아닐까?

아냐! 난 지금 반대편 침대에 누워 있고, 방 안에 아리아드네가 없잖아. 정신을 차리자 의자에 대충 걸린 스칼릿의 레오타드와 발레 슈즈가 눈에 들어왔다. 휴, 안도의 한숨이 저절로 나왔다.

그렇다면 스칼릿은 어디에 있는 거지?

문만 바라보며 한참을 누워 있었던 것 같다. 드디어 문고리가 돌아가더니 스칼릿이 살며시 방 안으로 들어섰다. 다음 순간, 나와 눈이 마주친 스칼릿이 화들짝 놀랐다. 내가 물었다.

"어디 갔었어?"

스칼릿이 머뭇거리며 대답했다.

"어, 어딜 가긴. 화장실 다녀왔어."

"아."

나는 그제야 마음이 놓였다.

스칼릿이 자리에 몸을 뉘었다. 사납게 휘몰아치는 폭풍우 소리를 들으며 나도 다시 스르르 잠에 빠져들었다.

다음 날 아침, 스칼릿과 함께 식당으로 가자 아리아드네가 쟁반을 들고 내게 후다닥 다가왔다.

"방금 나이트 선생님이 다른 선생님한테 하는 이야기를 들었는데, 학교에 도둑이 들었대! 그래서 교장 선생님이 불같이 화를 냈나 봐."

나는 귀가 번쩍했다.

"정말? 뭘 훔쳐 갔대?"

곧장 지난가을에 아리아드네와 함께 벌였던 한밤중의 조리실 수색 사건이 떠올랐다. 그와 함께 또 다른 생각이 머리를 스치고 지나갔다.

'이번에는 절대 우리 짓이 아니야. 어젯밤 스칼릿이 방에서

나갔었는데…… 얼마나 있다가 왔을까?'

마침 스칼릿이 오트밀을 들고 자리에 앉았다. 아리아드네의 이야기를 들은 것 같은데 별말이 없었다. 설마 스칼릿이 도난 사건과 관계가 있는 건 아니겠지?

아리아드네가 어두운 표정으로 말을 이었다.

"교장 선생님이 얼마나 화를 내던지, 나이트 선생님도 잔뜩 겁을 먹은 것 같았어. 손을 덜덜 떨더라니까. 내 생각에 나이트 선생님은 교장 선생님을 두려워하는 것 같아. 그래서 교장 선생님 말대로 아이들한테 널 신입생이라고 소개하는 거지. 설마 교장 선생님이 폭스 선생님만큼 지독하지는 않겠지?"

나는 대답 대신 어깨를 들썩여 보였다. 그 문제에 대해서는 생각도 하고 싶지 않았다. 하지만 나이트 선생님이 교장 선생님을 두려워한다면 왜 나에 대한 진실을 말하지 않는지 설명이 되었다. 아리아드네가 입술을 파르르 떨며 덧붙였다.

"도난 문제 때문에 전교생 모임이 열릴 거래. 체벌당하지 않으면 좋겠어."

"네가 왜 벌을 받니?"

아리아드네는 끔찍한 범죄를 자백하기라도 하듯 움찔했다.

"그야…… 선생님들 이야기를 엿들었으니까."

나는 웃으며 아리아드네의 등을 토닥여 주었다.

"우리 학교 교칙이 정말 많긴 하지만, 내가 장담하는데 그런 일을 금지하는 교칙은 없을 거야."

75

"아, 휴. 다행이다."

나는 스칼릿에게 눈길을 돌렸다.

"도둑이 뭘 훔쳐 갔는지 혹시 알아?"

스칼릿이 오트밀을 우물거리며 대답했다.

"아니. 내가 그걸 어떻게 알아?"

스칼릿이 내게 뭔가를 숨기고 있다는 느낌이 들었다. 뭔가 꺼림칙했지만 나는 더 이상 묻지 않았다.

전교생 모임에서는 교장 선생님이 아니라 나이트 선생님이 단상에 올랐다. 그나마 조금 마음이 놓였다. 교장 선생님을 이렇게 빨리 다시 보고 싶지 않았다.

"여러분, 중요한 문제가 있어서 모임을 소집했습니다. 어젯밤 도난 사건이 발생했어요."

나랑 스칼릿, 아리아드네를 제외한 모두가 헉하고 숨을 들이켰다.

"외부에서 침입한 흔적이 없으니 학생 중 한 명이 벌인 짓이라고 봐야겠지요. 참으로 실망하지 않을 수 없군요."

앞쪽에 있던 누군가가 손을 들었다.

"선생님, 도둑이 뭘 훔쳤는데요?"

"세탁실에서 페넬로페 윈체스터 양의 옷을 훔쳐 갔어요."

이번에는 나도 놀라지 않을 수 없었다. 주위를 둘러보니 내 몇 줄 뒤쪽에 페니의 모습이 보였다. 페니의 온몸에서 화가 뿜어져 나오고 있었다.

갑자기 걱정이 밀려왔다. 스칼릿과 페니가 서로를 얼마나 미워하는지는 이미 모두가 안다. 어제만 해도 페니가 스칼릿한테 얼마나 못되게 굴었는지 모른다. 설마 스칼릿이 그에 대한 복수를 하려고 일을 꾸미는 건 아니겠지?

아이들이 수군대자 나이트 선생님이 조용히 하라고 손짓하곤 말했다.

"우리 학교는 도난 문제를 절대로 그냥 넘어가지 않아요. 범인이 잡히면······."

나이트 선생님은 마른침을 꼴깍 삼키고서 말을 이었다.

"아주 엄한 벌을 받게 될 겁니다."

스칼릿은 무표정한 얼굴로 어떤 반응도 보이지 않았다. 나이트 선생님은 손에 든 종이를 흘긋 내려다보며 이어 말했다.

"교장 선생님께서는 여러분을 계속 주의 깊게 지켜볼 것이며, 필요하다면 징계 수준을 높일 작정이시라는 점을 명심하기 바랍니다."

순간 나이트 선생님의 얼굴에 공포의 빛이 스치고 지나갔지만, 이내 평소 모습으로 돌아왔다.

"그와 관련해서 새로 뽑힌 반장 명단을 발표하겠습니다. 반장들은 교칙을 어기는 학생을 적발했을 경우 교장 선생님께 보고하는 임무를 맡을 것입니다."

나이트 선생님은 종이를 펼치고서 목을 가다듬더니 명단을 읽기 시작했다.

"먼저 페니 윈체스터."

몇몇 아이들이 대번에 끙 하고 앓는 소리를 냈다. 나도 한숨이 저절로 나왔다. 페니가 반장이라니, 악몽 같은 나날이 이어질 게 뻔했다. 내내 무표정하게 있던 스칼릿도 그 결정이 못마땅한지 볼멘 얼굴을 했다. 다시 발표가 이어졌다.

"그리고 모린 올컷, 레티 클라크, 도러시 캠벨입니다. 이 학생들은 모두 평소 모범적인 태도를 보여서 반장으로 뽑혔습니다. 호명된 학생들은 오늘 오후 교장 선생님과 면담하세요."

전교생 모임이 끝나자 스칼릿은 벌떡 일어나더니 내게 한마디도 없이 강당을 뚜벅뚜벅 걸어 나가 버렸다. 아리아드네가 내 소매를 당기며 말을 걸었다.

"너무 끔찍하지 않아? 페니가 반장이라니! 난 우리가 어느 정도 화해했다고 생각했는데, 페니는 여전히 못되게 굴기만 하더라고."

나는 우울한 얼굴로 대답했다.

"게다가 옷까지 도둑맞았잖아. 누구 짓인지 알아내려고 평소보다 더 지독하게 굴 거야."

"교장 선생님이 왜 하필 페니를 뽑았는지 모르겠어. 교장 선생님은 참…… 참……."

"특이하다고?"

아리아드네는 연갈색 머리카락이 나부낄 정도로 열심히 고개를 끄덕였다. 나는 한숨을 푹 쉬며 한마디를 덧붙였다.

"이 학교는 모두가 그런 것 같아."

점심시간 즈음이 되자 나는 더 이상 입을 다물고 있을 수가 없었다. 하루 종일 같은 생각이 머리를 떠나지 않았다.

혹시 스칼릿이 범인은 아닐까?

밤새 폭풍우가 몰아친 뒤 비구름이 걷히면서 날이 더할 나위 없이 화창했다. 나는 스칼릿을 데리고 학교 뒤편에 있는 거대한 떡갈나무 아래로 갔다. 스칼릿이 물었다.

"아이비, 원하는 게 뭐야? 꽃목걸이나 만들며 놀자고 여기까지 데리고 온 건 아닐 거 아냐?"

"그래. 난 네가 무슨 일을 벌이는 건지 알고 싶어."

스칼릿이 차갑게 대꾸했다.

"내가 무슨 일을 벌인다는 거야?"

"어젯밤에 나갔다가 왔잖아. 네가 페니의 옷을 훔친 게 아니라면……."

"무슨 소리야? 난 범인이 아니야! 내가 뭣 하러 그 애 옷을 훔치겠어? 넌 도대체 날 뭐로 보는 거니?"

"솔직히 의심스러운 상황이잖아."

"아니. 난 너랑 피를 나눈 쌍둥이 자매야. 그런 짓은 하지 않아. 그러니 너도 날 의심하지 마."

나는 발끈해서 대꾸했다.

"그럼 의심이 가게 굴지 말든가! 이미 넌 나한테 뭔가를 숨긴 전적이 있잖아. '중요한 문제'에 대해서 말이야. 작년에 네가 무슨 일을 벌였는지 잊었어?"

스칼릿이 대답 없이 팔짱을 끼며 휙 돌아섰다. 단단히 화가 난 스칼릿을 보고 있자니 이쯤에서 그냥 넘어갈까 하는 마음이 들기도 했다. 하지만 더 이상 스칼릿한테 휘둘리지 않기로 마음을 다잡고 다그쳤다.

"모르는 척하지 마!"

스칼릿이 여전히 시선을 돌린 채 대꾸했다.

"내가 왜 너한테 일일이 설명해야 하는데? 난 내가 하고 싶은 대로 할 거야."

"뭐든 네 마음대로 하며 살 수는 없어!"

내가 스칼릿의 어깨를 꽉 움켜쥐고 잡아당기자 스칼릿은 하는 수 없이 고개를 돌려 나를 쳐다보았다. 내가 쏘아붙였다.

"넌 이 학교에 너무도 간절히 들어오고 싶어서 입학 허가서를 바꿔치기했어. 그 일로부터 이 모든 사태가 벌어졌잖아! 그런데 너는 원하는 걸 얻고서도 또다시 말썽을 피우면서 기회를 낭비하고 있어!"

스칼릿이 목소리를 높여 대답했다.

"넌 이해 못 해! 절대 못 할 거야!"

스칼릿은 분통을 터뜨리며 떠나 버렸고, 나는 홀로 남았다.

스칼릿

수업 내내 꾸벅꾸벅 졸다가 맛없는 저녁을 먹고 나니 다시 밤이 찾아왔다. 나는 아이비와 한마디도 섞지 않았고, 아이비도 내게 딱히 말 걸 생각이 없는 듯했다. 나는 아이비가 잠들 때까지 기다리다가 어깨를 콕 찔러 깨지 않는지 확인까지 한 다음, 숨겨 놓은 곳에서 새 일기장을 꺼냈다. 밤이 되면 룩우드 기숙 학교는 그림자와 정적에 잠겨 으스스하기 짝이 없다. 과연 계속 일기를 쓰고 싶은 마음이 들지 나 스스로도 알 수가 없었다. 그래도 잠 못 이룬 채 침대에 누워 있기만 하는 것보다는 낫겠지.

잠들면 어떤 악몽을 꿀지 나는 알고 있었다. 늘 같은 꿈이었다. 어제도 그랬다. 벽 속에 갇힌 여자아이들이 보였다. 얼굴 없는 아이들이 주먹으로 벽을 마구 내리치며 꺼내 달라고 비명을 질렀다. 그래서 어젯밤에는 꿈에서 깨서 화장실에 다녀왔다. 하지만 그것도 무섭기는 매한가지였다. 난 그냥 침대에 머무는 쪽이 더 안전하다는 결론을 내렸다.

지금 여기가 아닌 다른 곳에 있다면 얼마나 좋을까?

그 말을 쓰고서 한참을 쳐다보았다. 달리 할 말이 없었다.

아이비는 내가 페니의 옷을 훔쳤다고 생각한다. 하지만 난 결백하다. 차라리 내가 범인이면 좋겠다. 그 주근깨투성이 얼굴에 걸린 표정이 정말 볼 만했거든. 하지만 난 정말로 훔치지 않았다. 난 도둑이 아니다.

왜 아이비는 나를 믿지 않는 걸까? 그저 잠이 안 와서 잠시 방에서 나갔을 뿐인데.

이곳은 나를 너무 두렵게 한다. 나는 복도를 돌아다녀도 아무 일이 일어나지 않는다는 걸 확인해야만 했다.

나는 코를 훌쩍이며 눈가에 맺히는 눈물을 애써 무시했다. 크고 어두운 창문을 올려다보니 비가 세차게 쏟아지고 있었다. 아무런 말이 생각나지 않았다. 이건 나답지 않은데. 스칼릿 그레이는 겁먹지 않는데.

쿵.

뭐지?

나는 똑바로 자세를 고쳐 앉았다.

쿵.

방 안은 칠흑 같은 어둠에 잠겨 있었지만, 이불을 뒤집어쓰고 자는 아이비의 모습이 희미하게 보였다. 낮게 코 고는 소리도 들렸다.

'나는 안전해. 어떤 것도 나를 해치지 않아.'

속으로 그 말을 되뇌고 또 되뇌었다.

수요일 아침이 밝았다. 기상 시간을 알리는 종소리가 망치처럼 머리를 탕탕 때렸다. 내가 밤새 깨어 있었다는 걸 아이비가 알아차렸는지 모르겠다. 아이비는 아무 말도 하지 않았다. 사실 아예 나랑 말 자체를 나누려 하지 않았다.

나이트 선생님은 다시 전교생 모임을 소집했다. 상황이 도무지 나아질 기미가 보이지 않았다.

"안타깝게도 어젯밤 또다시 도난 사건이 일어났습니다. 주방에서 음식이 잔뜩 사라졌어요."

이어 나이트 선생님은 어이없다는 듯이 손에 들고 있던 종이를 내려다보며 말을 이었다.

"게다가 존스 선생님 말씀으로는 도서관에서 책도 없어졌다는군요. 여러분, 이건 정말 말도 안 되는 일이에요!"

수선거리는 소리가 강당 전체로 퍼져 나갔다. 다들 누가 범인인지 이런저런 추측을 내놓고 있었다. 그러고 보니 밤에 무슨 소리를 들었는데, 혹시 도둑이 낸 소리일까?

아이비에게 그 얘기를 하려고 고개를 돌렸더니 잔뜩 인상을 찌푸린 얼굴이 눈에 들어왔다. 으, 말해 봐야 소용없겠군. 아이비는 그저 내가 잘못을 덮으려 한다고 생각하겠지.

"우리 학교는 절도 행위를 절대로 그냥 넘어가지 않습니다. 어떠한 정보도 좋으니 범인에 대해 아는 바가 있으면 교장 선생님이나 내게 바로 알려 주세요."

이어 나이트 선생님은 공지 사항을 전하고, 성경에 나오는 이야기를 들려주며 도둑질이 얼마나 나쁜 일인지 거듭 말했다. 우리가 그걸 모르기라도 할까 봐 말이다.

하긴, 한 명은 모르는구나.

도대체 누가 범인일까?

모임이 끝나자 페니가 나이트 선생님에게 다가가더니 뭐라고 속삭이기 시작했다. 나는 강당에서 나가려고 자리에서 일어서면서 페니의 행동을 주의 깊게 지켜보았다. 아니나 다를까, 페니가 손가락으로 정확히 내 쪽을 가리켰다.

저 거머리 같은 계집애! 나에 대해 뭔가 고자질하는 게 분명했다. 이번만큼은 정말 잘못한 게 없었다. 속상한 마음을 이야기하려고 고개를 돌렸더니 아이비는 먼저 나가고 없었다.

자리에서 멈칫하는 사이 나이트 선생님이 손짓으로 나를 불렀다. 마음속에 공포가 스멀스멀 밀려들었다. 하지만 나는 최대한 결백해 보이도록 침착하게 미소를 지었다.

내가 선생님 쪽으로 다가가자 페니가 나를 잡아먹을 듯이 노려보며 자리를 떴다. 기숙사 점수 몇 점 얻으려고 나를 도둑으로 몰다니! 절대 페니의 계략에 말려들 수 없었다.

"스칼릿, 페넬로페는 최근 도난 사건에 대해 네가 뭔가 알고 있을 거라고 추측하더구나. 네가 그 애한테 원한을 품고 있다고 말이지."

"선생님, 오히려 그 애가 저한테 원한을 품고 있는 거예요. 저는 아무 짓도 하지 않았어요."

나이트 선생님은 한숨을 푹 쉬었다.

"솔직히 내가 보기에는 너희 둘 다 똑같아. 그만 가 보렴."

나이트 선생님은 돌아서려는 내게 한마디 덧붙였다.

"스칼릿, 조심해. 만약 네게 불리한 증거가 나오면 교장 선생님은……."

"불호령을 내릴 거라고요?"

그 협박을 너무 자주 들었더니 자동으로 말이 튀어나왔다. 나이트 선생님은 엄한 눈빛으로 나를 빤히 쏘아보며 대답했다.

"불벼락이겠지."

발레 수업이 없는 날이지만 나는 핀치 선생님과 이야기를 나누고 싶었다. 아이비는 여전히 내게 화가 나 있고, 아리아드네와는 아직 서먹서먹했다. 하지만 핀치 선생님이라면 내 편이

되어 줄 것 같았다. 그분은 내가 정신 병원에서 구출되게 도와주셨으니까.

그날 일과가 끝날 무렵, 나는 무용실 계단 한 귀퉁이에 팔짱을 낀 채 숨어서 선생님의 수업이 끝나기를 기다렸다. 상급반 학생들이 수다를 떨며 무용실을 떠난 뒤 드디어 핀치 선생님이 계단 위에 선 나를 발견했다.

"어머, 스칼릿. 잘 적응하고 있니? 아이비도 잘 지내고?"

"제가 안 그랬어요."

핀치 선생님이 난간 사이로 나를 올려다보며 눈을 껌벅였다.

"그거 잘됐구나. 그런데 네가 뭘 안 했는데?"

"저는 도둑이 아니에요. 그런데 다들 제가 그랬다고 생각해요. 하지만 전 아니에요. 맹세해요!"

핀치 선생님이 고개를 주억거리더니 내게 내려오라고 손짓했다. 나는 핀치 선생님을 따라 무용실로 들어갔다. 아픈 다리 때문에 오래 걷지 못하는 핀치 선생님은 피아노 앞에 자리를 잡고 앉았다.

"난 너를 믿어."

"그럼 다른 선생님들한테 제가 범인이 아니라고 말해 주시면 안 돼요?"

핀치 선생님은 말없이 피아노 건반을 뎅뎅 두드렸다. 선생님이 생각에 잠길 때 하는 행동이었다.

잠시 후 핀치 선생님이 입을 열었다.

"스칼릿, 말했다시피 난 너를 믿어. 네가 나한테 거짓말을 하리라고 생각하지도 않고. 더 이상은 말이야."

핀치 선생님이 나를 빤히 바라보았다. 아, 피아노 사건을 말하는구나. 나는 얼굴이 화끈거렸다.

"그런데 내가 사람들한테 그렇게 말한다고 해서 도움이 될지 모르겠어. 혹시나 너한테 불리한 증거가 나온다면 더더욱."

"무슨 증거가 있겠어요?"

나는 발끈했다가 한숨을 쉬며 반짝이는 새 피아노에 기대섰다. 내내 마음에 담아 두고 있던 중요한 문제가 있었다.

"선생님, 저만 정직하지 않았던 게 아니잖아요. 선생님도 폭스 선생님의 딸이라는 사실을 말한 적이 없잖아요!"

핀치 선생님이 정신을 집중하려는 듯 얼굴을 문질렀다. 그제야 나는 선생님이 얼마나 피곤한지 알아차렸다.

"우리 모두 사소한 거짓말을 하고 살아. 때로는 그 사소했던 거짓말이 너무 커져 버리지. 잘못된 일이란 걸 알면서도 진실을 숨길 수밖에 없게 되기도 하고."

나는 고개를 끄덕였다.

"무슨 말씀인지 알겠어요."

우리는 거짓말을 통제할 수 있다고 생각하지만, 거짓말은 늘 쉽게 우리 손아귀를 벗어나 버린다.

핀치 선생님은 머뭇거리며 어색하게 미소 짓더니 피아노를 연주하기 시작했다. 대화를 마치자는 뜻 같은데, 나는 아직 할 말이 남아 있었다. 내가 흠흠 하고 목을 가다듬자 핀치 선생님이 연주를 멈추었다.

"선생님. 아이비가 저를 찾을 수 있도록 도와주셔서 감사드려요. 선생님이 아니었으면 전 아직도 그곳에 갇혀 있을 거예요. 그리고, 음…… 만약 폭스 선생님이 제 어머니라면 '저도' 그 사실을 아무도 모르길 바랐을 거예요!"

핀치 선생님이 뭔가 털어놓으려는 듯한 눈빛으로 나를 바라보았다. 그러나 이내 그 생각을 흘려보내려는 듯이 고개를 휘휘 가로저었다. 아무 대화 없이 머쓱한 순간이 지나고 마침내 핀치 선생님이 입을 열었다.

"스칼릿, 고마워. 교장 선생님이 사건을 감추고 비밀에 부치려 하는 걸 나도 알고 있어. 몇몇 선생님이 그 일에 동조해서 아이비가 신입생인 척하는 것도 알고 있고. 힘들면 언제든지 내게 와서 얘기하렴. 너희 둘 다에게 하는 말이야. 서로를 돌봐주도록 해."

아이비

"난 범인이 아니야."

그날 밤, 잠잘 준비를 하는데 스칼릿이 불쑥 말을 꺼냈다. 저녁 식사를 하는 내내 나는 스칼릿과 아예 말을 하지 않았다. 입을 열었다간 또 도난 사건 이야기를 꺼내고 말 것 같아서였다. 이왕 스칼릿이 그 주제를 꺼냈으니 이참에 한마디를 해야 할 것 같았다.

"좋아."

나는 한쪽 팔에 머리를 괴고 스칼릿을 바라보았다.

"그렇다면 네가 훔치지 않았다고 맹세해."

스칼릿은 성난 눈빛으로 나를 노려보다 결국 자존심을 꺾고 말했다.

"맹세해. 우리 엄마 무덤에 걸고 맹세할게. 이제 행복해?"

행복할 리가 있나? 하지만 스칼릿의 말을 믿는 수밖에. 솔직히 여러모로 의심스러운 면이 없지 않았다. 스칼릿이 페니의 성미를 돋우려고 옷을 슬쩍했다는 추리는 그렇다 치더라도, 굳이 맛없는 룩우드 기숙 학교의 음식이나 읽지도 않는 책을 훔친다고? 뭔가 앞뒤가 맞지 않았다.

"그렇다면 범인은 누구일까? 누가 그런 걸 훔치는 거지?"

내가 묻자 스칼릿이 눈을 번득이며 대답했다.

"모르지. 하지만 내가 반드시 알아낼 거야."

스칼릿의 표정을 보니 마음을 단단히 먹은 것 같았다. 이건 아마도 좋은 일이겠지. 범인이 나서서 범인을 잡으려 할 리는 없으니 스칼릿이 정말 결백하다고 봐도 되지 않을까?

그러나 내 쌍둥이 언니는 거룩한 성인이 아니다. 어림도 없지. 지금은 내가 자기를 믿어 주지 않는다고 기분이 잔뜩 상해 있지만, 과거에 스칼릿이 벌인 일을 생각하면…… 글쎄.

이런저런 생각에 잠겨 있는데 갑자기 신경질적인 노크 소리와 함께 문이 휙 열렸다. 사감 선생님이었다.

"얘들아, 소등 시간이야."

사감 선생님이 전등 스위치를 끄고 나가자 방 안에 짙은 어둠이 들어찼다. 나는 아무것도 보이지 않는 천장을 빤히 쳐다보았다. 눈을 감으면 한밤중에 남몰래 방을 빠져나가는 스칼릿의 모습이 자꾸 떠올랐기 때문이다.

혹시라도 스칼릿이 나갈까 싶어서 밤새 깨어 있을 작정이었는데 (물론 스칼릿은 그러지 않았을 거다. 아무렴.) 이내 나는 꿈조차 꾸지 않는 깊은 잠에 빠져들었다.

아침 종소리에 눈을 뜨고서 내가 여전히 룩우드 기숙 학교에 있다는 사실을 깨닫자 어마어마한 실망감이 몰려왔다. 누가 이런 곳에서 깨어나 하루를 맞이하고 싶을까?

아침을 먹으러 식당으로 가는 내내 스칼릿은 늘어지게 하품을 해 댔다. 곁눈질로 스칼릿을 행동을 살피다 보니 슬그머니 의심이 들었다. 설마 밤에 학교 안을 돌아다니며 쓸데없이 일을 꾸민 탓에 피곤한 건 아니겠지?

"반장이 된다는 건 정말 명예로운 일이야."

스칼릿과 함께 오트밀 그릇을 들고 자리에 앉는데 페니의 우쭐대는 목소리가 들렸다. 페니는 자기 친구들한테 학생들 잘못을 기록하라고 받은 빨간 수첩을 보여 주며 잔뜩 뻐겨 댔다.

"바살러뮤 교장 선생님께서 '직접' 날 뽑으셨다잖아."

나는 교장 선생님이 뽑는다면 어떤 자리도 싫을 것 같은데. 그걸 자랑이라고 떠드는 일은 더더욱 하지 않을 거고. 안타깝게도 스칼릿은 뭐든 모르는 척 넘어가는 아이가 아니었다.

"그렇게 선생님들의 노예 노릇을 하고 싶다면 실컷 해!"

스칼릿이 어이없다는 듯이 눈을 빙글 굴리며 한마디를 던지자 앞에 앉은 나이트 선생님이 기겁했다.

"맙소사, 스칼릿! 그게 무슨 소리니!"

스칼릿이 장난스레 혀를 쏙 내밀더니 오트밀을 먹기 시작했

다. 나는 이대로 땅속으로 꺼져 버리고 싶었다. 나이트 선생님
이 자리에서 일어나 스칼릿에게 걸어오더니 스칼릿의 머리를
콕 쥐어박았다.

"아얏!"

내가 보기에는 별로 세게 때리지도 않는데 스칼릿은 비명
을 질렀다. 나이트 선생님이 주의를 주었다.

"스칼릿, 예의를 지키렴."

"네, 선생님."

스칼릿이 부루퉁하게 대답했다. 스칼릿이 과연 그 대답을 지
킬까?

라틴어 수업 시간에 내 의문에 대한 답이 바로 나왔다. 라틴
어 담당인 시몬스 선생님은 동그란 얼굴에 허리까지 오는 길고
붉은 머리카락이 인상적인 분이었다.

"파키오! 파키스! 파키트!"

시몬스 선생님은 칠판 가득 써 둔 동사 목록을 자로 가리키
며 큰 소리로 하나하나 읽어 나갔다. 교실 안은 자로 칠판을 탁
탁 치는 소리와 아무리 받아써도 끝이 없는 동사 발음만 가득
했다. 그런데 내 옆자리에서 드르렁 하고 코 고는 소리가 울려
퍼지기 시작했다. 스칼릿이 교과서를 베고 깊이 잠들어 있었
다. 머리카락이 마치 눈가리개처럼 얼굴 위로 늘어졌다.

"스칼릿!"

나직한 소리로 깨워도 스칼릿은 아무 반응이 없었다. 펜촉으로 콕 찔러도 마찬가지였다. 좀 더 세게 찌르려는데 안타깝게도 시몬스 선생님이 눈치를 채고 다가왔다. 선생님은 자로 책상을 탕 내리쳤다.

"스칼릿 그레이 양!"

스칼릿이 벌떡 고개를 들었다. 늘어진 머리카락이 여전히 얼굴을 덮고 있었다.

"에?"

"내 수업이 지루한가 봐?"

나는 속으로 간절히 외쳤다.

'대꾸하지 마, 대꾸하지 마, 대꾸하지 마.'

"네."

대답과 함께 스칼릿은 다시 교과서에 머리를 뉘었다. 시몬스 선생님의 입술이 파르르 떨리고 뺨이 붉게 달아올랐다.

"어디 감히!"

스칼릿은 감추려는 노력도 없이 흐아암 하고 하품하며 대답했다.

"선생님, 진짜 재미없어요. 좀 더 흥미진진한 얘기 없어요?"

나는 스칼릿을 향해 미친 듯이 고개를 흔들며 아무 말도 하지 말라는 신호를 보냈다. 그러나 스칼릿은 여전히 졸음이 쏟아지는 듯 비몽사몽했다. 설마 어젯밤에도 몰래 방을 빠져나간 걸까? 시몬스 선생님은 화가 나서 어쩔 줄 몰라 했다.

"그레이 양, 라틴어는 아름답고도 중요한 언어야. 존중하는 태도를 보여야 마땅해!"

"고대 로마인들은 이미 다 죽어서 만날 일이 없는데 왜 그 사람들 말을 배워야 하죠?"

키득대는 소리가 교실 안에 퍼져 나갔다.

"그만! 당장 나가!"

시몬스 선생님이 자로 교실 문을 가리켰다. 스칼릿은 자리에서 꾸물꾸물 일어나더니 가방을 챙기는 것도 잊어버린 채 교실 밖으로 나갔다. 문이 쾅 하고 닫혔다.

"그리고 너!"

시몬스 선생님이 고함을 질렀다. 나는 선생님이 누구한테 소리를 지르나 싶어서 주위를 둘러보았다. 그러다가 다시 앞으로 눈길을 돌린 순간, 설마 했던 일이 벌어졌다.

"저요?"

"그래, 너! 쌍둥이 중 나머지 한 명!"

시몬스 선생님이 자를 들고서 내게 삿대질을 했다. 내가 뭘 했다고? 나는 차분하게 대답했다.

"저는 그저 불러 주시는 단어를 받아 적고 있었는데요."

"너는 또 무슨 수작이야? 쌍둥이 아니랄까 봐 둘 다 수업 시간에 그렇게 버릇없이 굴고도 넘어갈 수 있을 줄 알아?"

시몬스 선생님의 목소리가 바들바들 떨렸다. 내가 무슨 소동이라도 벌이려 한다고 여기는 것 같았다.

"선생님, 저는……."

"너도 교실 밖에 나가 서 있어. 당장!"

더 이상 말썽에 휘말리지 않으려면 선생님이 시키는 대로 하는 수밖에 없었다. 나는 내 가방과 스칼릿의 가방까지 챙겨서 자리에서 일어섰다. 걱정스레 나를 바라보는 아리아드네와 눈이 마주쳤다. 나는 어쩌겠냐는 듯이 어깨를 들썩여 보이곤 밖으로 나갔다.

복도로 나가니 스칼릿이 벽에 기대서 있었다. 여전히 두 눈에 졸음이 가득했다. 스칼릿이 인상을 찌푸리며 물었다.

"넌 왜 쫓겨난 거야?"

"너랑 쌍둥이라는 이유로."

나는 스칼릿의 품에 가방을 넘겨주며 부루퉁하게 대답했다. 그러자 스칼릿이 싱글거리며 되물었다.

"아, 넌 아무 짓도 안 했는데? 그것 참 재미있지 않니? 살다 보면 내가 하지도 않은 일로 비난을 받을 때가 있거든."

나는 최선을 다해 심드렁한 표정을 지었다.

"입 다물어. 지금 우리 둘 다 곤란한 상황이라고."

"난 오래 안 있을 거야."

그게 무슨 말이냐고 되물으려는데 스칼릿이 내 손목을 꽉 잡았다. 스칼릿의 눈길을 따라 복도 쪽으로 고개를 돌리니 누군가가 우리 쪽으로 다가오고 있었다.

교장 선생님이었다!

"너희 둘. 교실에서 쫓겨난 거냐?"

교장 선생님이 우리를 가리키며 느릿느릿 다가왔다. 목소리가 크진 않았지만 납처럼 묵직했다. 분노가 가득한 눈빛을 마주하자 덜컥 겁이 났다. 무슨 말에든 재치 있게 대꾸하고 싶은데, 스칼릿이 돌아오니 나는 다시 소심해졌다. 스칼릿이 대답했다.

"그게 아니라……."

나는 곁눈질로 스칼릿을 흘긋 쳐다보았다. 이 상황에서 대체 뭐라고 하려고?

"제가 몸이 안 좋아서 잠시 바람 쐬러 나왔어요. 아이비는 선생님이 시켜서 제가 괜찮은지 살펴보러 나왔고요."

너무 쉽게 거짓말을 술술 늘어놓는 스칼릿의 모습에 나는 깜짝 놀라 눈만 껌벅였다. 하긴, 나도 지난 몇 달 동안 스칼릿인 척하느라 거짓말하며 지냈잖아? 내가 이렇다 저렇다 할 처지가 아니지.

교장 선생님은 스칼릿의 두 눈을 똑바로 들여다보았다. 마치 일종의 눈싸움을 해서 스칼릿이 움찔하며 눈길을 돌리는지 알아보려는 것 같았다. 그러나 스칼릿은 그렇게 쉽게 겁먹는 아이가 아니었다.

이대로 시간이 멈춘 건 아닐까 하는 생각이 들 즈음, 교장 선생님이 입을 열었다.

"흠, 너에게 문제가 있다는 소식이 내 귀에 들어오지 않기를 바라마. 전에는 이곳이 다소 관대하게 운영되었는지 모르겠지만, 이제는 아니야."

그 말을 하고서 교장 선생님은 우리 옆을 지나 몇 걸음을 뗐다. 나는 어리둥절한 채로 벽에 바싹 기대섰다.

'관대했다고? 폭스 선생님 방식이?'

하지만 더 이상 교장 선생님의 관심을 끌고 싶지 않았다. 이대로 벽이 날 삼켜 버리면 좋을 텐데.

"제가 문제를 일으키는 일은 없을 거예요."

스칼릿이 말하자 교장 선생님이 흘긋 뒤를 돌아보았다.

"스칼릿 그레이, 난 네가 어떤 아이인지 알고 있어. 네 과거를 알고 있지. 네가 이미 도난 사건의 범인으로 의심받고 있다는 사실도 알고 있고."

대번에 스칼릿이 발끈했다.

"그건 다 꾸며 낸 얘기예요. 저는 범인이 아니에요!"

"어찌 되었든 넌 지금 살얼음판에 서 있다는 걸 잊지 마라."

교장 선생님은 잠시 우리를 매섭게 노려보더니 저벅저벅 걸어가 버렸다. 심장이 미친 듯이 뛰었다. 몸이 벽에 딱 붙어 버린 것 같았다. 그런데 스칼릿은 싱글싱글 웃고 있었다.

"교장 선생님 표정 봤어? 어르신 성미가 고약하기도 하지, 참 나! 너는 또 왜 그렇게 겁먹은 거야?"

나는 치밀어 오르는 분노를 참으려 아랫입술을 깨물었다. 스칼릿은 눈치도 없이 자꾸 나를 놀렸다.

"그렇게 벽 속으로 들어가다 보면 아예 교실로 돌아갈 수 있을 거야."

"스칼릿, 닥쳐!"

내가 목청을 돋우자 스칼릿이 깜짝 놀랐다.

"하마터면 매를 맞거나 더 심한 벌을 받을 수도 있었어! 다 네 탓이야! 제발 한 번이라도 좀 얌전하게 굴 수 없니?"

스칼릿이 인상을 구기며 대꾸했다.

"모범생 아가씨, 그렇게 혼나는 게 걱정되면 목소리 낮춰."

"난 내가 하지도 않은 일로 벌받고 싶지 않아!"

"하! 내 말이 그 말이거든!"

"네가 훔치지 않은 게 정말 확실해?"

스칼릿이 탄식을 터뜨렸다. 평소처럼 물러서지 않고 계속 몰아붙이는 내 모습에 놀란 것 같았다.

"있잖아, 나는 따지기 좋아하는 새로운 아이비보다 예전 아이비가 훨씬 더 마음에 들어."

그때 시몬스 선생님이 교실 문을 휙 열더니 긴 머리카락을 휘날리며 밖으로 나왔다.

"얘들아! 조용히 벌서지 못해?"

그 뒤로 우리 둘 사이에는 분노로 가득 찬 씁쓸한 침묵만이 흘렀다.

스칼릿이 내 삶 속에 다시 돌아오기를 그토록 간절히 바랐는데, 막상 돌아오고 나니 우리 사이는 엉망이 되고 있었다. 문득 머릿속에 한 가지 생각이 떠올랐다. 너무 못난 생각이라 곧장 밀어내고 싶었지만, 그 생각은 계속 남아서 내 마음을 활활 불태웠다.

이토록 말썽만 피우는 스칼릿을 되찾은 게 과연 잘한 일이었을까?

스칼릿

어떻게든 내 결백을 증명해야 했다.

인정하기 싫지만, 솔직히 나는 폭스 선생님만큼이나 교장 선생님이 두려웠다. 폭스 선생님은 어떤 일을 벌일 수 있는 사람인지 알지만 교장 선생님은 수수께끼였다. 그뿐 아니라 아이비한테 미움받지 않기 위해서라도 누명을 벗어야만 했다.

나는 페니의 옷을 훔치지도, 식당의 음식이나 도서관의 책을 슬쩍하지도 않았다! 나는 반드시 그 사실을 증명해 보일 작정이었다. 그래서 밤에 학교 안을 몰래 돌아다니면서 진짜 범인을 현장에서 잡기로 마음먹었다.

온종일 나를 무시하던 아이비가 드디어 잠이 들었다. 기다리던 기회가 왔다. 나는 한동안 문 앞에 서서 밖으로 나설 용기를 그러모았다. 마침내 손잡이를 돌리자 문이 스르르 열렸다. 나는 눈앞에 펼쳐진 끝없는 어둠을 똑바로 바라보며 스스로를 다독였다.

'어린애처럼 굴지 마. 저 밖에는 아무것도 없어.'

어둠에 눈이 익자 나는 가까스로 계단 쪽으로 움직이기 시작했다. 한 번에 한 걸음씩. 겁낼 것 없었다. 복도에 걸린 시계를 확인하니 곧 자정이었다. 나는 잠시 호흡을 가다듬었다. 이제 몇 걸음만 더 가면 계단이었다.

드디어 계단에 다다르자 마치 전쟁에서 승리한 듯한 기분이 들었다.

'난 할 수 있어. 전부 틀렸다는 걸 증명해 보일 거야.'

모두가 깊이 잠든 학교 안을 살금살금 돌아다닐수록 점점 자신감이 붙었다. 나는 조리실을 가장 먼저 확인해 보기로 마음먹었다.

식당을 가로질러 조리실 출입문 앞에 도착하자 '요리사와 식당 직원 외 출입 금지'라고 손으로 쓴 안내문이 붙어 있었다. 어이가 없었다. 도둑이 이 안내문을 보고서 고분고분 되돌아가기라도 할까 봐 이런 걸 붙여 놓은 걸까?

문손잡이를 확인하니 잠겨 있었다. 나는 문에 귀를 바싹 가져다 댔다. 어라? 무슨 소리가 들리는 것 같았다. 조리실 안에서 희미한 소리가 나는데 아무래도 쥐인 것 같았다. 나는 서둘러 자리를 떴다.

다음은 어디를 확인해야 할까? 밤공기가 너무 차서 외투를 입고 있는데도 팔에 소름이 돋았다.

'도서관?'

식당을 나와 학교 동관 쪽으로 갔다. 복도를 걸으며 어둠에 잠긴 교실 안을 들여다보니 아무도 없어서 마음이 놓였다. 교장실 앞을 지날 때는 벽에 바싹 붙어 소리 없이 움직였다.

드디어 도서관에 도착했더니 불이 켜져 있었다. 따뜻하고 매력적인 빛이지만, 그건 사람이 있다는 뜻이기도 했다. 나는 도서관 입구에 서서 안을 살며시 들여다보았다. 켜켜이 쌓인 책만 가득할 뿐 인기척은 느껴지지 않았다.

'뭐야? 아무도 없잖아?'

아이비는 이야기책을 즐겨 읽지만 나는 그다지 좋아하지 않는다. 이야기 속에서 여자 주인공은 잘생긴 왕자님과 결혼해 근사한 성에 살게 된다. 하지만 현실에서는 못된 새엄마가 주인공 소녀를 사악한 마녀한테 보내 버리고, 그 마녀는 아예 지하 감옥에 가둬 버리지. 비유하자면 그렇다는 얘기다. 이 세상에 해피 엔딩 따위는 없다.

나는 도서관 안으로 들어가 접수대로 향했다. 거기서부터 차근차근 조사할 작정이었는데…… 갑자기 책상 뒤에서 누군가가 불쑥 튀어나오더니 두꺼운 책을 휘두르며 고함을 질렀다.

"물러서! 안 그러면 다칠 줄 알아!"

본능적으로 꺄악 비명이 터져 나왔다. 나는 얼른 손으로 내 입을 틀어막았고, 고함을 친 사서 선생님도 똑같이 했다. 사서 선생님이 날 보더니 책을 쿵 하고 내려놓으며 혼잣말을 중얼거렸다.

"맙소사. 그냥 학생이야, 학생. 카시, 정신 차리자."

그러더니 나를 내려다보며 물었다.

"너 설마 유령은 아니지?"

나는 미친 듯이 뛰는 심장을 진정시키려 애쓰며 대답했다.

"절대로 아니에요."

"다행이네. 놀라게 해서 미안해. 난…… 어휴."

사서 선생님은 책상 뒤에 있는 바퀴 달린 나무 의자에 앉더니 멍하니 책의 먼지를 털어 냈다. (《서유럽의 동식물》이란 책이었다.) 나는 가쁜 숨이 가라앉자마자 너무도 당연한 질문을 던졌다.

"이 밤중에 여기서 뭐 하세요?"

묻고 나니 아차 싶었다. 선생님도 내게 똑같은 질문을 던지면 어떻게 하지?

사서 선생님은 앞머리도 단발머리도 일자로 다듬은 모습에, 호리호리한 몸집에 걸맞은 검은색 원피스를 입고 있었다. 가슴에 'C. 존스'라고 새겨진 이름표가 보였다. 존스 선생님은 눈을 껌벅이며 한참 나를 쳐다보더니 마침내 대답했다.

"책을 지키고 있어."

나는 혹시 선생님에게 뭔가 문제가 있는 게 아닐까 생각하며 천천히 고개를 끄덕였다. 존스 선생님이 불쑥 물었다.

"혹시 우리 아는 사이니?"

"아닐 거예요. 전 도서관에 잘 안 오거든요."

난 계속 이야기를 이어 가야 한다는 사실을 깨달았다. 그래야 선생님이 너는 여기서 뭐 하느냐고 물어볼 생각을 못 할 테니까.

"제 쌍둥이 동생을 본 적이 있으실 수도 있어요."

"아! 쌍둥이! 그럴 수도 있겠네."

"선생님, 그런데 저기…… '무엇'으로부터 책을 지키고 계신 거예요?"

존스 선생님이 눈을 휘둥그렇게 뜨고 나를 쳐다보더니 갑자기 목소리를 확 낮추었다. 주변에 엿들을 사람도 없는데.

"여기 유령이 있는 것 같아."

흠, 생각보다 상태가 좀 심각한 것 같은데.

"유령이 책을 훔쳤다고요?"

존스 선생님이 자리에서 일어서더니 말없이 내게 따라오라는 손짓을 했다. 선생님은 나를 데리고 서가 사이를 지나, 조명이 흐릿하고 오래된 종이 냄새가 나는 도서관 안쪽으로 데려갔다. 두 사람의 발소리가 텅 빈 넓은 공간에 자박자박 울려 퍼졌다. 도서관 안쪽은 오랫동안 사람들의 발길이 뜸했는지 방치된 듯한 느낌이 났다. 서가에 꽂힌 책은 너무 낡아서 만지면 산산이 바스러질 것 같았다.

이윽고 존스 선생님이 걸음을 멈추더니 아래쪽을 손짓했다. 선생님이 가리킨 곳을 내려다보자 도서관 바닥에 서가 '안'으로 걸어 들어간 발자국이 나 있었다.

'맙소사, 내가 지금 뭘 보고 있는 거지?'

나는 더 자세히 살펴보려고 자리에 쪼그리고 앉았다. 아래 선반 쪽으로 이어지던 작은 발자국이 중간에 끊기더니, 한쪽 발뒤꿈치 자국만 남기고 싹 사라져 버렸다. 마치 누군가가 서가 안으로 걸어 들어가기라도 한 것처럼 말이다.

존스 선생님은 불안한 듯 주위를 두리번거렸다. 그럴 만도 했다. 나도 온몸에 소름이 쫙 끼쳤으니까.

'바보 같은 생각 말자. 세상에 유령 같은 건 없어.'

나는 바닥의 발자국에 내 발을 대어 보았다. 크기가 엇비슷했다.

"정말 이상하네요."

나는 내가 이곳에 왜 왔는지를 떠올렸다. 누명을 벗으려면 이 사건의 진짜 배후가 누구인지 알아내야 했다.

"선생님, 혹시 뭔가를 목격하거나 이상한 소리를 들은 적 있으세요?"

존스 선생님이 미간을 찌푸리며 생각을 더듬었다.

"이쪽으로 들어가는 사람은 본 적이 없는데, 무슨 소리를 들은 적이 있어. 여기 이 발자국과 책 도난 사건만 이상한 게 아니야. 벽 속에서 기묘한 소리가 들려. 어떤 때에는 '목소리'도 들리는 것 같아."

'나도 그런데.'

나는 자리에서 일어나 책 선반을 살펴보았다.

"정확히 어떤 책이 없어진 거예요?"

존스 선생님이 울먹이며 대답했다. 이상한 일이 계속 벌어져서 감정이 북받치는 모양이었다.

"대부분 동화책이야. 베아트릭스 포터랑 이디스 네즈빗의 책들, 《피터팬》이랑 《비밀의 화원》……. 전부 다 내가 사랑하고 자랑스럽게 여기던 책인데. 아, 조랑말에 대한 책도 몇 권 없어졌고."

나는 찬찬히 생각을 가다듬어 보았다.

'정체가 누구인지, 혹은 무엇인지 몰라도 여기 이 발자국 주인은 책을 훔쳤고, 나랑 발 크기가 비슷해. 그리고 벽을 통과해서 걸어 다닐 수 있는 것처럼 보여. 흠, 이게 사건을 풀 첫 단서라면 단서네.'

존스 선생님은 멋진 서가를 가리키며 말을 이었다.

"솔직히 너무 무서운데, 더 이상 책을 도둑맞고 싶지 않아. 이 책들은 내 전부나 마찬가지거든."

나는 선생님의 어깨를 다독이며 대답했다.

"선생님, 괜찮아요. 제가 이 사건을 해결할 거예요. 사람들 모두……."

나는 멈칫했다. 솔직히 말해도 될지 고민스러웠다. 하지만 무언가가 내게 계속 말하라고 권하는 것 같았다.

"사람들은 제가 범인이라고 생각해요. 하지만 저는 아무것도 훔치지 않았어요. 맹세해요! 그래서 사람이든 유령이든 진짜 범인을 찾아내야만 해요."

존스 선생님이 걱정스러운 표정으로 미소를 지었다. 그러나 눈가에 웃음기가 엿보였고, 두 눈은 환하게 빛났다.

"좋아, 행운을 빌어 줄게. 신부님을 모셔 와서 퇴마 의식이라도 치러야 하나 생각하던 참이었는데, 여기서 도대체 무슨 일이 벌어지는지 네가 알아낼 수 있다면……."

"알아낼 거예요."

나는 진심으로 약속했다.

선생님과 나는 한동안 그 자리에 말없이 서 있었다. 나는 혹시 무슨 소리가 들리지 않는지 귀를 쫑긋 세웠다. 멀리서 바람에 나뭇잎 바스락거리는 소리가 희미하게 실려 왔다. 가끔 낡은 건물에서 끼익 소리도 났다. 그러나 그뿐이었다.

존스 선생님이 정적을 깨고 말을 꺼냈다.

"같이 있어 줘서 고마워. 아마 넌 이 시간에 여기 있으면 안 될 텐데, 그건 사실 나도 마찬가지야. 네 이름이 뭐지?"

"스칼릿이요."

"스칼릿, 만나서 반가워. 난 카타스트로피 존스란다."

나는 제대로 들은 게 맞나 싶어서 선생님 얼굴을 빤히 쳐다보았다.

"카타스트로피요? 재앙을 뜻하는 카타스트로피 말이에요?"

존스 선생님이 한숨을 푹 쉬며 대답했다.

"그래. 어머니가 중국 사람인데, 특이한 영어 단어에 관심이 많으셨거든. 주변 사람들은 대부분 나를 카시라고 불러."

존스 선생님은 손목에 찬 작고 예쁜 시계를 확인하더니 말을 이었다.

"어머나! 시간이 이렇게 됐네. 어서 방으로 돌아가렴. 자칫하다간 큰일 나겠어."

옳은 말씀. 위험천만한 시도였지만, 그래도 누가 범인인지 알아내는 데 아주 미세한 진전이 있었다. 부지런히 도서관 출입구로 가는데 문득 선생님 책상 위에 놓인 두꺼운 책이 눈에 띄었다. 흠, 떠나기 전에 이건 확인해야 할 것 같다.

"그런데 선생님, 유령을 어떻게 공격하려 하신 거예요? 유령은 물건을 통과하지 않나요?"

존스 선생님의 얼굴이 갑자기 하얗게 질렸다.

"아, 그 생각을 못 했네."

아이비

어젯밤, 잠들지 않고 계속 스칼릿을 지켜보려 했는데 결국 실패하고 말았다. 아침 식사 시간이 되자 스칼릿은 저러다 오트밀 그릇에 얼굴을 푹 처박는 게 아닐까 걱정될 정도로 꾸벅꾸벅 졸며 식사를 했다. 밤새 잠을 제대로 이루지 못했나 보다 하고 넘어가고 싶었지만, 내 직감은 스칼릿이 또 밤마실을 다녀왔을 거라고 속삭였다. 설마 남의 물건을 훔치러……?

곧바로 그런 생각을 하는 나 자신을 꾸짖었다. 스칼릿이 내게 숨기는 비밀이 너무 많아서 화가 나긴 하지만, 그런 짓을 하지 않았다고 분명히 맹세했으니 그 말을 믿어야 했다. 비록 말썽꾸러기이긴 해도 스칼릿이 내게 거짓말할 리는 없었다. 적어도 우리가 다시 만난 뒤부터 지금까지는 그런데…….

옆에 앉은 아리아드네가 수첩에 뭔가를 적는 페니를 보며 내게 속삭였다.

"벌써 수첩이 거의 다 찬 것 같더라! 수상쩍은 행동을 하는 학생이 온 학교에 넘쳐 나나 봐."

에설 해들로가 우리를 보더니 옆에 있는 페니를 툭 쳤다. 그러자 페니가 우리를 향해 눈을 부라리더니 보란 듯이 수첩에 뭔가를 썼다. 나는 아리아드네에게 눈길을 돌리며 대답했다.

"자기를 '쳐다봤다'고 우릴 고발하려나?"

그런다 해도 전혀 놀랍지 않았다. 상대는 다름 아닌 '페니'가 아닌가?

그래도 나디아는 이제 우리랑 꽤 친해져서 탁자 밑으로 살며시 손을 흔들며 인사를 보냈다. 아리아드네가 스칼릿에게 말을 걸었다.

"스칼릿, 너는 수상한 일 목격한 거 없어? 도난 사건과 관련해서 말이야."

스칼릿이 대번에 인상을 구겼다. 혹시 또 추궁당한다고 여긴 걸까?

"유령 짓이야."

스칼릿이 툭 던진 대답에 아리아드네도 나도 눈을 휘둥그레 떴다. 스칼릿이 이어서 말했다.

"진지하게 하는 말이야. 난 유령 같은 거 믿지 않는데, 뭔가 이상한 일이 벌어지고 있어. 도서관에 갔더니……."

"네가 도서관에 갔다고?"

내가 제대로 들은 게 맞는지 귀를 의심했다. 스칼릿이 개의

110

치 않고 계속 말했다.

"그건 중요하지 않아. 중요한 사실은 책 몇 권이 사라진 데다, 도서관 바닥에 발자국이 남아 있는데 그 발자국이 '벽 속'을 향하고 있다는 거야. 사서 선생님이 그러는데 이상한 소리도 들린대. 무서워서 어쩔 줄 모르시는 것 같더라."

아리아드네가 고개를 끄덕이며 말했다.

"맙소사, 유령이라니. 그런데 유령 짓이라면 여러 가지가 설명되긴 하네. 어떻게 아무 곳이나 드나들 수 있는지, 왜 좀처럼 잡히지 않는지."

스칼릿이 무심하게 오트밀을 한 술 떠먹으며 대꾸했다.

"유령이 있다면 그렇겠지. 하지만 유령은 존재하지 않아."

아리아드네는 물러서지 않았다.

"그래도 정말로 유령이 있다면 그건 누구일까? 여기서 죽은 사람일까? 설마 그런 사람이 있을 리가."

마침 쟁반을 들고서 우리 뒤를 지나가던 나디아가 걸음을 멈추었다. 쟁반 위의 빈 그릇이 쭉 미끄러졌다.

"너희 여기서 죽은 여자애 이야기 모르니?"

우리는 일제히 고개를 저었다. 나디아는 얼른 나이트 선생님이 듣고 있지 않은지 확인하더니 우리 쪽으로 몸을 숙였다.

"20년 전쯤에 사고가 있었대. 뭔가 일이 크게 잘못되어서 학생 한 명이 익사했다고 들었어."

나는 기겁해서 스칼릿을 돌아보았다. 지금 스칼릿의 표정이

내 얼굴에도 똑같이 드러나 있겠지.

"정말이야?"

내가 되묻자 나디아는 어깨를 들썩이며 대답했다.

"그냥 소문일지도 몰라. 그런데 학교 어딘가에 그 사건을 기리는 추모비가 있나 봐. 페니랑 같이 찾아 본 적이 있는데, 우리는 발견하지 못했어."

아리아드네가 설마 하는 눈빛으로 되물었다.

"에이, 신입생들 겁주려고 지어낸 이야기 아냐?"

"알 게 뭐야. 어쨌든 혹시 모르니까 물 조심해."

나디아는 장난스레 윙크를 찡긋하고서 자리를 떴다. 가볍게 던진 농담이었겠지만 나는 온몸에 소름이 쫙 돋았다. 몇 달 전 나디아가 수영장으로 떠미는 바람에 하마터면 익사할 뻔했으니까. 그때 나디아는 내가 스칼릿인 줄 알고 그랬지만. 다행히 폭스 선생님이 스칼릿을 정신 병원에 가두었다는 사실을 알게 된 뒤부터 나디아는 우리에게 적의를 내뿜지 않았다.

"어우, 소름 끼쳐……."

나는 말을 하려다가 아리아드네의 반짝이는 눈빛을 보고서 바로 입을 다물었다. 뭔가 아이디어를 떠올리고 있는 게 분명했다. 곧 아리아드네가 말을 꺼냈다.

"얘들아, 우리가 이 사건을 조사해 보자. 스칼릿이 범인이 아니라면 누가 이런 일을 벌이는지 알아내야지. 설사 그게 유령이라 해도 말이야."

"'내가 범인이 아니라면'이라니. 무슨 말이 그래?"

스칼릿이 뾰족하게 되묻고는 이내 얼굴을 확 밝혔다.

"아, 그럼 날 도와주겠다는 거야?"

"당연하지."

아리아드네와 함께 입을 모아 대답했다. 하지만 마음 한구석이 불편했다. 솔직히 내 대답은 아리아드네보다 아주 조금 늦었다.

예배당에서 설교를 듣는 내내 유령 생각이 머리를 떠나지 않았다. 정확히 말하면 이곳에서 죽었다는 아이가 자꾸만 맴돌았다. 그 아이는 예배당 밖 잡초가 웃자란 조그만 묘지에 묻혔을까? 예배당 벽에 가득 박힌 명판 중 하나에 그 아이 이름이 새겨져 있는 건 아닐까? 물론 그럴 가능성은 별로 없었다. 이 예배당은 아주 오래전에 지어졌고, 묘지에서는 1880년 이후에 세워진 묘비를 본 적이 없으니까. 아무래도 나디아가 우리를 겁주려고 꾸며 낸 이야기 같았다.

예배당 안에 가만히 앉아 있으려니 추워서 몸이 바들바들 떨렸다. 나는 카디건 자락을 여미다가 문득 곁에 앉은 스칼릿을 보았다. 그러자 새삼 그 애한테 무슨 일이 있었는지 떠올랐다. 이 학교에서는 무시무시한 일들이 실제로 벌어진다. 선생님들마저 어쩌지 못하는 일들이…….

오후에는 자유 시간이 주어져 사건 조사를 할 틈이 생겼다.

게다가 우리한테는 뭐든 한번 하기로 마음먹으면 아무도 못 말리는 아리아드네가 있었다.

"스칼릿, 네가 도서관에서 발견한 걸 우리한테도 보여 줘."

아리아드네가 묻자 스칼릿이 내게 속삭이는 척하면서 다 들리는 목소리로 말했다.

"쟤를 꼭 데리고 다녀야 해?"

나는 얼른 스칼릿에게 조용히 하라는 뜻으로 눈을 부라렸다. 다행히 아리아드네는 전혀 기죽지 않았다.

우리 셋은 부지런히 동관으로 향했다. 도서관에 도착해 보니, 바이올렛이 안쪽 책상에 혼자 앉아 책 몇 권을 펼쳐 놓고 뭔가를 부지런히 적으며 공부하고 있었다. 그 모습을 본 아리아드네가 고개를 갸웃하며 말했다.

"희한하지? 방에서도 바이올렛은 말 한마디 없이 입을 꾹 닫고 있거든. 다정하게 굴지는 않더라도 날 좀 괴롭히지 않을까 걱정했는데, 저 애는 예전 친구들하고도 이야기를 나누지 않는 것 같아."

확실히 뭔가 이상하기는 했다. 그동안의 일을 겪으면서 바이올렛이 예전 태도를 버린 걸까? 그렇다면 스칼릿도 그만큼 마음에 상처를 입은 건 아닐까? 나는 스칼릿의 얼굴을 슬쩍 살펴보았다. 그러나 표정만으로는 아무것도 알 수 없었다. 예나 지금이나 내게는 똑같은 스칼릿이었다.

"얘들아, 바이올렛은 신경 쓰지 마. 어서 존스 선생님이나 찾아 보자."

스칼릿은 아리아드네와 나를 서가 안쪽으로 데리고 갔다. 이 시간대에는 도서관이 꽤 붐볐다. 책을 한가득 안아 들고 낮은 소리로 수다를 떨며 지나다니는 학생들이 꽤 많았다.

잠시 후 우리는 책장 한 칸을 뚫어져라 바라보는 존스 선생님을 찾아냈다.

"저, 선생님?"

아리아드네가 말을 걸자 존스 선생님이 이름표를 만지작거리며 돌아섰다.

"응?"

이번에는 스칼릿이 물었다.

"뭘 보고 계세요?"

존스 선생님이 먼지 쌓인 책 선반을 가리키며 대답했다.

"여기 뭔가가 잘못되어 있어. 이쪽은 아직 책 목록을 만들지 못했는데, 그래도 이 책들은 분명…… 차이가 있어."

나는 선생님 옆으로 고개를 내밀고서 책을 살펴보며 물었다.

"어떤 차이가 있는데요?"

"표지 색상이 묘하게 달라 보여. 그리고 제목도……."

존스 선생님은 말을 하다 말고 고개를 세차게 흔들었다. 그 생각을 떨치려 하는데 뜻대로 잘 되지 않는 것 같았다.

"얘들아, 미안. 나랑 할 이야기가 있어서 온 거니? 어머나, 너희 둘 정말 똑같이 생겼구나!"

115

"G, H, O, S, T 이야기를 하러 왔어요."

아리아드네는 혹시 누가 엿들어도 바로 알아차리지 못하게 유령이라는 말의 알파벳을 한 자 한 자 풀어 말했다. 존스 선생님의 얼굴이 바로 하얗게 질렸다.

"아, 그렇구나. 그 뒤로는 별일이 없었어. 그래도 둘러보고 싶으면 그렇게 하렴. 난 내 자리에 가 있을게."

존스 선생님은 당황해하는 우리를 남겨 두고서 서둘러 접수대로 돌아갔다. 잠시 어색한 침묵이 흐른 뒤 스칼릿이 바닥을 가리키며 말했다.

"어? 발자국이 사라졌어."

아리아드네가 허리를 숙이고서 책장 아래쪽을 찬찬히 살펴보았다. 그러고는 손가락으로 바닥을 쓸어 보더니 인상을 찌푸리며 중얼거렸다.

"여기 물이 묻어 있어."

'물? 혹시 물에 빠져 죽은 여학생의……?'

나는 차마 그 생각을 입 밖으로 내지는 못했다. 너무 터무니없이 느껴졌다.

"관리인 아저씨가 바닥을 닦은 게 아닐까? 아니면 범인이 발자국을 지웠는지도 모르지."

스칼릿의 말에 나는 고개를 끄덕였다. 하지만 머릿속에는 젖은 누더기 차림의 유령이 몸을 휘감은 수초 때문에 꼼짝하지 못한 채 머리카락을 휘날리며 허공을 미끄러지듯 움직이는 모습이 선명히 그려졌다. 생각을 떨치려고 고개를 돌렸다.

"물러나."

어느새 뒤에 있던 바이올렛이 내 눈을 똑바로 보며 으름장을 놓았다. 난 너무 놀라서 하마터면 비명을 지를 뻔했다. 바이올렛이 유령은 아니지만, 갑작스레 나타난 데다가 눈빛이 너무 사나웠다. 바이올렛이 말하는 걸 처음 들어서 놀란 측면도 있었다.

스칼릿이 내 앞을 막아서며 대꾸했다.

"뭐에서 물러나라는 거야?"

바이올렛이 우리 둘을 번갈아 쳐다보았다. 표정을 보니 상대해야 할 그레이 집안 딸이 한 명 더 늘어서 짜증이 치미는 모양이었다.

"여기서 물러나라고. 뭘 할 작정인지 모르지만 하지 마. 무조건 하지 마."

스칼릿이 뭐라고 대꾸할 겨를도 없이 바이올렛은 성큼성큼 떠나가 버렸다.

스칼릿

"쟤가 유령이야!"

아리아드네가 외쳤다. 나는 내 이마를 철썩 치며 대꾸했다.

"아, 쟤가 범인이로구나! 그래, 우리한테 들켜서 협박을 한 거야. 그렇지 않으면 왜 여태껏 말도 안 하다가 갑자기 우리더러 물러서라느니 마라느니 하겠어?"

그러자 생각에 잠겨 있던 아이비가 입을 열었다.

"하지만 그 사실을 어떻게 증명하지? 너랑 바이올렛이 서로 싫어한다는 건 모두가 아는 사실이잖아. 그 애가 범인이라고 고발해도 받아들여지지 않을 거야."

일리가 있었다. 하지만 마음에 들지는 않았다.

"두고 봐. 내가 꼭 증거를 찾아내고 말 거야."

그날 밤, 나는 아이비한테 취침 시간에 몰래 나가서 조사를 계속할 작정이라고 말할지 말지 한참 동안 고민했다. 어둠에 잠긴 학교 안을 살금살금 돌아다니는 바이올렛을 현장에서 잡아서 최근 벌어진 도난 사건이 모두 그 애 짓이라는 걸 증명하고 싶었다. 그런데 그 말을 하면 아이비는 그러다 더 곤란해질 수 있다며 말릴 게 분명했다. 겨우겨우 다시 대화를 나누기 시작했는데…… 아무리 생각해도 당분간 밤마실은 비밀로 하는 게 좋을 것 같았다.

나는 마음을 가다듬으며 속으로 중얼거렸다.

'문젯거리가 생기는 건 감당할 수 있어. 말썽을 피우는 일이야말로 내 주특기인걸.'

나는 유리창에 하얗게 성에가 끼는 모습을 지켜보며 때를 기다렸다. 옆에서 나직하게 아이비가 코 고는 소리가 들렸다. 살갗에 닿는 침대보의 보송한 느낌이 좋았다. 너무 피곤해서 그냥 잘까 하는 생각이 슬며시 들었다. 그때 갑자기 벽에서 찰카당하고 거친 소리가 울렸다. 나는 놀라서 자리에 벌떡 일어나 앉았다.

'난방용 배관에서 나는 소리일 거야. 별것 아냐.'

나는 심호흡을 하고 13호실 밖의 어둠 속으로 나아가 아리아드네와 바이올렛이 쓰는 24호실로 향했다. 아리아드네한테 바이올렛을 감시해 달라고 부탁할 수도 있겠지만, 아직은 아리아드네를 믿어도 될지 확신이 서지 않았다. 게다가 아이비 말에 따르면 아리아드네는 베개에 머리만 대면 바로 잠들고, 한번 잠들면 업어 가도 모른다니 감시 임무는 무리일 것 같았다.

복도 끝의 화장실 바로 옆 모퉁이를 돌자 24호실이 나왔다. 나는 부디 아무에게도 들키지 않기를 바라며 모퉁이에 자리를 잡고 앉아 24호실을 감시하기 시작했다.

10분쯤 지나자 슬슬 의심이 들기 시작했다. 어리석은 생각이었나? 이렇게 밤새 복도에 쪼그리고 앉아 있다가 얼어 죽는 건 아닐까?

한 시간쯤 지나자 손가락과 발가락에 감각이 없어졌다. 이건 바보 같은 생각이었다는 '확신'이 들었다.

그때 괘종시계가 뎅뎅 자정을 알렸다. 그와 동시에 끼이익 하는 소리가 나며 24호실 문이 열렸다. 나는 얼른 화장실로 뛰어 들어가 차가운 벽에 바싹 기대어 섰다. 심장이 미친 듯이 뛰었다. 부디 바이올렛이 화장실에 가려고 일어난 게 아니어야 할 텐데.

숨을 고르고 심장 박동이 가라앉기를 기다리는 사이 화장실 문 앞을 지나가는 발소리가 들렸다. 드디어 움직일 때가 왔다! 살금살금 화장실 밖으로 나가자 계단으로 향하는 바이올렛의 뒷모습이 보였다. 순간 그 애 이름을 부르고픈 충동이 일었다. '너 딱 걸렸어!' 하고 소리치면 바이올렛이 어떤 표정을 지을지 너무 궁금했다. 하지만 마음을 다잡았다.

'어리석은 생각 말자. 아직 증거가 될 만한 행동을 하지 않았 잖아.'

나는 어둠 속에서 바이올렛을 놓치지 않으려고 빠르게, 그러나 소리 없이 뒤를 쫓았다. 서둘러 움직이는 바이올렛의 잠옷이 스윽스윽 바닥을 스치는 소리가 복도에 나직이 울려 퍼졌다. 다음 순간, 바이올렛이 우뚝 멈춰 서더니 뒤를 휙 돌아보았다. 나는 황급히 벽에 붙어서 숨을 죽였다.

나를 봤을까?

무슨 소리가 들리는지 귀를 쫑긋 세웠지만 복도는 고요하기만 했다. 나는 잠자코 그 자리에 서서 기다렸다.

'이 정도면 충분히 기다린 거겠지?'

나는 살며시 앞을 확인했다. 심장이 쿵쾅거렸다. 때마침 바이올렛의 검은 머리칼과 하얀 잠옷 자락이 모퉁이를 끼고 사라지는 모습이 보였다. 이제 들킬 위험은 없을 것 같았다.

바이올렛은 어디를 가는 걸까?

나는 바이올렛을 놓치지 않으려고 다시 부지런히 움직였다. 그러다가 이내 답을 깨달았다. 생각해 보니 너무 뻔했다.

'도서관!'

바이올렛은 범행 현장으로 돌아가는 중이었다. 더 훔칠 책이 있는 걸까? 상황이 흥미진진해졌다. 나는 부디 도서관에 존스 선생님이 있기를 바랐다. 내가 의기양양하게 바이올렛의 정체를 밝히고, 내 누명을 벗는 장면을 목격한 증인이 되어 주기를 말이다.

도서관에는 전등이 딱 하나 켜져 있었다. 주황색 불빛이 흐릿한 도서관 안에는 인기척이 전혀 느껴지지 않았다. 존스 선생님이 지키고 있다 해도 지금은 자리를 비운 것 같았다.

바이올렛은 널따란 도서관 안에 들어서자 걸음을 늦추더니 조심스럽게 접수대로 다가갔다. 존스 선생님이 숨어 있지 않은지 확인하려는 것 같았다. 이윽고 바이올렛은 접수대 안으로 들어가 존스 선생님의 책과 서류를 뒤지기 시작했다.

남의 비밀 캐기를 좋아하는 바이올렛이 폭스 선생님의 서랍을 뒤졌다가 어떤 일을 겪었는지 잊었나? 하마터면 세상에서 사라질 뻔했는데. 아, 내 경우는 다르다. 나는 지금 남의 비밀을 캐는 게 아니라 도둑을 잡기 위해 수사를 하는 거니까.

잠시 후 바이올렛은 발자국이 발견된 서가 쪽으로 걸음을 옮겼다. 나도 높다란 책장 사이에 몸을 숨기면서 바이올렛을 몰래 뒤쫓았다. 어둠에 잠긴 서가 구석으로 다가가며 나는 온 신경을 곤두세운 채 바이올렛의 범죄 현장을 덮칠 준비를 했다. 그런데…….

바이올렛이 사라졌다.

나는 그 자리에 얼어붙었다. 어디로 간 거지? 조금 전까지 내 바로 앞에 있었는데!

공포가 가슴을 옥죄어 왔다. 나는 천천히 뒤돌아섰다. 지금 바이올렛이 내게 달려들면 무슨 일이 벌어질지 알 수 없었다. 옥상에서 있었던 일이 머릿속을 스쳐 지나갔다. 그날의 추위와 어둠이 몰려들었다. 나는 울고 싶은 충동을 억누르며 스스로를 다그쳤다.

'진정하고 어서 계속 찾아 봐.'

나는 먼지 자욱한 공기 때문에 기침하지 않으려고 애쓰며 부지런히 주위를 살폈다. 언제라도 내 최대의 적과 마주칠지 모른다 생각하고 마음의 준비를 단단히 했는데, 그런 일은 일어나지 않았다.

바이올렛은 정말로 사라지고 없었다.

갑자기 내가 혼자라는 사실이 확 실감 났다. 이렇게 어둠에 잠긴 거대한 도서관 안에, 어쩌면 유령이 맴돌고 있을지도 모르는 곳에, 죽음 같은 고요 속에 나 홀로 서 있었다.

아니, 고요하지는 않았다.

내 발아래 어딘가에서 아득히 삐걱대는 소리, 쿵 하는 묵직한 소리가 들렸다. 나무가 거친 바람을 맞고 울부짖었다.

이윽고 벽 속에서 나직한 속삭임이 들린 순간, 나는 뒤도 돌아보지 않고 달아났다.

아이비

한밤중에 스칼릿이 나를 거칠게 흔들어 깨웠다.

"왜?"

나는 멍하니 일어나 자리에 앉았다. 당황해서 어쩔 줄 모르는 스칼릿의 얼굴이 흐릿하게 보였다.

"무슨 일인데?"

"바이올렛을 미행했어."

"뭘 했다고?"

스칼릿이 내 옆에 앉아 거친 숨을 몰아쉬었다. 뛰어온 모양이었다.

"바이올렛이 물건을 훔치는 현장을 잡아서 내가 범인이 아니라는 걸 증명할 작정이었어."

스칼릿이 숨을 고르며 크게 심호흡을 하더니 다시 말했다.

"그래서 그 애 방 앞에 숨어서 기다렸거든. 아니나 다를까,

124

바이올렛이 방에서 나와 도서관으로 가더라고. 그리고 도서관
에서……."

스칼릿이 다시 심호흡하고서 말을 맺었다.

"사라졌어."

그 말을 듣는 순간 잠이 확 달아났다. 나는 쌀쌀한 밤공기를
몰아내려 이불로 몸을 단단히 감쌌다.

"사라졌다니, 그게 무슨 뜻이야?"

바이올렛은 예전에도 실종된 적이 있었다. 제대로 확인해야
했다.

"책장 사이로 걸어가는 모습을 분명히 봤는데, 다음 순간 휙
사라져 버렸어. 어디로 갔는지 몰라. 그리고 어떤 목소리를 들
은 것 같아."

어떻게 그런 일이 있을 수 있을까? 겁도 없이 혼자서 바이올
렛을 미행했다고 잔소리를 퍼부어야 할 것 같은데, 상황의 심
각성이 내 상상을 훨씬 뛰어넘었다. 퍼뜩 섬뜩한 기분이 들었
다.

"마, 만약 네가 본 게 바이올렛이 아니라면? 혹시 유령은 아
니었을까?"

"아이비."

어두워서 얼굴이 제대로 보이지는 않지만, 목소리로 보니 지
금 스칼릿은 어이없다는 듯 눈을 빙글빙글 굴리고 있을 게 분
명했다.

"그럴 리는 없어. 아리아드네 몰래 그 방에서 유령이 자고 있던 거라면 모를까."

나는 침대에 다시 누웠다. 온몸이 부르르 떨리는 건 추위 때문이라고 믿고 싶었다.

"일단 자자. 넌 몰라도 난 자야 해. 내일 아리아드네한테 이 사건을 알리고, 혹시 짐작되는 게 있는지 물어봐야겠어. 아리아드네는 추리를 잘하거든."

그러자 스칼릿이 볼멘소리를 했다.

"'네' 친구가 낄 때까지 기다릴 게 뭐 있어? 우리끼리 바로 가서 살펴보자."

나는 물러서지 않았다.

"안 돼! 취침 시간에 돌아다니다가 걸리면 교장 선생님한테 벌받을 거야. 나는 다시 말썽에 휘말리고 싶지 않아. 아침까지 기다려."

스칼릿이 내 반응에 놀라 흠칫하더니 말없이 자기 침대로 갔다. 그러고는 애초에 방에서 나간 적이 없는 사람처럼 이불을 덮고 누웠다. 잠시 어색한 침묵이 흐르더니 스칼릿이 물었다.

"그 애를 믿어도 돼?"

"누구 말이야? 아리아드네?"

나는 아리아드네 같은 아이를 믿지 않는 사람이 세상에 있을 수 있다는 게 놀라웠다. 스칼릿이 대꾸했다.

"그래. 그 애랑 오래 알고 지낸 사이도 아니잖아. 게다가 그 애는 지금 바이올렛이랑 방을 같이 쓴다고."

"그게 뭐? 아리아드네는 변함없이 아리아드네인걸. 그 애가 도와주지 않았다면 넌 지금 여기 이렇게 있을 수 없었어. 아리아드네는 네 일기장을 찾을 수 있게 도와줬다고!"

스칼릿은 아무 대꾸도 하지 않았다. 나는 눈꺼풀이 점점 무거워지면서 다시 잠으로 빠져들었다.

유령이든 사라진 소녀든, 내일까지 기다려도 될 거야.

다음 날 아침, 나는 어서 식당에 가서 아리아드네에게 스칼릿이 목격한 일을 들려주고 싶어 안달이 났다. 스칼릿은 마음에 들어 하지 않았지만 말이다.

식당에 도착하자마자 에버그린 기숙사 자리를 살펴보았다. 바이올렛의 모습은 보이지 않았다. 다행히 아리아드네는 우리보다 먼저 도착해서 숟가락으로 오트밀을 휘휘 저으며 안에 이상한 게 없는지 확인하고 있었다. 나는 서둘러 전날 밤의 사건을 일러 주었다.

"바이올렛이 사라졌다고? 또?"

아리아드네가 눈을 휘둥그레 뜨며 되묻자 스칼릿이 빈정대듯이 대답했다.

"이번에는 폭스 선생님이랑은 상관없는 것 같아. 완전히 다른 종류의 바이올렛 증발 사건이지."

"도서관에 아무도 없었던 게 확실해?"

스칼릿은 저러다 뒤로 꽈당 넘어지는 게 아닐까 걱정스러울 정도로 의자에 깊숙이 기대앉아 거만한 표정으로 말했다.

"당연하지! 내가 다 찾아 봤는걸. 아무도 없었어. 분명히 그 자리에 있었는데, 다음 순간에 휙 사라지고 없었어. 어떻게 된 건지 네가 한번 추리해 봐."

아리아드네는 눈살을 찌푸려 가며 열심히 머리를 굴리더니 대답했다.

"음, 모르겠어. 이 정도 정보로는 어려워. 확실한 건 오늘 아침 바이올렛이 침대에 누워 있었다는 거야. 아침 먹으러 갈 거냐고 물었더니 끙 소리만 내더라."

우리 셋은 잠시 말없이 저마다 생각에 잠겼다. 잠시 후 아리아드네가 눈을 반짝이며 말을 꺼냈다.

"아, 맞다! 바이올렛 가방에 도서관 책 몇 권이 들어 있는 걸 봤어. 없어졌다던 동화책이랑 조랑말 책일 수도 있어. 그런데 왜 굳이 훔치는 거지? 책은 빌리면 되는데 말이야. 말이 안 되잖아."

그때 나이트 선생님이 스칼릿 뒤로 걸어오더니 스칼릿의 어깨를 잡고서 자세를 고쳐 앉게 했다.

"그레이 양, 뒤로 넘어져서 다치고 싶은 건 아니지?"

스칼릿은 아무 대답 없이 숟가락을 들고 오트밀을 퍼먹기 시작했다. 나이트 선생님이 인상을 팍 찌푸리며 꾸짖었다.

"맙소사, 어머니께서 예의범절을 안 가르쳐 주시던?"

스칼릿은 계속 오트밀을 퍼먹으며 큰 소리로 대꾸했다.

"우리 엄마는 예전에 죽었어요."

나는 기겁해서 입을 떡 벌렸다. 순간 리치몬드 기숙사 식탁 전체가 조용해졌다. 나이트 선생님은 뭐라고 대답해야 할지 갈피를 잡지 못하는 것 같았다.

"원, 세상에!"

주변 아이들의 눈길이 우리 쪽으로 쏟아졌다. 얼굴이 다 화끈거렸다. 탁자 밑으로 스칼릿의 정강이를 차 버릴까 생각했지만 이미 엎질러진 물이었다. 정작 스칼릿은 상황 파악도 못 하고 주변 아이들에게 버럭 소리를 질렀다.

"뭘 쳐다봐?"

심지어 페니마저 움찔했다. 보다 못한 나이트 선생님이 호통을 쳤다.

"스칼릿 그레이, 당장 나가! 어른한테 공손히 말하는 법을 배울 때까지 돌아오지 마!"

그러자 스칼릿이 숟가락을 탕 내려놓더니 성큼성큼 걸어 나가 버렸다. 이제 모두의 눈길이 '나'를 향했다. 나는 그저 머쓱하게 미소를 지었다. 스칼릿이 곁에 없던 시절이 차라리 덜 창피했던 것 같다. 왜 스칼릿은 저렇게 성미가 불같을까?

그날 내 쌍둥이 언니는 온종일 말썽을 일으켜 댔다. 마치 온 학교 선생님 괴롭히기 임무를 맡은 사람 같았다. 물리 수업 시간에는 조별로 실험을 하는데, 물리 담당인 댄버 선생님이 나랑 스칼릿을 한 조에 넣었다. 안타깝게도 댄버 선생님은 우리 둘을 구분하지 못했다. 내가 선생님 질문에 대답하려 손을 들 때마다 선생님은 나를 스칼릿이라고 불렀다. 나는 스칼릿이라 불리는 데 익숙한 터라 굳이 고쳐 주지 않았다. 전기종을 만들어 보는 실험이 한창 진행되던 중 선생님이 말했다.

"아이비, 재료실에 가서 전선 좀 갖다줄래?"

나는 곧바로 자리에서 일어섰다. 그러자 댄버 선생님이 가느다란 손가락으로 스칼릿을 가리켰다.

"아니, 너 말고 아이비."

나는 키득대는 스칼릿을 흘겨보며 대답했다.

"선생님, 아이비는 저예요."

댄버 선생님은 당황해서 어쩔 줄 몰라 하며 말했다.

"어, 그래, 스칼릿. 네가 가져오렴."

댄버 선생님은 칠판에 전기 회로를 그리기 시작했고, 스칼릿은 교실 뒤편에 마련된 재료실로 갔다. 잠시 후, 재료실에서 쾅 하는 소음과 함께 쉭쉭하고 예사롭지 않은 소리가 울려 퍼졌다. 댄버 선생님이 인상을 찌푸리며 고개를 돌렸다.

"페니, 가서 스칼릿이 뭘 하고 있는지 살펴봐 줄래?"

나는 얼른 몇 자리 떨어진 곳에 앉은 아리아드네를 쳐다보았다. 도통 말이 없는 바이올렛과 나란히 앉은 아리아드네는 나랑 눈이 마주치자 자기도 영문을 모르겠다는 표정을 지었다.

페니는 의기양양한 표정으로 자리에서 일어나 재료실로 향했다. 나는 자리에 얼어붙은 채 피할 수 없는 결말을 기다렸다.

"어머, 스칼릿! 너 대체 뭐 하는 거니? 선생님! 스칼릿이 재료실에 홍수를 일으켰어요!"

페니가 일러바치자마자 교실 바닥으로 물이 새어 나오기 시작했다.

"당장 수도꼭지 잠가!"

댄버 선생님이 소리치자 재료실 안에서 스칼릿의 고함이 들렸다.

"꼼짝도 안 해요!"

나는 분통이 터져서 책상에 머리를 쾅쾅 내리치고 싶은 기분이었다. 도대체 수도꼭지는 왜 건드린 걸까?

댄버 선생님이 기가 차다는 듯 허리에 손을 턱 얹고서 한숨을 쉬더니 서둘러 재료실로 향했다. 겨우 수도꼭지를 잠근 뒤, 댄버 선생님은 스칼릿의 팔을 부여잡고 밖으로 끌고 나왔다. 흠뻑 젖은 선생님의 치맛자락에서 물이 뚝뚝 떨어졌다.

"맙소사, 스칼릿 그레이. '가서 전선을 가져오라'는 말을 '가서 홍수를 일으키라'고 알아들은 거니?"

스칼릿이 인상을 찌푸리며 대답했다.

"일부러 그런 게 아니에요. 딱 보면 모르세요?"

댄버 선생님은 시뻘겋게 달아오른 얼굴로 콧김을 뿜으며 소리쳤다.

"물과 전기는 상극이야, 상극! 당장 내 교실에서 나가. 이따가 오후 3시에 와서 벌을 받도록 해!"

"선생님, 저는……."

"나가!"

아무도 부탁하지 않았는데 페니가 대뜸 끼어들었다.

"선생님, 제가 이 일을 반장 수첩에 기록할게요. 스칼릿, 참 잘했어."

페니는 머리 리본을 고쳐 매더니 으스대며 호주머니에서 수첩을 꺼냈다. 그러자 스칼릿이 페니의 손에서 수첩을 확 빼앗아 바닥에 내동댕이치고는 성큼성큼 걸어 교실을 나가 버렸다. 놀란 댄버 선생님은 입을 다물지 못했고, 나는 두 손에 얼굴을 파묻었다.

스칼릿과 나는 똑같이 생겼지만, 이럴 때는 우리가 같은 핏줄이라는 걸 나조차 믿을 수가 없었다.

"난 벌이나 받고 있을 수 없어."

마지막 수업인 발레를 들으러 무용실로 가며 스칼릿이 딱 잘라 말했다. 그러면 벌이 없어지기라도 할 듯이 말이다.

"그렇게 바보같이 굴었으니 벌을 받을 수밖에."

"진짜로 안 돼. 바이올렛을 계속 감시해야 한단 말이야. 아리아드네가 그 애 가방에 책이 들어 있는 걸 봤다며? 도서관에서 훔친 책일 거야. 그렇다면 책을 돌려 놓기 위해 도서관에 다시

갈 거고. 바이올렛을 미행해서 그 책이 없어진 책이 맞는지 확인해야 하는데, 과학실에 처박혀 있으면 어떻게 미행을 해?"

"못 하겠지. 답은 이미 정해져 있어. 그나저나 수도꼭지는 왜 건드린 거야?"

스칼릿이 어깨를 으쓱하며 대답했다.

"목이 말라서 물을 마시려고 수돗물을 틀었다가 잠깐 정신을 딴 데 팔았거든. 도서관 서가 밑에 물이 떨어져 있던 게 생각나더라고. 아무튼 다시 잠그려 하는데 그 엉터리 같은 수도꼭지가 꼼짝도 안 하는 거야."

한숨이 나왔다. 어쩌면 이렇게 스칼릿은 매번 새롭게 말썽을 일으킬까? 그때 갑자기 스칼릿이 학생들의 물결 속에서 나를 끌어내 복도 으슥한 곳으로 끌고 가며 속삭였다.

"아이비, 나한테 좋은 생각이 있어."

예감이 좋지 않았다.

"또 뭐?"

"네가 나 대신 벌받으러 가는 거야."

"스칼릿, 안 돼."

스칼릿은 듣는 사람이 없는지 주위를 둘러보곤 나직하게 말했다.

"어차피 댄버 선생님은 너랑 날 구분 못 해. 이건 끝내주는 아이디어라고."

"아니. 끝장날 아이디어야."

133

나는 다시 걸음을 떼려 했다. 이러다 발레 수업에 늦을 것 같
았다. 그러나 스칼릿이 내 팔을 잡고 놓아주지 않았다.

"네가 내 역할을 해 주면 바이올렛이 무슨 일을 꾸미는지 내
가 알아낼게."

"걔가 무슨 일을 꾸미는지 '내'가 알아내면 안 돼?"

"지금 이 학교에서 바이올렛이랑 가장 팽팽하게 맞서는 사람
이 누구니? 바로 나야. 페니가 나에 대한 불리한 증거를 하나
라도 더 모으면 진짜 골치 아파진다고! 그리고 네가 바이올렛
과 맞서 싸울 수 있겠어?"

나는 어이가 없어서 입을 떡 벌리고 스칼릿을 빤히 쳐다보았
다. 나는 폭스 선생님한테도 당당히 맞섰는데, 스칼릿한테 그
건 아무 의미도 없는 걸까?

"자, 그럼 정해진 거지? 네가 나 대신 벌을 받아 줘. 난 바이
올렛을 감시할게."

내가 뭐라고 반박할 틈도 없어 스칼릿은 복도를 가득 메운
학생들 틈으로 사라져 버렸다.

3시가 되자, 결국 난 과학실 문을 열었다. 교탁에 앉아 숙제
검사를 하던 댄버 선생님이 고개를 들고 나를 쳐다보았다.

"아, 스칼릿. 들어와서 '선생님 말씀을 잘 듣겠습니다.'라고
100번 쓰렴."

"네, 선생님."

나는 힘없이 대답하고서 자리에 앉아 종이를 꺼냈다. 댄버 선생님이 속상한 듯 타일렀다.

"지난 몇 달 동안 수업을 얌전하게 잘 들었잖니. 완전히 다른 사람처럼 말이야. 이제는 말썽을 피우지 않을 줄 알았는데."

나는 한숨을 푹 쉬었다.

"저도 그럴 줄 알았어요."

다섯 줄쯤 썼을까? 갑자기 누군가 교실 문을 똑똑 두드렸다. 고개를 들어 댄버 선생님을 쳐다봤는데 놀랍게도 선생님의 얼굴이 하얗게 질려 있었다.

"들어오세요."

바살러뮤 교장 선생님이었다.

나는 고개를 푹 숙이고 숨죽인 채 그곳에 없는 척했다. 물론 소용없었다. 교장 선생님은 곧바로 나를 알아차렸다.

"그레이 양."

내 이름을 부르는 냉랭한 목소리에 나는 천천히 고개를 들었다. 교장 선생님의 눈길은 이미 나를 떠나 댄버 선생님을 향해 있었다. 교장 선생님이 두 손으로 교탁을 짚고 선생님 쪽으로 고개를 숙이며 물었다.

"학생이 잘못을 저질렀나 보군요?"

그건 질문이라기보다는 선언에 가까웠다.

"네, 교장 선생님."

대답하는 댄버 선생님의 목소리가 파르르 떨렸다. 잠시 고통스러운 침묵이 흐른 뒤 교장 선생님이 다시 입을 열었다.

"고작 반성문 정도로 저 학생이 행동을 고칠 거라고 생각하나요?"

"저는…… 음, 그러니까……."

"그럴 리가 없지요. '창의적인 처벌'. 이 두 마디를 명심하세요. 아이들은 끊임없이 새로운 말썽거리를 생각해 냅니다. 우리는 아이들보다 한발 앞서가야 하지요."

교장 선생님의 섬뜩하고 걸걸한 목소리를 듣는 것만으로도 속이 울렁거렸다. 나는 쓰고 있던 반성문만 빤히 내려다보았다. 글자가 눈앞에서 출렁출렁 떠다니는 것 같았다.

"저 학생은 어떤 잘못을 저질렀나요?"

교장 선생님이 묻자 댄버 선생님이 더듬더듬 대답했다.

"그, 그게…… 하마터면 과학실이 물바다가 될 뻔했어요. 멋대로 수도꼭지를 건드렸거든요."

한참 동안 교장 선생님의 거친 숨소리 말고는 아무 소리도 들리지 않았다. 교장 선생님은 창문 너머로 어두운 하늘을 올려다보았다. 아침에 내리던 이슬비가 오후가 되면서 폭우로 바뀌어 있었다.

교장 선생님이 뭔가 결심을 굳힌 듯 말했다.

"그래, 그거면 되겠어."

교장 선생님은 내 쪽을 보지 않고 계속 말했다.

"그레이 양, 빗속에서 학교 둘레를 네 바퀴 뛰도록 해. 물장난을 치면 안 된다는 걸 확실히 배울 거다. 꾀부리지 않는지 내가 직접 지켜볼 거야."

나는 머릿속이 너무 복잡했다. 스칼릿 역할을 하고 있으니 스칼릿답게 바락바락 말대꾸를 해야 할까? 아니면 아이비답게 '네, 교장 선생님.' 하고 고분고분 벌을 받아야 할까?

교장 선생님이 발을 끌며 교실에서 나갔다. 나는 댄버 선생님을 애원하는 눈으로 바라보았다.

"지금 당장이요?"

댄버 선생님은 정신을 차리려는 듯 머리를 세차게 흔들더니 다시 엄한 눈빛으로 말했다.

"교장 선생님 말씀 못 들었니? 어서 가!"

나는 터덜터덜 교실 밖으로 나갔다. 스칼릿 때문에 내가 이런 꼴을 당해야 한다니 정말 믿을 수가 없었다. 걸음을 뗄 때마다 속으로 스칼릿에게 저주를 퍼부었다.

'이게 다 너 때문이야.'

학교 뒷문에 도착하자 교장 선생님이 문을 열어 놓고는 주름진 얼굴 가득 비웃음을 띠며 서 있었다. 내가 대놓고 거역하면 과연 어떤 끔찍한 벌이 추가될지 상상조차 하고 싶지 않았다.

결국 나는 심호흡을 크게 한 번 하고서 쏟아지는 빗줄기 속으로 걸어 나갔다.

스칼릿

아이비에게 나 대신 벌을 받게 한 건 좀 미안했지만, 그래도 시간을 벌 수 있어서 한결 마음이 놓였다. 나는 빙글 돌면서 다리를 차례로 차올리는 뚜르 쥬떼 동작을 거의 완벽하게 해내며 발레 수업을 순조롭게 마쳤다. 드디어 모든 일과가 끝났으니 남은 시간 동안 바이올렛을 제대로 감시할 수 있겠지.

복도를 지나다가 하키 수업을 마치고 돌아오는 아리아드네와 마주쳤다. 나는 솔직히 아리아드네를 달고 다닐 생각이 전혀 없었다.

"스칼릿."

아리아드네가 순간 실눈을 뜨고 살피더니 되물었다.

"너 스칼릿 맞지? 둘이 나란히 서 있지 않으면 구분하기가 훨씬 어렵네."

음, 원래는 사실대로 대답할 생각이었다. 정말이다. 그런데

138

문득 장난을 좀 쳐도 재미있겠다는 생각이 들었다.

"아니, 난 아이비야. 스칼릿은 댄버 선생님한테 벌받으러 갔잖아. 기억 안 나?"

아리아드네는 자기 이마를 철썩 치며 대답했다.

"아, 맞다! 깜박했네. 넌 어디 가는 길이야?"

"바이올렛을 감시하러. 아무래도 걔가 도서관에 갈 것 같아서 말이야."

"그렇구나! 나도 같이 갈게."

아리아드네는 나를 따라오며 하키 수업에서 있었던 일을 괴로울 만큼 시시콜콜하게 얘기했다.

"그러다가 클라라가 공을 너무 세게 쳐서 나뭇가지에 끼어 버린 거야. 브리그스 선생님이 사다리를 타고 올라가서 작대기로 공을 빼내느라 남은 시간을 다 보내서 수업이 그대로 끝나 버렸어."

나는 아리아드네가 떠들어 대는 내내 예의 바르게 귀를 기울이면서 고개를 끄덕였다. 아이비라면 이렇게 할 테니까.

도서관에 들어서는 순간, 우리는 하마터면 책이 가득 담긴 손수레를 끌고 오던 존스 선생님과 부딪힐 뻔했다.

"어머나! 얘들아, 미안. 거기 있는 걸 못 봤어."

존스 선생님이 하품을 하며 인사를 건네더니 내 쪽으로 고개를 숙이며 속삭였다.

"어젯밤에는 여기를 못 지켰어. 나이트 선생님한테 걸려서 소등 시간에 돌아다니지 말라고 잔소리를 들었거든."

존스 선생님은 한숨을 푹 쉬고서 말을 이었다.

"대신 오늘 아침 일찍 와 봤어. 유령의 흔적은 없는데…… 저쪽 서가에 꽂혀 있던 책들이 또 바뀐 것 같아. 내가 장담하는데 누군가 분명히 그 서가를 건드리고 있어."

아리아드네가 겁먹은 목소리로 물었다.

"유령이 책을 움직일 수도 있어요?"

"나도 모르지. 그럴 수도 있지 않을까? 아니면 폴터가이스트일까? 물건이 저절로 움직이는 괴이한 현상 말이야. 얼핏 보기에는 별문제 없이 모든 게 가지런히 정리되어 있어서, 교장 선생님께 이 일을 말씀드려야 할지 말지 판단이 서질 않네."

교장 선생님이 이 일에 관여하는 것만큼은 막아야 했다.

"선생님, 범인을 잡을 수 있게 '저희가' 도울게요."

"그래, 고맙다."

존스 선생님은 형식적인 인사치레를 남기곤 손수레를 밀고 가 버렸다.

도서관 시계가 나직이 3시를 알렸다. 우리는 접수대로 향하는 바이올렛을 발견하고 서둘러 그쪽으로 갔다.

"야, 바이올렛!"

바이올렛이 메고 있는 가방 사이로 책이 삐죽 드러나 보였다. 오호라! 지금이야말로 바이올렛이 책 도둑이라는 사실을 증명해 보일 기회였다.

"너 딱 걸렸어!"

바이올렛의 가방을 휙 잡아당기자 안에 든 내용물이 와르르 쏟아졌다.

'어, 이런. 물리학 참고서잖아?'

"책 반납하려던 참이야."

바이올렛의 목소리는 차분했지만 검은 두 눈동자는 섬뜩한 빛을 뿜어냈다. 나는 순간 온몸에 소름이 쫙 돋았다.

"넌 왜 날 가만 내버려두질 못하니? 그만큼 했으면 충분하지 않아?"

바이올렛은 책을 주워서 존스 선생님 책상에 우르르 내려놓더니 분통을 터뜨리며 자리를 떴다. 성큼성큼 걸음을 뗄 때마다 가방이 거칠게 흔들렸다.

"스칼릿?"

이름을 부르는 소리에 고개를 돌리자 아리아드네가 못마땅한 표정으로 나를 쳐다보고 있었다. 망했다.

"스칼릿, 그러지 말았어야지."

"뭐 어때? 확인해 봐야 할 것 아냐?"

"아이비라면 절대 그런 식으로 행동하지 않았을 거야. 어떻게 나한테 거짓말을 할 수 있어?"

나는 얼른 이야기 주제를 바꾸었다.

"아, 미안. 그래도 바이올렛을 흔들어 놨잖아! 분명 오늘 밤여기에 돌아올 거야. 틀림없이 뭔가 일을 꾸미고 있어. 이번에는 걔가 방에서 빠져나오기를 기다리고 있지 않을 거야. 우리가 먼저 여기서 기다리다가 현장에서 붙잡아 버리자!"

새로운 계획을 듣더니 아리아드네는 부루퉁한 표정과는 달리 두 눈을 반짝반짝 빛내기 시작했다.

"어서 아이비한테도 알려 주자!"

나는 곧 바이올렛을 잡을 수 있다는 생각에 가벼운 마음으로 방에 돌아왔다. 침내에 설터앉자마자 아이비가 방에 들어섰다. 어쩐 일인지 아이비는 온몸이 흠뻑 젖어 있었다. 머리카락과 옷에서 물이 뚝뚝 흘러내리고 몸이 바들바들 떨렸다.

"네가 정말 미워."

아이비는 그 말부터 던지더니 의자에서 낡은 수건을 집어서 얼굴을 문질러 닦았다.

"뭐? 내가 뭘 했다고 그래? 그리고 넌 왜 이렇게 온몸이 젖었어?"

"'네'가 벌받는 자리에 바살러뮤 교장 선생님이 깜짝 방문했거든. 나더러 빗속에서 학교를 뛰라더라."

나는 놀라서 눈을 휘둥그레 떴다.

"윽, 내가 안 가서 다행이네."

아이비가 내게 수건을 휙 던지더니 버럭 소리를 질렀다.

"너 정말 아무 생각이 없구나?"

"내가 뭘 어쨌다고?"

아이비가 쏘아붙이니 기분이 너무 이상했다. 아이비는 늘 내가 하자는 대로 따르고 맞춰 줬는데.

"내가 어떤 일을 겪었는지 생각해 봤어? 난 몇 달이나 네 행세를 하며 살아야 했어! 그런데 넌 지금도 내게 그런 일을 또 시키고 있잖아!"

난 이해가 되지 않았다.

"예전에도 늘 역할을 바꾸고 놀았잖아. 기억 안 나?"

"스칼릿. 내 말 잘 들어."

아이비의 두 눈이 젖어 보이는 건 빗물 때문일까, 아니면 눈물 때문일까?

"넌 내가 너고 네가 나라고 하지만, 그때마다 나는 말썽에 휘말려. 거기에 '우리' 같은 건 없어. 항상 너뿐이었어. 그러다 너는 사라졌고, 나는……."

흐느끼는 소리가 들렸다. 나는 속이 울렁거렸다.

난 아이비가 나를 의심하는 게, 아이비한테 나 말고 새 친구들이 생긴 게 거슬리기만 했다. 하지만 그동안 아이비가 어떤 시간을 보냈을지 제대로 생각해 본 적이 단 한 번도 없었다.

내가 중얼거렸다.

"난 바보야."

아이비가 실눈을 뜨며 나를 쳐다보았다. 내가 또 무슨 소리를 하려는지 미심쩍은 모양이었다. 난 다시 말했다.

"바보 중에서도 지구 최강 바보 멍텅구리야."

나는 아이비를 (아주 질척질척하게) 끌어안았다.

"다시는 그러지 않을게. 더 배려하고 깊이 생각하도록 노력할게. 용서해 줄 거지?"

"여전히 미워."

그러면서도 아이비는 나를 꼭 안아 주었다.

어둠이 내리고, 바이올렛을 사냥할 시간이 찾아왔다.

아이비는 아직 마음이 완선히 풀리지 않았지만, 같이 가겠다고 고집을 피웠다.

"너 혼자 가게 둘 수는 없어. 그랬다간 더 큰 말썽을 일으킬 테니까."

전날 밤 바이올렛은 괘종시계가 자정을 알리자 방에서 빠져나왔다. 그래서 우리는 미리 11시 반에 살며시 방을 나섰다. 아리아드네는 이미 복도에서 우리를 기다리고 있었다.

"바이올렛한테 몸이 안 좋아서 양호실에 간다고 얘기해 뒀어. 오늘 밤은 거기서 자는 줄 알 거야."

나는 아리아드네의 재치에 씩 웃음이 났다.

"잘했어. 앞으로 훌륭한 거짓말쟁이가 되도록 도와줄게. 어서 가자!"

"으, 추워."

우리는 어두운 복도를 살금살금 걸어서 도서관으로 향했다.

나는 투덜대는 아리아드네에게 입 다물라는 손짓을 했고, 아이비는 그런 내게 인상을 찌푸렸다.

드디어 도서관에 들어섰다. 우리는 책이 켜켜이 쌓인 서가 사이를 지나 짙은 어둠에 잠긴 수사 현장으로 향했다. 아리아드네는 졸린 듯 책장에 등을 기대고 앉았고, 나는 바이올렛이 나타나면 바로 덮칠 준비를 하며 서가 사이를 서성였다. 한편 아이비는 책장에 꽂힌 책을 뚫어져라 쳐다보았다.

"흐으음."

"아이비, 왜 그래?"

"그냥. 여기가 유령 발자국 같은 게 남아 있던 곳 맞지?"

"응."

"바이올렛이 뿅 하고 사라진 장소도 이 근처라는 거지?"

나는 아이비한테 얼른 본론을 말하라는 신호로 열심히 고개를 끄덕였다.

"그리고 존스 선생님이 그랬지? 책이 계속 바뀐다고."

"맙소사!"

아리아드네가 갑자기 소리를 빽 지르며 자리에서 벌떡 일어섰다. 나는 아리아드네가 그렇게 빨리 움직이는 걸 본 적이 없었다.

"뭔데, 뭔데? 내가 뭘 놓친 거야?"

아리아드네가 흥분한 미어캣처럼 아이비와 나를 번갈아 보며 외쳤다.

"이건 책장이 아니야! 책장처럼 보이지만 이건 문이야, 문!"

나는 도대체 무슨 소리인가 싶어서 내 쌍둥이 동생과 내 쌍둥이 동생의 친구를 빤히 쳐다보았다. 둘 다 나를 바라보며 싱글싱글 웃어 댔다. 음, 아주 잠깐 헤매기는 했지만 나도 금방 답을 알아차렸다.

나는 아이비와 아리아드네를 재촉했다.

"어서 열어 보자!"

아리아드네는 손가락으로 원을 그리며 말을 이었다.

"존스 선생님 말처럼 책이 계속 바뀐다면, 반대편에도 책이 있는 게 분명해. 책장이 빙글빙글 도는 거지. 문을 열려면 책장 한쪽을 세게 밀어야 해."

그건 내가 자신 있는 분야였다. 나는 바닥에 발을 단단히 디딘 채 책장 한 귀퉁이를 잡고 있는 힘껏 밀었다. 한참 동안 아무 일도 일어나지 않았다. 슬슬 의심이 들 때쯤 달칵 소리가 나더니 책장 전체가 빙그르르 돌기 시작했다. 이내 우리 앞에 시커먼 어둠이 입을 쩍 벌렸다.

나는 어둠 속을 가만히 들여다보았다. 벽장 정도 크기의 자그마한 공간이 보였다. 그리고 저건…… 계단인가?

아이비가 미리 챙겨 온 양초 토막과 성냥으로 촛불을 켜서 어둠 속으로 내밀었다. 아니나 다를까, 나선형 모양의 가파른 계단이 지하로 쭉 이어져 있었다. 아이비의 손이 바르르 떨리자 촛불이 일렁이며 벽에 기묘한 그림자를 드리웠다.

"가자."

나는 아이비의 손을 잡고 어둠 속으로 이끌었다. 아리아드네는 여태 움직이는 책장을 쳐다보고 있었다.

"근사하다."

"야, 똑똑이. 너도 어서 가자."

"아! 그렇지. 가야지."

비밀 공간 안은 공기가 눅눅하고 차가웠다. 계단은 두툼한 나무판으로 만들어졌는데, 오래되었는지 희미한 촛불 아래서도 썩고 좀이 슨 흔적이 보였다. 부디 우리 몸무게를 견디기를 바랄 뿐이었다. 우리 셋의 숨소리와 발소리가 고요한 계단실에 나직이 메아리쳤다.

밀실 공포증이 스멀스멀 밀려들었다.

'이건 함정이야. 당장 탈출해야 해. 폭스 선생님이 저 아래서 기다리고 있을지도 몰라.'

나는 천천히 심호흡을 하며 아이비의 손을 꽉 붙잡았다.

'아이비와 함께 있는 한 아무 문제 없어. 다 괜찮을 거야. 다시는 갇히지 않을 거야.'

조심스럽게 또 한 걸음 내딛는데 뒤에서 아리아드네가 속삭였다.

"대체 누가 이런 곳을 만들었을까? 아무래도 옛날에 이곳이 귀족 저택이던 시절에 만들어진 것 같아."

"쉿."

나는 입술에 손가락을 대며 조용히 하라는 신호를 보냈다. 만약 이곳에 누군가가 있다면 우리가 들어왔다는 사실을 알리고 싶지 않았다.

다음 순간, 갑자기 계단이 끝나고 앞에 새로운 문이 나타났다. 아리아드네가 헉하고 숨을 들이쉬며 중얼거렸다.

"비밀의 방이야."

계단만큼이나 오래되어 보이는 나무문에는 철제 요철 장식이 잔뜩 박혀 있었고, 커다란 금속 손잡이와 별도로 두툼한 빗장이 걸려 있었다. 나는 아이비의 손을 놓고 축축한 벽에 잠시 기대섰다. 머리가 어질어질했다. 두려움이 덮쳐 왔다.

여기까지 왔는데 비밀의 방에 들어가지 않을 수 없겠지. 저 안에 무엇이 있는지 반드시 알아내야 했다.

나는 천천히, 조용히 녹슨 빗장을 풀었다. 그런 뒤 마지막으로 심호흡을 하고 문을 휙 열어젖혔다.

아이비

방 안에는 여자아이가 홀로 앉아 있었다.

유령처럼 창백한 아이가 일렁이는 촛불에 둘러싸여 있었다.

우리와 눈이 마주치자 아이가 빙그레 웃었다. 나도 모르게 입에서 비명이 터져 나왔다. 다음 순간, 내가 무슨 짓을 했는지 깨닫고 얼른 손으로 입을 틀어막았다. 누가 듣기라도 한다면…….

여자아이가 자리에서 일어서더니 생글생글 웃으며 우리 쪽으로 다가왔다. 나는 정말이지 도망치고 싶었다.

나는 부들부들 떨면서 뒤로 물러섰다. 그러고는 양초를 앞으로 쑥 내밀었다. 양초가 날 보호해 줄 것도 아닌데 말이다. 스칼릿은 아이의 반응에 놀라 눈을 휘둥그레 떴고, 아리아드네는 공포에 질린 채 아이를 빤히 쳐다보았다.

이윽고 뜻밖의 사건이 벌어졌다. 스칼릿이 아이에게 손을 내밀었다. 순간 방 안의 모두가 그 자리에서 얼어붙었다. 내 손에서 양초가 툭 떨어지고, 초가 푸시식 꺼졌다.

여자아이가 스칼릿의 손을 잡았다. 그러자 스칼릿이 나직이 속삭였다.

"사람이야."

나는 폐 안의 모든 공기를 쏟아 내듯 안도의 한숨을 쉬었다. 그래, 세상에 유령 같은 건 없어.

"얘, 아, 안녕?"

아리아드네가 조심스럽게 한 걸음 다가서며 인사를 건넸다. 아이도 고개를 까딱이며 인사했지만 말은 하지 않았다. 나는 미친 듯이 뛰는 가슴이 진정될 때까지 그 자리에 서서 주변을 살펴보았다. 아이는 지금까지 내가 본 것 중 가장 아름다운 금발을 지니고 있었다. 하지만 긴 머리카락은 부스스하기 짝이 없었고, 입고 있는 원피스와 스웨터는 작은 덩치에 비해 너무 커 보였다. 방 안에 있는 물건이라고는 양초와 한쪽에 마련된 간이침대, 낡은 짐 가방, 그리고⋯⋯.

"스칼릿, 저길 봐."

아이만 바라보던 스칼릿이 내가 가리킨 방 안쪽으로 눈길을 돌렸다.

"맙소사."

바닥에 낡은 벽걸이 장식이 가득 쌓여 있었다. 흔들리는 주황색 촛불 빛이 비치는 벽에는 바닥부터 천장까지 글자로 빼곡

했다. 아리아드네가 내 팔을 꼭 잡으며 물었다.

"저 애가 한 걸까?"

아이는 조심스러운 눈초리로 우리를 빤히 바라볼 뿐이었다.

다가가서 더 자세히 살펴보고 싶었지만, 돌아서서 도망치고 싶다는 열망이 더 컸다. 나는 스칼릿의 소매를 잡아당기며 재촉했다.

"여기서 나가야 해. 가서 누구한테든 이 사실을 알려야 해!"

그러나 스칼릿은 꿈쩍하지 않았다. 그 자리에 가만히 서서 벽에 쓰인 글자를 찬찬히 살펴볼 뿐이었다. 아리아드네도 너무 충격을 받았는지 우물쭈물하며 걸음을 떼지 못했다.

'일이 잘못되어도 단단히 잘못되었어.'

마음이 급해졌다. 스칼릿을 이곳에서 끌고 나가야만 했다.

'이 아이가 '누구'일지, 아니 어쩌면 '무엇'일지 누가 알겠어?'

아이가 손으로 나를 가리키더니 마치 영혼이라도 들여다볼 듯이 내 두 눈을 똑바로 바라보았다. 난 더 이상 견딜 수가 없었다. 도망치려고 뒤돌아선 순간…… 그대로 바이올렛과 부딪치고 말았다. 바이올렛이 비명을 질러 댔다.

"안 돼! 오, 안 돼, 안 돼! 네가 어떻게…… 이건…… ."

나는 뒤로 주춤주춤 물러섰다. 바이올렛도 문간으로 물러서더니 내가 뭐라고 말할 틈도 없이 눈물을 터트리며 바닥에 털썩 주저앉았다. 아리아드네의 어리둥절한 목소리가 이어졌다.

"바, 바이올렛?"

이어서 스칼릿의 어이없어하는 목소리.

"바이올렛?"

그리고 들려온 낯선 아이의 나지막한 목소리.

"바이올렛!"

우리는 일제히 아이 쪽으로 고개를 돌렸다. 아이가 말을 할수 있다는 사실이 놀라웠다.

자리에 웅크리고 앉아서 흐느끼던 바이올렛이 고개를 들었다. 그 순간, 예전에도 본 적 있는 서슬 퍼런 불길이 그 애의 눈 속에서 일어나는 걸 보았다.

바이올렛이 떨리는 목소리로 물었다.

"너희들 여기서 뭐 하는 거야? 어떻게…… 어떻게 이럴 수가 있어?"

바이올렛이 벌떡 일어서더니 스칼릿을 간이침대가 놓인 벽 쪽으로 떠밀었다. 아리아드네는 놀라서 숨을 몰아쉬었고, 유령 소녀는 그저 키득거리기만 했다. 스칼릿이 소리 지르며 바이올렛의 손아귀에서 벗어나려 버둥거렸다.

"이 손 치워! 네가 도둑이지? 사실대로 말해!"

정신을 차리니 어느새 나도 바이올렛의 어깨를 부여잡고 있었다. 나는 바이올렛을 끌어당겨 스칼릿에게서 떼어 놓았다. 바이올렛은 일렁이는 촛불 빛 속에서 숨을 헐떡이며 서 있었다. 바이올렛의 볼을 타고 눈물이 주룩주룩 흘러내렸다. 분노, 절망, 혼란, 공포…… 온갖 감정이 그 애의 얼굴을 차례로 스쳐 지나갔다.

바이올렛이 목청을 높였다.

"다 이유가 있어서 가져온 거야! 애한테 입힐 옷이 필요했단 말이야!"

우리는 다시 일제히 아이 쪽으로 눈길을 돌렸다. 스칼릿이 매섭게 쏘아붙였다.

"불쌍한 척하지 마, 바이올렛. 넌 남의 물건을 훔쳤어. 게다가 아이를 납치하기까지 했지!"

바이올렛이 악을 썼다.

"납치한 게 아니야! 구출한 거라고. 어떻게 된 일인지 사연을 말하면 듣기는 할 거야?"

"얘들아, 쉿. 너희 그렇게 계속 소리 지르다가는 온 학교 사람이 깨어나 이리로 몰려올 거야!"

내가 스칼릿의 팔을 잡아당기며 말리자, 스칼릿은 투덜거리면서 내 쪽으로 마지못해 끌려왔다. 우리 셋이 잠잠히 기다리자 바이올렛은 북받친 감정을 추스르고 이야기를 시작했다.

"얘는 로즈라고 해. 로즈랑 나는…… 정신 병원에서 만났어. 그곳 사람들은 아무도 로즈를 이해하지 못했지. 로즈는 말을 할 줄 모른다고, 미쳤다고 했어. 그런데 아니야. 나한테는 잘만 하는걸. 그렇지, 로즈?"

"응, 바이올렛 언니."

로즈의 목소리는 의외로 곱고 사랑스러웠다.

"로즈가 의사 선생님한테 써낸 이야기 때문에 그곳 사람들은 로즈를 '공주님'이라고 불렀어. 로즈가 자기 가족은 대단한 부자이고, 자신은 엄청난 재산을 물려받을 상속자라고 했거든. 다들 로즈를 비웃었지. 사람들이 로즈를 두고 놀려 대는 소리를 너희도 들었어야 하는데."

바이올렛은 화가 치미는지 두 주먹을 꼭 쥐고서 서성이기 시작했다.

"로즈 이야기는 사실이야. 나한테 맹세까지 했어. 로즈의 가족은······ 로즈의 존재를 지워 버리고 싶어 했대. 직계 자손은 로즈 하나뿐이니, 로즈만 없애면 조카 중 하나를 가문의 품위에 어울리는 상속자로 들일 수 있을 거라고 여긴 거지."

바이올렛이 열변을 토하는 내내 로즈는 멍한 얼굴로 벽만 쳐다보았다. 이 이야기를 알아듣고 있는지 표정만 봐서는 알 수가 없었다. 바이올렛의 말이 과연 사실일까?

"그래서 그 사람들은 로즈를 정신 병원에 가두고서 아예 세상에 존재한 적이 없었던 것처럼 깨끗이 잊어버렸어. 면회 한 번을 오지 않더라. 하지만 로즈는······."

바이올렛은 다시 훌쩍훌쩍 눈물을 흘리기 시작했다.

"그곳에서 내가 이야기를 나눌 수 있는 유일한 사람이었어. 난 로즈를 병원에서 빼내기로, 그 끔찍한 운명에서 구하기로 마음먹었어. 로즈가 정당하게 물려받아야 할 유산을 빼앗기지 않도록 말이야!"

잠자코 듣고 있던 스칼릿이 벌떡 일어서며 반박했다.

"그야 모르는 일이지. 저 애가 정말 정신적으로 문제가 있어서 이야기를 꾸며 냈을 수도 있잖아. 넌 '부자'라는 말을 듣고 그냥 그 말을 곧이곧대로 받아들인 거고! 아니면 전부 네가 지어낸 새빨간 거짓말일지 어떻게 알아? 이 이야기가 사실이라는 증거가 있어? 나도 그 병원에 갇혀 있었는데, 너희 둘을 단 한 번도 본 적이 없어."

바이올렛은 화가 나서 씩씩대며 대꾸했다.

"꾸며 낸 얘기 아니야."

그때 로즈가 불쑥 바이올렛 곁으로 다가가더니 바이올렛의 팔을 톡톡 쳤다.

"언니는 다정한 사람이야. 난 언니가 거짓말쟁이라고 생각하지 않아."

바이올렛이 로즈를 향해 서글프게 웃더니 말을 이었다.

"로즈와 나는 따로 떨어져 있어서 다른 환자들을 거의 만나지 못했어. 특히 스칼릿 너랑 마주치지 못하게 했을 거야. 우리가 서로를 알아보고서 어떻게 된 일인지 알아내면 그들이 곤란해질 테니까. 혹시 의사들이 진찰 때마다 꼬박꼬박 너를 스칼릿이 아닌 다른 이름으로 부르면서 네가 정신병을 앓고 있다고 하지 않았어?"

스칼릿이 천천히 고개를 끄덕였다. 바이올렛이 계속 말했다.

"나한테도 마찬가지였어. 하지만 난 폭스 선생님이 그날 옥

155

상에서 내게 한 짓을 분명히 기억해. 그 사람 때문에 영원히 사라지는 신세가 되지 않기로 단단히 마음먹었지."

스칼릿은 이 엄청난 사연을 듣는 내내 침묵을 지켰다.

나는 유령 소녀를 찬찬히 살펴보았다. 창백하면서도 섬세한 이목구비가 뭔가 이 세상 사람 같지 않았다. 문득 아이의 목에 걸린 금목걸이에 눈길이 갔다. 한눈에 봐도 비싼 물건 같았다. 어쩌면 저 아이의 사연이 정말일 수도 있지 않을까? 그렇다면 아이가 위험에 처해 있다는 이야기 또한 사실인 걸까? 스칼릿이, 그리고 (불행히도) 바이올렛 역시 정신 병원에 갇힐 이유가 없다는 걸 나는 분명히 알고 있다. 그렇다면 로즈도 마찬가지겠지.

"제발."

바이올렛이 지금까지 보인 적 없는 절박함이 가득한 목소리로 말했다. (비록 나는 그 애가 말하는 모습 자체를 별로 본 적이 없기는 하지만 말이다.)

"제발 아무한테도 이 사실을 말하지 말아 줘."

"왜?"

"로즈한테 무슨 일이 생길지 몰라서 그래. 너희 셋 다 아무한테도 말하지 않겠다고 맹세해 줘."

로즈가 천진난만한 얼굴로 생글생글 웃으며 바이올렛의 팔에 매달렸다.

"언니, 벽이 계속 나한테 말을 걸어."

스칼릿이 계속 따졌다.

"네가 정확히 해명하기 전까지는 아무것도 맹세할 수 없어. 넌 무슨 수로 그곳에서 탈출한 거야?"

바이올렛이 파르르 떨리는 입술을 꾹 다물더니 고개를 가로 저었다. 스칼릿이 바이올렛을 다그치려는데, 아리아드네가 뭔가 깨달은 듯 대화에 끼어들었다.

"아, 그래서였구나. 전부 로즈를 위해서 훔쳤던 거야. 옷이며 음식이며 책이며…….."

바이올렛이 훌쩍이며 대답했다.

"어쩔 수 없었어. 제발 아무한테도 말하지 마. 맹세해 줘."

우리 셋은 서로를 쳐다보았다. 스칼릿의 얼굴에는 분노가, 아리아드네의 얼굴에는 두려움이 어려 있었다. 하지만 당분간 이 일에 대해 입을 다물어야 한다는 뜻은 같아 보였다. 앞으로 어떻게 할지 결정할 시간이 필요했다.

"맹세할게."

저마다 시큰둥한 정도는 달랐지만, 우리 셋은 입을 모아 대답했다.

방 안에 어색한 정적이 흐르던 찰나, 갑자기 끼익 하는 소리가 들렸다.

"무슨 소리지?"

아리아드네가 겁먹은 얼굴로 소리 죽여 물었다.

다시 끼익 소리가 나더니…… 이번에는 소리가 더 커졌다.

누군가 계단을 내려오고 있었다. 걸음걸이가 불편한지 느릿느릿했다.

'설마 교장 선생님?'

나는 스칼릿의 팔을 움켜잡았다. 숨이 점점 가빠졌다. 스칼릿은 눈을 부릅뜨고서 출입문을 빤히 바라보았다. 도망갈 곳이 없었다.

시간이 얼마나 흘렀을까? 상대가 한 걸음 뗄 때마다 우리는 벼랑 끝으로 점점 몰리는 기분이었다. 정말 교장 선생님이 나타난다면 우린 과연 살아남을 수 있을까?

마침내 문간에 한 사람이 나타났다. 우리가 예상했던 얼굴은 아니었다. 스칼릿이 소리를 질렀다.

"핀치 선생님!"

"어머."

그 말만 하고서 우리를 바라보는 표정을 보니 핀치 선생님도 어지간히 놀란 것 같았다.

"이게 어찌 된 일이냐면요."

"이게 어찌 된 일이냐면."

스칼릿과 핀치 선생님이 동시에 말했다. 이어 로즈가 고개를 들더니 들릴락 말락 하는 목소리로 말을 꺼냈다.

"선생님, 안녕하세요."

스칼릿은 혼란스러우면 화를 내는 습성이 있는데, 지금이 딱 그랬다.

"도대체 지금 뭐가 어떻게 돌아가는 거죠?"

핀치 선생님이 한숨을 푹 쉬더니 문간에 기대섰다.

"너희도 로즈의 존재를 알게 되었구나."

핀치 선생님의 목소리에서 피로가 뚝뚝 묻어났다. 스칼릿은 '보시다시피요.'라고 대답하듯 어깨를 으쓱해 보였다. 핀치 선생님이 바이올렛과 로즈를 가리키며 말했다.

"내가 둘 다 데려왔어. 스칼릿이 가명으로 갇혀 있었으니 바이올렛도 그곳 어딘가에 있을 것 같았어. 폭스 선생님, 아니 어머니가 거기서 지낸 적이 있으니 내부 정보를 잘 알 거라고 생각했지. 내 직감이 맞았어. 바이올렛도 거기 갇혀 있더구나."

핀치 선생님은 심호흡을 크게 하고서 이야기를 이어 갔다.

"나는 바이올렛이 거기 있을 이유가 없다는 사실을 증명했어. 그랬더니 병원 측에서 바이올렛을 데리고 나가게 해 주더구나. 그런데 바이올렛한테서 로즈도 억울하게 갇혀 있다는 얘기를 들었을 때……."

바이올렛이 당당한 표정으로 고개를 끄덕였다. 로즈는 여전히 바이올렛의 소매를 꼭 잡고 있었다.

"휴, 그러지 말았어야 했는데. 나도 알아. 안타깝지만 이제 로즈는 도망자 신세가 됐지. 바이올렛이 분수대 옆 뒷문으로 로즈를 몰래 데리고 나왔어. 내가 문지기의 주의를 끄는 사이에 말이야."

나는 놀라서 스칼릿과 바이올렛을 번갈아 보았다.

"그럼 너희 둘이 정말로 같은 곳에 있었던 거네."

로즈는 이제 우리 이야기를 듣지 않고 글씨로 뒤덮인 벽을 빤히 쳐다보았다. 하지만 무슨 생각을 하는지 전혀 짐작이 가지 않았다. 핀치 선생님이 다시 이야기를 이었다.

"어머니가 그 병원에 영향력을 쓸 수 있어서 둘을 반드시 떨어뜨려 놓으라고 했나 봐. 우리가 스칼릿을 데리고 가니 바이올렛과 로즈를 중앙 병동으로 옮겼더구나."

다시 방 안에 정석이 흐르는데, 로즈가 나직이 혼잣말하는 소리가 들렸다.

"여기가 훨씬 좋아."

'이곳이 더 좋다고?'

정신 병원이 얼마나 악몽 같은 곳이었기에 룩우드 기숙 학교 지하에 숨겨진 침침한 방이 더 좋다는 걸까?

아리아드네가 걱정 가득한 얼굴로 물었다.

"선생님, 그럼 로즈는 왜 이렇게 추운 지하실에서 지내는 거예요?"

"더 지내기 좋은 곳을 찾을 때까지 안전하게 숨겨 둘 곳이 필요했어. 병원에서 로즈를 찾으러 올 수도 있으니까. 로즈를 이곳에 데리고 왔다는 걸 학교에서 알면 날 해고하려 들 수도 있고. 어쨌거나 로즈는 지금 위험해."

스칼릿이 불쑥 물었다.

"며칠 전 무용실에서 저한테 그 얘기를 하시려던 거군요? 뭔

160

가 하실 말씀이 있는데 망설이시는 느낌이었어요."

핀치 선생님은 부드럽게 대답했다.

"너한테 이미 감당해야 할 짐이 많은 것 같아서 말하지 않았어. 난 그저 어머니가 저지른 잘못을 조금이라도 바로잡고 싶었단다. 어떻게 해서든……."

나는 이따금 핀치 선생님에 대해 알다가도 모르겠다는 생각이 든다. 어떨 때는 여느 선생님들처럼 어른스럽지만, 또 어떨 때는 우리처럼 어찌해야 할지 몰라 방황하는 것 같달까?

핀치 선생님이 생각을 정리하려는 듯 고개를 세차게 가로젓더니 말을 이었다.

"얘들아, 너희는 여기 있으면 안 돼."

스칼릿이 반박하려는 듯 입을 열자 핀치 선생님이 손짓하며 말렸다.

"그래, 나도 여기 있으면 안 된다는 거 잘 알아. 우리 모두 위험해. 지금은 최대한 문제를 일으키지 말아야 할 때야."

"네, 선생님. 조심할게요."

나는 진심으로 약속했다. 부디 그러기를 간절히 바랐다. 핀치 선생님이 머뭇거리며 다시 말문을 열었다.

"그런데…… 솔직히 나도 밤마다 여기 내려오기가 힘들어. 교장 선생님이 매의 눈으로 감시하고 있거든. 내가 어머니를 다시 여기 데려오려고 계획을 꾸미고 있다고 생각하시는 것 같아. 절대 그럴 일이 없는데 말이야!"

스칼릿이 눈을 반짝이며 말했다.

"저희가 도울게요! 우리 넷이 번갈아 가면서 로즈한테 음식과 옷을 가져다주면 되잖아요. 아무리 교장 선생님이라도 우리 모두를 항상 지켜볼 순 없을 거예요!"

그러자 로즈가 다시 바이올렛의 소매를 잡아당기며 말했다.

"언니, 벽이 계속 말을 거는데 뭐라고 하는지 다 같이 들어 봐야 하지 않을까?"

바이올렛이 짜증을 내며 대꾸했다.

"그게 무슨 말도 안 되는 소리니?"

그러자 로즈는 꿈속을 걷는 사람처럼 느실느실 걸음을 뗐다. 로즈의 발에 부딪혀 양초가 넘어질 뻔하자 바이올렛이 화들짝 했다.

"조심해야지. 그러다 불나면 어떻게 하려고 그래?"

방 안쪽에 도착한 로즈는 자리에 서서 물끄러미 벽을 올려다보았다. 글씨가 거미줄처럼 펼쳐져 있었다. 핀치 선생님이 눈을 휘둥그레 뜨며 중얼거렸다.

"어머, 저런 게 있는 줄 몰랐네."

우리는 서둘러 로즈 곁으로 갔다. 바이올렛이 로즈에게 속삭여 물었다.

"로즈, 너 뭘 한 거니?"

"내가 한 게 아니야."

로즈는 천천히 고개를 가로젓더니 차가운 바닥에 쌓여 있는 벽걸이 장식을 가리켰다.

"저게 떨어지면서 나타났어."

나는 당황해서 스칼릿을 바라보았다. 온몸에 소름이 쫙 끼쳤다. 로즈가 쓴 게 아니라면…… 대체 누가 한 걸까?

스칼릿

꽤 오랫동안 나는 내가 정말 미친 게 아닐까 의심했다. 그런데 이제는 나 빼고 다 미친 게 아닐까 하는 생각이 들었다. 아이비는 유령을 믿고, 바이올렛과 핀치 선생님은 비밀의 방에 어린 여자아이를 숨겨 뒀다. 아리아드네의 저 이상한 행동은 또 뭔지 하늘만이 아시려나? 아리아드네는 어디선가 돋보기를 꺼내어 벽 위의 글자를 살피면서 혼자 "페인트네. 오래되어서 벗겨지나 보네."라고 중얼거렸다.

그리고 유령 소녀는⋯⋯ 벽에 귀를 바싹 대고 서 있었다. 벽이 뭐라고 속삭이기라도 하듯이 말이다.

로즈 곁으로 다가가자 벽에 쓰인 글귀가 눈에 띄었다.

우리는 벽 속의 속삭임, 위스퍼스.
그들은 우리를 침묵시키려 할 테지만

실패하고 말 것이다.

우리는 거리낌 없이 말할 것이다.

진실은 반드시 밝혀져야 한다.

룩우드 기숙 학교의 숨겨진 진실.

바살러뮤 교장의 감춰진 진실.

부디 누군가 이 속삭임에 귀 기울여 주기를.

어리둥절했다. 이게 다 무슨 소리지? 언제 누가 이 글을 쓴 걸까?

이상한 글귀 밑에는 보다 작은 글씨로 더 많은 내용이 쓰여 있었다.

우리는 다음과 같이 굳게 맹세한다.

– 매주 한 번씩 비밀 장소 중 한 곳에서 모임을 연다.

– 위스퍼스에 대해 아무한테도 말하지 않는다.

– 할 수 있는 한 모든 것을 보고, 듣고, 배운다.

– 하늘땅을 샅샅이 뒤져서 진실에 대한 증거를 모은다.

– 서로를 보호한다.

– 이 학교에서 **실제로** 어떤 일이 벌어지는지 낱낱이 밝혀낸다.

글귀 주변에는 학생들의 이름이 마치 반딧불이처럼 흩어져 있었다.

앨리스 제퍼슨, 엘리자베스 피츠제럴드, 아이다 스미스, 케이티 모웬, 탈리아 야할롬, 브론윈 존스, 에멀린 아델.

온몸에 전율이 흘렀다. 나는 마지막 이름을 읽고 또 읽었다.

"아이비! 아이비, 이리 와서 이것 좀 봐."

아이비가 다가오더니 나와 같은 방향으로 눈길을 돌렸다.

"세상에……."

아이비가 두 손으로 입을 틀어막더니 내가 그랬던 것처럼 혹시 잘못 읽은 건 아닌지 되풀이해서 이름을 확인했다.

"맞지? 그렇지?"

내 물음에 아이비가 천천히 고개를 끄덕였다.

에멀린 아델. 우리 엄마의 이름이었다.

오래전, 아빠는 엄마의 결혼하기 전 성이 아델이라고 알려주었다. 그 기억은 흐릿하지만 흔하지 않은 이름이라 또렷이 기억했다. 물론 에멀린 아델이란 이름을 쓰는 다른 사람일 수도 있겠지만, 솔직히 그럴 가능성은 극히 드물었다.

그렇다면 우리 엄마가 룩우드 기숙 학교를 다녔던 걸까? 우리는 그 문제에 대해 아는 바가 전혀 없었다. 아니, 솔직히 엄마에 대해 아는 게 거의 없었다. 그런데 인제 보니 엄마는 이 학교에 다녔을 뿐 아니라, 뭔지 모를 비밀 클럽 활동까지 한 모양이었다.

바이올렛의 태도가 갑자기 뾰족해졌다.

"여기서 나가야 해. 저 수수께끼 같은 문구도 다시 가려야 하고. 로즈가 잘 시간이 한참 지났어. 너희 때문에 우리까지 걸리면 곤란해."

바이올렛 말에 일리가 있었지만 난 여전히 그 애한테 화가나 있었다. 바이올렛이 옷을 훔친 범인임을 밝혀서 누명을 벗으려 했는데 오히려 나까지 엮이게 될 줄이야. 어쩌다가 일이이렇게 됐지?

나는 아이비와 아리아드네를 바라보며 벽을 손짓했다.

"이거 외워 둘래? 나중에 돌아와서 받아쓰기 전까지는 외워두는 수밖에 없을 것 같아."

둘이 고개를 끄덕였다. 아이비는 여전히 충격 때문에 멍한눈치였다. 아리아드네가 눈을 반짝이며 중얼거렸다.

"근사해. 진짜 미스터리 사건이잖아."

"다 외웠으면 나가자. 여기 있다가는 또 어떤 이상한 일을 겪을지 모르겠어."

나는 곧장 바이올렛을 똑바로 쏘아보며 말했다.

"네 비밀은 지켜 줄게."

나는 로즈를 가리키며 덧붙였다.

"하지만 저 애를 위해서야. 네가 아니라. 알았어?"

핀치 선생님은 여전히 벽에 쓰인 글귀를 쳐다보고 있었다. 선생님의 눈동자에 촛불이 일렁일렁 춤을 추었다. 핀치 선생님이 나직이 중얼거렸다.

"정말 흥미로워."

"핀치 선생님."

내가 부르는 소리에 핀치 선생님이 화들짝 고개를 돌렸다.

"응?"

"이 일에 대해 저희한테 미리 말씀해 주셨으면 좋았을 거예요. 그건 그렇고 정말 감사드려요. 우리를 거기서 빼내 주셨잖아요."

핀치 선생님이 빙그레 웃었다.

"부디 말썽을 더 일으키진 말아 주렴. 룩우드 기숙 학교는 모든 게 겉으로 보이는 모습과 달라."

핀치 선생님은 이내 벽의 글귀에 다시 빠져들었다.

나는 깜박이는 양초 하나를 집어 들고 방을 나섰다. 아리아드네와 아이비가 내 뒤를 바짝 따랐다. 걸음을 옮기는데 다리가 무겁고 피곤이 몰려왔다. 새로 알게 된 사실들이 너무 많아 머리가 지끈거렸다.

13호실까지 어떻게 돌아왔는지 모르겠다. 머리는 복잡하고 하고 싶은 말은 산처럼 많지만, 지금은 적당한 때가 아니었다. 나는 쓰러지듯 침대에 드러누워 그대로 잠들어 버렸다.

다음 날 아침은 쌀쌀하긴 해도 눈부실 정도로 맑았다. 눈을 뜬 순간 모든 것이 평화롭게만 보였다. 하지만 곧이어 아침 종소리가 날카롭게 귀를 파고들었다.

"으윽."

나는 두 손으로 관자놀이를 누르며 자리에서 일어났다. 놀랍게도 아이비는 벌써 침대에 걸터앉아 나를 빤히 내려다보고 있었다.

"아이비, 어젯밤에 정말 그런 일이 있었던 거 맞아? 아니면 내가 유난히 요란한 꿈을 꾼 건가?"

"음, 바이올렛, 핀치 선생님, 유령 소녀, 비밀의 방 등등을 얘기하는 거라면……."

이 정도면 충분하다 싶은지 아이비는 거기서 말을 맺었다.

나는 비척비척 거울 앞으로 걸어갔다. 이제는 내 꼴이 딱 유령처럼 보였다. 얼굴은 핼쑥하고 머리는 헝클어져 엉망이었다. 나는 본능적으로 엄마의 유품인 빗을 집으려다가 멈칫했다. 사는 동안 매일 보아 온 글자 E.G.가 갑자기 새롭게 보였다.

나는 화장대 앞에 앉아 아이비 쪽으로 고개를 돌렸다.

"엄마도 여기 있었어. 우리 엄마가 이 학교에 다녔다는 사실이 넌 믿어져?"

"동명이인일 수도 있겠지만, 솔직히 그럴 가능성은 없어 보여. 왜 아빠는 그 이야기를 하지 않았을까?"

나는 난들 알겠냐는 뜻으로 어깨를 들썩여 보였다. 솔직히 아빠 생각은 하기 싫었다. 언제 아빠가 우리한테 뭘 제대로 얘기해 준 적이 있었나? 이제 와서 새삼스레 말해 줄 리는 더더욱 없었다.

"엄마는 어떤 학생이었을까? 어느 기숙사 소속이었을까? 머리 모양은 어땠을까? 엄마도 발레를 했을까?"

나는 마침내 빗을 집어 들고서 헝클어진 머리를 북북 빗질했다. 나는 거울 속에 비친, 아이비와 똑같이 생긴 내 모습을 보며 엄마를 떠올리려 했다. 하지만 뜻대로 되지 않았다. 내가 아는 엄마 모습은 새엄마가 버리지 않은 단 한 장의 사진을 본 게 전부였으니까.

아이비가 침대에서 일어서며 말했다.

"그래도 엄마에 대해 한 가지는 분명히 알고 있잖아. 엄마는 벽 속의 속삭임, 위스퍼스라는 비밀 모임에 참가했어. 위스퍼스는 어떤 일을 하려 했던 걸까?"

그 이름을 듣자 몸에 소름이 쫙 돋았다. 나를 괴롭히는 악몽과 지나치게 닮아 있었다.

"위스퍼스가 어떤 모임인지 몰라도, 이곳에서 벌어진 어두운 사건에 대해 알고 있었던 것 같아. 아마 내가 겪은 일 같은 게 아닐까?"

"정확히 언제 그 글을 벽에 썼는지 모르잖아. 그때는 폭스 선생님이 여기서 일하지 않았을 수도 있어. 하지만 바살러뮤 교장 선생님은 확실히 있었겠지. 위스퍼스가 남긴 메시지에도 이름이 있었고 말이야. 교장 선생님이 무슨 일을 벌인 걸까?"

순간 우리는 공포에 눌려 아무 말도 못 했다. 어둑한 교장실에 도사리고 있는 기묘한 남자를 떠올리자 순식간에 두려움이 몰려들었다. 단언컨대, 바살러뮤 교장 선생님은 분명히 어딘가 수상했다.

아이비가 머뭇머뭇 입을 열었다.

"서, 설마…… 교장 선생님이…… 폭스 선생님보다 더 지독한 사람은 아니겠지?"

아이비

우리는 약속한 대로 로즈에 대해 입을 꾹 다물었다. 심지어 아리아드네는 바이올렛과 작전을 짜기까지 했다.

"우리는 먹거리를 담당하기로 했어. 식사 때마다 음식을 조금씩 빼돌릴 거야. 비스킷 같은 간단한 거나, 요리 실습 시간에 만든 음식도 좋겠지. 토요일에 마을에 나가 먹을 걸 사도 되고. 그러면 바이올렛이 굳이 식당에서 음식을 훔칠 필요도 없고, 우리도 아무런 의심을 사지 않을 거야."

나는 아리아드네의 의견을 흔쾌히 받아들였다. 스칼릿은 아무래도 바이올렛과 핀치 선생님이 제정신이 아닌 것 같다며 한참 툴툴대다 마지못해 동의했다. 나는 그런 스칼릿을 나무랄 수 없었다. 내가 보기에도 이건 절대로 현명한 생각은 아니었으니까.

문제는 음식만이 아니었다. 나날이 기온이 뚝뚝 떨어지는데,

비밀의 방에는 난방 설비가 전혀 없었다. 수업 시간에 바이올렛을 흘긋 쳐다볼 때마다 바이올렛은 로즈 걱정에 애가 타는 듯했다.

솔직히 의심이 가는 건 어쩔 수 없었다. 바이올렛이 정말로 친구로서 로즈를 걱정하는 걸까? 아니면 로즈의 가족이 엄청난 부자라고 하니 일종의 투자 기회로 여기는 건 아닐까? 바이올렛이 정말 변했을까? 여전히 '비열한 바이올렛'이 본모습을 감추고 있는 건 아닐까? 스칼릿을 끝없이 괴롭히고 스칼릿의 물건을 훔치던 지독히 이기적인 아이가 여전히 내면에 숨어 있는 건 아닐까?

바이올렛도 정신 병원에 갇혀 있었다는 얘기를 듣고 나니 그곳을 찾아갔을 때의 음울한 기억이 다시 떠올랐다. 이렇게 머릿속이 의심과 슬픔으로 뒤죽박죽된 상태에서 나는 의외의 감정을 느꼈다. 바이올렛에게 이런 마음을 품게 될 줄은 상상도 못 했는데…… 그것은 바로 동정심이었다.

"계속 그 생각만 나."

점심시간에 아리아드네가 불쑥 말을 꺼냈다.

"위스퍼스 말이야. 누가 상상이나 했겠어? 어떻게 너희 어머니가……."

나는 차를 한 모금 마시고 대답했다.

"그래. 나도 더 자세히 알아볼 방법이 있으면 좋겠어."

지난주까지만 해도 내가 엄마에 대해 아는 사실이라고는 이름이 에멀린이고, 한때 진주 목걸이와 은으로 만든 빗을 지녔으며, 아빠와 결혼했다는 정도였다. 엄마의 생김새도 어렴풋하게 기억났다. 그런데 갑자기 엄마가 룩우드 기숙 학교에 다녔고, 교장 선생님의 실체를 폭로하려는 계획에 발을 담그고 있었다는 사실이 주어지니 어디서부터 어떻게 받아들여야 할지 알 수가 없었다.

"뭔가 방법이 있을 것 같아."

아리아드네의 눈의 초점이 흐릿했다. 말하면서 동시에 뭔가를 깊이 생각하고 있는 듯했다. 내가 생각하지 못한 것을 알아낸 모양이었다.

"위스퍼스의 맹세 중 첫 번째가 뭐였는지 기억나?"

나는 고개를 가로저으며 말했다.

"글쎄. 비밀 장소에서 모임을 연다는 내용이었나?"

아리아드네가 각설탕 통을 든 손을 내 쪽으로 불쑥 내밀며 말했다.

"비밀 장소 '중 한 곳에서'였어. 한 군데가 아니라는 거지!"

"맙소사! 탐정 아리아드네가 또 추리를 펼치는 거니?"

스칼릿이 쟁반을 내려놓으며 자리에 앉았다.

"비밀 장소 중 한 곳이라잖아!"

아리아드네는 흥분해서 손을 마구 흔들어 대다가 하마터면 조지핀 윌콕스한테 각설탕 세례를 퍼부을 뻔했다. 나는 더 큰 말썽이 생기기 전에 서둘러 아리아드네 손에서 각설탕 통을 **빼**앗았다. 스칼릿이 흥미롭다는 표정을 지었다.

"그럼 비밀 장소가 더 있다는 거야?"

"내 생각엔 그래."

아리아드네의 대답을 듣자마자 생각이 다른 쪽으로 흘렀다.

'새로운 비밀 장소를 찾아내면 위스퍼스에 대해 더 알아낼 수 있을까? 엄마에 대해서도?'

스칼릿이 고개를 끄덕이며 중얼거렸다.

"그럼 찾아 봐야겠네. 그런데 어디서부터 시작해야 할지 감이 안 잡혀."

아리아드네가 각설탕을 집어 입에 넣곤 와그작와그작 씹으며 대답했다.

"흐으으음. 생각 좀 해 볼게."

스칼릿과 나는 발레복으로 갈아입으려고 방으로 가다가 복도에서 페니와 마주쳤다. 기분이 한껏 좋을 때의 페니도 썩 반갑지 않은데, 오늘따라 페니는 유난히 화가 나 보였다. 페니는 주근깨 가득한 얼굴을 잔뜩 찡그린 채 팔짱을 턱 끼고서 지리교실 문에 기대서 있었다.

스칼릿이 물었다.

"여기서 뭐 하는 거야?"

페니가 쓴웃음을 짓더니 나직이 투덜거렸다.

"바이올렛을 만나기로 했거든. 몇 달 만에 처음으로 나한테 말을 걸더니 나타나지도 않네. 그동안 '외국'에, 무려 '프랑스 최고급 기숙 학교'에 있었다는데, 정확히 어딘지 알아야겠어. 어떻게 날 남겨 두고 혼자서 훅 떠나 버릴 수 있담? 뭔가 사연이 있는 게 분명해. 반드시 알아내고 말 거야!"

나는 그러거나 말거나 얼른 지나가고 싶었지만 스칼릿은 그냥 넘어갈 아이가 아니었다. 스칼릿은 짐짓 안타까운 척 연기를 펼쳤다.

"어머, 단짝끼리는 모든 걸 공유하는 줄 알았는데."

페니의 얼굴이 더 어두워졌다.

"나도 그런 줄 알았지."

잠깐이지만 페니의 목소리에 진짜 슬픔이 묻어났다. 페니는 이내 평소의 모습을 되찾고 스칼릿에게 눈을 치떴다.

"네가 상관할 일 아니거든?"

나는 이러다 늦을까 봐 걱정돼서 스칼릿의 팔을 잡아당겼다. 핀치 선생님을 실망시키고 싶지 않았다. 스칼릿도 굳이 버티려 들지 않았다. 뒤돌아서 자리를 뜨려는데 페니가 말을 꺼냈다.

"혹시……."

우리가 걸음을 멈추자 페니가 대뜸 우리 앞으로 달려왔다.

"너희는 어떻게 된 일인지 알아? 바이올렛한테서 무슨 얘기 들은 거 없어?"

스칼릿과 나는 각각 "무슨 얘기?", "없어."라고 동시에 대답했다. 그러나 페니는 물러서지 않았다.

"바이올렛은 분명히 뭔가를 숨기고 있어. 너희 둘도 그 애만큼 수상쩍기는 마찬가지야. 예전의 바이올렛이라면 절대로 날 기다리게 하지 않았을 텐데!"

스칼릿이 결국 골을 냈다.

"바이올렛은 날 싫어해. 나도 걔를 싫어하고. 걔가 무슨 일을 꾸미든 내가 뭐 하러 신경을 쓰겠어?"

그러자 페니가 태도를 확 바꾸더니 빨간색 반장 수첩을 꺼내 들었다.

"바이올렛에 대해 아는 게 없어도 도난 사건에는 뭔가 아는 게 있을 것 같은데? 혹시 자백하고 싶은 마음은 없어? 네게 불리한 증거 몇 개쯤은 곧 찾을 수 있어."

스칼릿은 코웃음을 쳤다.

"그 잘난 수첩에 내 이름을 쓰고 싶으면 얼마든지 써. 그런다고 달라지는 건 없으니까."

스칼릿은 나를 끌고서 페니를 밀치며 지나갔다.

"스칼릿, 내가 반드시 갚아 줄 거야! 싹 다 갚아 줄 거라고! 피아노 사건을 나한테 뒤집어씌운 걸 후회하게 될 거야!"

페니가 떼를 쓰는 어린아이처럼 소리를 지르는 가운데 우리는 못 들은 척 계속 걸었다. 스칼릿은 페니의 말을 한 귀로 듣고 흘려버리겠지. 그러나 내가 아는 페니는 결코 만만한 상대가 아니었다.

스칼릿과 나는 레오타드 차림으로 계단을 후다닥 내려가 발
레 수업에 아슬아슬하게 도착했다. 지하 무용실은 오늘도 변함
없이 추웠다. 나는 다시 로즈가 염려스러웠다. 춥고 어두운 지
하 공간에 혼자 있기 외롭지 않을까?

핀치 선생님이 밝게 학생들을 맞으면서 스칼릿과 나한테만
남몰래 찡긋 윙크했다.

"자, 여러분. 몸에 열이 오르도록 움직여 볼까요? 웜업 동작
이 괜히 웜업이라 불리는 게 아니에요."

핀치 선생님이 피아노 연주를 시작하자 기분이 좋아졌다. 너
무도 이상한 한 주를 보내고 나서 익숙한 풍경을 마주하니 마
음이 놓였다. 바를 잡고 동작을 시작하자 차츰 긴장이 풀렸다.
오랫동안 반복해 온 순서를 따라 몸이 저절로 움직였다.

그때 페니가 무용실로 달려 들어왔다. 핀치 선생님이 페니를
발견하고서 연주를 멈추었다.

"페니, 어디 갔다가 이제 오니?"

대답은 들리지 않았다. 핀치 선생님은 한숨을 쉬고는 피아노
뚜껑을 짚고 자리에서 힘겹게 일어나 페니 쪽으로 걸어갔다.
나는 얼른 스칼릿을 쳐다보았다가 다시 거울로 눈길을 돌렸다.
발레 수업을 듣는 학생들 모두 두 사람의 대화가 들리지 않는
척 열심히 딴청을 피웠다.

핀치 선생님이 부드러운 말투로 물었다.

"넌 발레 수업에 간절히 돌아오고 싶어 했잖아?"

"예."

"그렇다면 부디 진지하게 임해 주면 좋겠어. 널 다시 내보낼 이유를 만들지 말았으면 해. 아니면 다른 과목을 듣고 싶은 거니? 라크로스? 수영?"

수영이라는 말에 익사할 뻔했던 기억이 떠오르면서 온몸에 소름이 쫙 돋았다. 페니도 수영 수업을 듣고 싶은 마음은 전혀 없어 보였다.

"아니에요. 선생님, 죄송해요."

"그래."

핀치 선생님은 바 쪽으로 와서 학생들 사이를 걸어 다니며 자세를 고쳐 주었다. 그사이 페니는 얼른 토슈즈를 신었다. 그러다가 나랑 눈이 마주치자 매섭게 눈총을 날렸다. 나는 거울에 비친 내 모습으로 얼른 눈길을 돌렸다.

휴, 거울 속에 비친 내 눈빛이 페니처럼 표독스럽지 않아 다행이었다.

그날 밤 나는 13호실 방 한구석에 설치된 조그만 난방 장치가 마침내 작동하기 시작한 것에 감사하며 침대에 몸을 뉘었다. 뜨거운 열기를 뿜는 건 아니지만 그래도 방 온도가 한결 견딜 만했다.

오랜만에 스칼릿이 먼저 잠들었다. 스칼릿은 소등 후 얼마 지나지 않아 잠들었고, 나는 어둠 속에 홀로 깨어 있었다.

시간이 얼마나 흘렀을까? 갑자기 누가 우리 방 문을 똑똑 두드렸다.

처음에는 소리가 희미해서 내가 잘못 들은 게 아닐까 의심스러웠다. 나는 이불을 머리끝까지 뒤집어쓰고 소리를 차단하려 했다. 그러나 노크 소리가 점점 커졌고, 잘못 들은 게 아니라는 게 확실해졌다.

"스칼릿. 누가 온 것 같아!"

내가 스칼릿을 부르며 자리에서 일어나 앉은 순간 방문이 휙 열렸다. 바이올렛이었다.

"로즈가 사라졌어!"

스칼릿

아이비가 나를 흔들어 깨웠다.

"왜? 뭔데?"

나는 반쯤 잠든 채로 멍하니 물었다. 오랜만에 꿈도 꾸지 않고 깊은 잠에 빠져 있었는데 아쉬웠다.

"로즈가 사라졌대."

그 말에 나는 눈을 번쩍 떴다. 아이비의 걱정 가득한 얼굴이 달빛에 비쳤다. 이어서 문간에 선 바이올렛을 보니 뭔가 일이 심상치 않게 돌아가는 듯했다.

"도서관을 샅샅이 뒤지고 학교 건물을 거의 다 살펴봤는데 못 찾았어."

바이올렛은 사감 선생님에게나 옆방에는 들리지 않되 우리는 똑똑히 들을 수 있는 크기의 목소리로 속삭였다.

"내가 깜박하고 문을 안 잠갔나 봐. 로즈 좀 같이 찾아 줘!"

"왜 그래야 하는데?"

바이올렛이 헉하고 탄식을 터뜨렸다. 내가 이런 반응을 보일 거라고는 상상도 못 한 모양이다. 바이올렛이라면 우리가 당연히 자기를 도와야 한다고 제멋대로 생각했겠지.

"우리랑 상관없는 일이잖아. 왜 우리가 '널' 돕기 위해 퇴학당할 위험까지 감수해야 하는데?"

"날 위해서가 아니야. 로즈를 위해서야. 로즈한테 무슨 일이 생기면 어떻게 해!"

나는 아이비를 바라보았다. 아이비는 초조한 얼굴로 침대 가장자리에 걸터앉아 있었다. 난 표정만 보고도 아이비가 이미 마음의 결정을 내렸다는 걸 알 수 있었다.

"스칼릿, 어서 가자. 로즈가 정말 위험해질 수도 있잖아."

쳇. 나는 이불을 획 차며 일어섰다. 구두와 외투를 챙기러 옷장으로 가면서 바이올렛에게 분명히 말했다.

"널 위해서가 아니라 그 애를 위해서야."

"아리아드네는 어디 있어?"

아이비가 묻자 바이올렛이 먼저 방을 나서며 속삭였다.

"못 깨웠어. 꽃은 필요 없다며 웅얼거리더니 다시 잠들어 버리더라."

아이비와 나는 바이올렛을 따라 복도를 지나서 계단을 내려갔다. 사실 바이올렛을 향한 내 증오는 조금도 사그라지지 않았다. 바이올렛이 내 인생을 얼마나 지옥으로 만들었는지 생각하면 곧바로 속이 울렁거렸다. 그런데 이렇게 꼭두각시 인형처럼 바이올렛이 하라는 대로 움직이다니. 아이비만 아니었으면 바로 집어치우고 방으로 돌아갔을 거다. 하지만 이제 겨우 아이비가 나를 믿어 주는데, 또 사이가 틀어지고 싶지 않았다.

이윽고 우리는 1층에 도착했다. 내가 소리 죽여 물었다.

"지금 어디로 가는 거야?"

"학교 밖으로 나갈 거야. 학교 안은 내가 다 찾아 봤거든. 문이 잠겨 있지 않은 곳은 전부 다."

내가 못 살아, 진짜.

"바깥이 얼마나 추운데. 너 미쳤어? 넌 그냥 정신 병원에 계속 있어야 했나 봐."

바이올렛이 고개를 휙 돌리더니 나를 쏘아보았다.

"다시는, 다시는 그런 소리 하지 마!"

나는 '뭐 어때?'라는 뜻으로 어깨를 으쓱해 보였다. 그곳 생활이 어떤지는 나도 잘 안다. 암, 다른 사람은 몰라도 나는 그런 말을 할 자격이 있지.

우리는 가장 가까운 출입구로 갔다. 여느 때와 달리 오늘은 문빗장이 열려 있었다. 바이올렛이 문을 열자 차가운 밤공기가 단단한 벽처럼 우리를 막아섰다.

"아무래도…… 흩어져서…… 찾아야 할 것 같아."

아이비가 추위 때문에 숨을 헐떡이며 말했다.

"각자 구역을 정해서…… 못 찾으면 여기서 다시 만나자."

당연히 찬성이었다. 나야 바이올렛과 떨어질수록 좋지.

아이비는 마구간, 나는 수영장, 바이올렛은 운동장을 찾아보기로 했다. 부디 로즈가 우리 앞에 제 발로 나오기를 간절히 바랐다. 로즈가 나오려 하지 않는다면 우리가 먼저 그 애를 찾기란 사실상 불가능할 것 같았다. 오늘 밤은 달이 휘영청 밝았지만 구름이 지나가며 계속 달빛을 가렸고, 별빛은 흐려서 의지할 수가 없었다.

눈이 어둠에 차차 익숙해지자 나는 벽을 더듬거리며 먼저 탈의실로 갔다. 탈의실 문은 굳게 잠겨 있었다. 이어서 어두운 수영장 물속을 유심히 살펴보았다. 아무것도 없고 어떤 움직임도 보이지 않았다. 익사했다는 학생 이야기가 번뜩 떠오르면서 등골이 오싹했다. 혹시 여기서 사고가 난 건 아니겠지?

그때 마구간 쪽에서 비명이 들렸다.

나는 곧장 그곳으로 달리기 시작했다. 다리를 세차게 움직이니 체온이 오르면서 추위가 가셨다. 심장이 마구 쿵쾅거렸다. 아이비한테 무슨 일이 생긴 걸까?

정신없이 달려서 길모퉁이를 돌자 마구간 앞뜰이 나왔다. 마구간 한쪽에 아이비가 두 손으로 입을 틀어막은 채 서 있었다. 내가 황급히 다가가자 아이비가 나직하게 속삭였다.

"미안. 애 때문에 놀랐어."

아이비가 앞을 가리켰다. 마구간 문 너머를 보니 어둠 속에서 반짝이는 로즈의 눈동자가 보였다. 로즈는 졸고 있는 조랑말 옆 짚 더미에 옹크리고 누워 있었다. 너무도 편안해 보이는 표정에 나는 어이가 없었다.

"로즈, 너 대체……."

급한 마음에 다그치려 했지만, 어차피 로즈는 우리랑 말을 나누려 하지 않을 테니 내 입만 아플 것 같았다. 나는 고개를 절레절레 흔들며 벽에 기대어 가쁜 숨을 골랐다.

잠시 후, 바이올렛이 달려왔다. 적잖이 당황한 모습이었다.

"무슨 소리가 들린 것 같은데. 혹시 로즈를 찾았어?"

나는 마구간 안을 손짓했다.

"보다시피 한밤중에 조랑말을 타고 싶었나 봐."

바이올렛은 내 말을 못 들은 척하며 마구간 안으로 고개를 들이밀었다. 인기척을 느낀 조랑말이 고개를 들더니 낮게 히힝거렸다.

"로즈, 왜 여기 나와 있어? 방에 있으라고 했잖아."

바이올렛이 묻자 로즈가 소곤소곤 대답했다.

"밖에 나오고 싶었어. 밤인 줄 몰랐어. 그 방은 너무 추워. 하지만 조랑말은 따뜻해."

나는 짜증이 확 치밀었지만 동시에 마음이 찌릿하게 아팠다. 날씨가 정말 추웠다. 이렇게 서 있기만 해도 팔에 소름이 돋고, 어서 방으로 돌아가 이불을 뒤집어쓰고 싶을 뿐이었다. 그런데 로즈는 제대로 된 침대도 없고, 난방 장치 하나 없이 지냈으니 오죽했을까. 나는 바이올렛에게 진지하게 말했다.

"어떻게든 이 문제를 해결해야 해. 방에서 나오면 안 된다고 애한테 확실히 알려 줘. 담요든 뭐든 더 챙겨 주고. 안 그러면 애가 자꾸 빠져나오려 할 거야."

바이올렛이 뾰족하게 대꾸했다.

"언제는 신경 안 쓴다더니? 어쨌든 나도 잘 챙길 생각이야. 로즈, 이제 가자. 괜찮으니까 어서 나와."

로즈가 마구간 밖으로 나왔다. 옷이 지푸라기투성이에 몸에서 말 구린내가 조금 났지만 다친 곳은 없었다. 로즈는 특유의 작은 목소리로 바이올렛에게 속닥거렸다.

"언니, 나도 조랑말이 있었어. 조랑말은 참 멋져, 그렇지?"

나는 피식 웃었다. 아리아드네랑 죽이 잘 맞겠네. 아이비는 로즈가 마음이 따뜻한 아이라고 하겠지. 누구랑은 다르게 말이야. 내 생각을 증명하듯 바이올렛이 재빨리 로즈를 데리고 자리를 떴다. 고맙다는 말 한마디 없이. 내 저럴 줄 알았지.

바이올렛이 듣지 못할 만큼 멀어지자 나는 아이비에게 한 소리를 했다.

"장담하는데, 바이올렛은 자기 입으로 떠들어 대는 것만큼 저 아이를 신경 쓰고 있지 않을 거야. 그냥 한몫 챙길 기회가 사라질까 봐 두려웠던 거겠지. 어쨌든 우리도 얼른 돌아가자. 이러다 얼어 죽겠어!"

아이비

날씨가 예상했던 것보다 더 급격히 추워졌다. 기온이 너무 떨어져서 우리는 교실에서도 벌벌 떨었고, 글씨를 쓸 때는 손가락이 곱지 않도록 호호 입김을 불어 가며 손을 녹여야 했다. 지리 수업 시간에는 잉크병에 살얼음이 낄 정도였다. 우리는 로즈가 따뜻하게 지낼 수 있도록 여분의 담요를 구했고, 한동안은 로즈를 꼭꼭 숨겨 둘 수 있었다. 아리아드네는 용돈으로 마을 식료품점에서 과일 통조림이나 콘플레이크처럼 오래 보관할 수 있는 먹거리를 마련해 왔다. 부디 핀치 선생님이 하루라도 빨리 로즈가 지금보다 안전하게 지낼 곳을 찾아내길 간절히 바랄 뿐이었다. 핀치 선생님은 믿을 수 있는 분이지만 이 상황이 언제까지 유지될 수 있을지, 과연 우리가 언제까지 걸리지 않고 버틸 수 있을지 의문스러웠다.

새로운 한 주가 찾아왔다. 하품을 하며 지루한 전교생 모임을 견디고 있는데 갑자기 교장 선생님이 단상에 올랐다. 나는 깜짝 놀랐다. 교장 선생님은 예전보다 건강이 더 나빠 보였다. 그게 어떻게 가능한지 모르겠지만 말이다. 교장 선생님은 허리를 거의 펴지 못했고, 얼굴에는 핏기가 전혀 없었다.

나는 바짝 긴장했다. 전교생 모임에 교장 선생님이 얼굴을 비치는 일은 드물었다. 혹시 누가 로즈에 대해 알아낸 걸까? 우리가 관련되어 있다는 걸 눈치챘으면 어떡하지? 나는 긴장된 마음에 의자 가장자리를 꽉 움켜쥐었다.

"학생 여러분."

교장 선생님의 목소리가 강당 안에 울려 퍼졌다.

"듣자 하니…… 지난번 사태 이후로 새로운 도난 사건은 일어나지 않았다고 하더군요. 다행입니다. 그렇지만 범인은 밝혀지는 대로 반드시 엄한 벌을 받게 될 겁니다. 아무튼 도난 사건 때문에 우리 학교의 전통 행사를 취소할 필요는 없겠지요."

1학년 학생들이 의아한 듯 웅성거리기 시작했다. 나는 얼른 아리아드네와 스칼릿을 쳐다보았다. 아리아드네는 나만큼 어리둥절해했고, 스칼릿은 겁에 질린 얼굴이었다.

"모르는 학생도 있겠군요. 매년 우리 학교는 호수가 꽁꽁 얼면 그날 하루 오전 수업 대신 스케이트를 타는 행사를 엽니다. 일종의…… 특별 선물이랄까요. 호수 상태를 확인한 결과 스케이트를 타도 좋을 만큼 단단히 얼었다는군요."

웅얼웅얼 연설을 이어 가던 교장 선생님이 갑자기 연단을 잡고 쿨럭대며 기침을 터뜨렸다. 저러다가 단상 아래로 떨어지는 게 아닐까 걱정이 되었다. 나이트 선생님이 후다닥 달려와 부축했다.

잠시 후 교장 선생님은 기침을 멈추고 나이트 선생님을 바라보았다. 멀리서도 교장 선생님의 눈이 붉게 충혈된 걸 알아볼 수 있었다.

"자세한 내용은 나이트 선생님께서 알려 주실 겁니다."

그 말을 남기고 교장 선생님은 슬그머니 강당 옆 출입문을 통해 밖으로 나갔다.

교장 선생님이 사라지자 나는 안도의 한숨을 내쉬었다. 평소에도 교장 선생님이 나타나면 신경이 바짝 곤두서곤 했다. 오래전 저 사람이 저지른 어떤 일을 엄마가 폭로하려 했다는 사실을 알고 나니 더욱 불안해졌다. 도대체 무슨 짓을 저지르고서 유유히 빠져나간 걸까?

나이트 선생님은 교장 선생님이 떠나자 "에헴!" 하고 목을 가다듬더니 말문을 열었다.

"교장 선생님 말씀 들었지요? 이제 1학년과 2학년은 기숙사로 가서 따뜻한 옷으로 갈아입도록 해요. 각자 스케이트화 한 켤레씩 골라서 다 같이 호수로 걸어갈 거예요. 둘씩 짝을 지어 다니도록 하세요."

내가 본능적으로 스칼릿의 손을 잡자 아리아드네가 풀 죽은 표정으로 고개를 떨어뜨렸다.

"아, 미안."

아리아드네는 한숨을 쉬며 대답했다.

"괜찮아. 다른 사람을 찾아 볼게."

그 순간, 마치 마법처럼 몇 줄 떨어진 곳에 앉은 도로시 캠벨이 아리아드네에게 손을 흔들었다. 아리아드네의 얼굴이 확 밝아졌다. 그래도 나는 죄책감을 떨칠 수 없었다. 스칼릿은 아리아드네한테 여봐란듯이 싱글거리다가 나한테 한 대 맞고서 웃음을 거두었다. 항상 자신만만한 스칼릿이 설마 아리아드네와 내 우정을 질투하나? 희한한 일이었다.

1, 2학년들이 짝을 찾느라 웅성거리는 사이 나이트 선생님이 다시 말했다.

"나머지 학년은 다른 날 기회가 주어질 거예요. 날씨가 계속 이렇다면 말이죠."

나이트 선생님은 높다란 창문을 내다보며 덧붙였다.

"보아하니 그리될 것 같군요."

창밖에 첫눈이 흩날리고 있었다.

옷을 껴입으러 방으로 가는데 스칼릿이 투덜거렸다.

"아, 스케이트 타는 거 정말 싫어. 끔찍해."

"그렇게까지 나쁘지는……."

"나빠. 추워 죽거나 스케이트 날에 베여 죽거나 둘 중 하나잖아! 어떻게 그걸 선물이라고 부르지? 그냥 어디 숨어 있으면 안 되나?"

스칼릿은 뭐든 과장해서 말하는 편이라, 나는 호수 스케이팅이 그렇게 나쁘지는 않을 거라고 확신했다. 어릴 적에 스케이트를 몇 번 타 보았는데 기억하는 바로는 재미있었다. 중심 잡는 법을 익히고 나면 바람에 머리칼을 나부끼며 빙판 위를 빠르게 질주할 수 있다. 발레랑 닮은 면이 있달까?

"괜찮을 거야."

나름 스칼릿을 달래 보았지만 스칼릿은 전혀 공감할 수 없다는 표정이었다.

"에이, 너 설마 겁먹은 거야?"

장난삼아 놀렸는데 오히려 이 방법이 통했다. 스칼릿이 나를 앞질러 성큼성큼 걸어가더니, 내가 방에 들어섰을 때는 벌써 옷을 갈아입고 있었다. 나는 카디건과 외투를 걸쳤고, 스칼릿은 카디건을 두 벌 더 걸치고 어디서 났는지 모를 털모자도 꺼내 썼다. 설마 그렇게까지 추울까? 하긴 기숙사 방도 따뜻하진 않으니까. 아, 나도 장갑 정도는 챙겨 올걸.

잠시 후 우리는 수영장 탈의실 주변을 빙 둘러선 아이들 뒤에 줄을 섰다. 눈꽃이 살랑살랑 휘날리며 우리 외투를 하얗게 수놓았다. 나는 도로시와 함께 우리 뒤쪽에 줄 선 아리아드네를 발견했다. 죄책감이 들었지만 둘의 표정이 즐거워 보여서 그나마 다행이었다.

반면 스칼릿의 표정은 완전히 달랐다. 스칼릿은 정말 우울해 보였다.

스칼릿이 어떻든 나는 마음이 설렜다. 드디어 탈의실 문 앞에 도착하자 체육 담당인 볼러 선생님이 스케이트화를 한 켤레씩 나눠 주었다.

"신어."

스케이트화의 상태는 정말…… 끔찍했다. 지난 50년 동안 학생들한테 신기기만 하고 한 번도 닦은 적이 없는 듯 더럽기 짝이 없었다. 낡아서 끈도 너덜너덜했다. 딱 봐도 내 발에는 너무 작아 보였고, 스케이트 날은 날카로운데 녹이 벌겋게 슬어 있었다.

나는 온몸에 소름이 쫙 돋았다. 이번에는 추워서가 아니었다. 그때 볼러 선생님이 버럭 소리를 질렀다.

"뭐 해? 어서 비켜!"

뒤에서 스칼릿이 키득대는 소리가 들렸다. 나는 한숨을 쉬며 옆으로 비켜섰다. 잠시 후 스칼릿이 웃음기 싹 가신 얼굴로 다가왔다. 손에 '거대한' 스케이트화가 들려 있었다. 나는 스칼릿의 스케이트화를 가리키며 말했다.

"최소한 인간용 스케이트화를 줘야 하는 거 아닐까?"

스칼릿이 눈을 빙글 굴리며 대답했다.

"그러려면 한참 찾아야 해서 시간이 없었나 봐."

우리는 별수 없이 다른 학생들을 따라 운동장을 지나 호수로 향했다.

나는 학교 호수에 가 본 적이 없었다. 멀리서 구경만 했을 뿐이다. 호수로 가는 길은 나무가 울창해서 회색 하늘이 아예 보이지 않았다. 어둑한 숲이 끝나자 황량한 호숫가가 나왔다. 숲 가장자리에 있는 나무들이 마치 길고 가는 손가락으로 수면을 쓰다듬듯 호수까지 가지를 길게 늘어뜨리고 있었다.

얼어붙은 호수는 하늘과 같은 회색빛이라 어디가 하늘이고 어디가 땅인지 경계가 흐릿했다. 꽤 많은 아이들이 벌써 스케이트를 타고 있어서 반짝이는 빙판 위에 가느다란 선이 죽죽 그어져 있었다. 몇몇 아이들은 실력이 상당해서 쏜살처럼 달리며 멋진 회전이나 빠르게 방향을 바꾸는 동작을 선보였다. 나머지 아이들은 넘어지지 않으려고 짝과 서로 얼싸안은 채 키득대며 뒤뚱거렸다.

나는 스칼릿에게 눈길을 돌렸다.

"재미있어 보이는데? 이 괴물용 스케이트화는 좀 무시무시하지만 말이야."

나는 나뭇등걸에 자리를 잡고 앉아 스케이트화에 발을 밀어 넣느라 낑낑대다가 스케이트 날에 그만 엄지손가락을 베이고 말았다.

"아야!"

상처 부위를 얼른 입에 넣고 빨았더니 비릿한 금속 같은 피 맛이 났다.

스칼릿은 못마땅한 표정으로 팔짱을 낀 채 스케이트화를 신지 않고 가만히 서 있었다.

"설마 강제로 스케이트를 타게 하지는 않겠지."

"아니, 그렇게 할 거란다."

볼러 선생님이 불쑥 나타나더니 스칼릿의 등을 툭 쳤다. 힘의 강도가 격려보다는 매질에 가까웠다.

"빨리빨리 신발부터 갈아 신어! 운동을 해서 몸과 마음을 갈고닦아야지!"

볼러 선생님이 목청을 높이자 스칼릿은 내 옆에 앉아 투덜거리며 스케이트화를 신었다. 나는 조심조심 일어서서 얼어붙은 땅을 휘청휘청 걸어 빙판 위에 올라섰다.

'일단 한 걸음부터……'

한 발을 내미는데 몸이 호수 위를 미끄러져 움직이기 시작했다. 나는 팔을 뻗으면서 휘청거리는 몸의 중심을 잡았다.

'어떻게 멈추더라?'

그 생각을 떠올린 순간 하마터면 다른 아이와 쿵 부딪칠 뻔했다. 시간이 조금 걸리기는 했지만 이내 몸이 동작을 기억해 냈다. 무릎을 안쪽으로 모으고 몸을 살짝 돌리면서 체중을 싣자, 스케이트 날에서 얼음 조각이 파박 튕기며 속도가 줄었다. 나는 숨을 헐떡이며 그 자리에 멈춰 섰다.

"아이비!"

누군가가 부르는 소리에 나는 주위를 둘러보았다. 아리아드네가 호숫가에서 내게 손을 흔들고 있었다. 아리아드네는 빙판 위로 두 걸음을 떼자마자 쫘당 넘어지고 말았다. 나이트 선생님이 다가가서 아리아드네에게 손을 내밀었지만 볼러 선생님은 소리만 버럭버럭 질렀다.

"일어나, 어서! 우리 사전에 포기란 없어!"

아, 불쌍한 아리아드네.

스칼릿이 뒤뚱뒤뚱 다가와 내 팔을 잡았다. 순간 중심이 흔들리면서 나도 넘어질 뻔했지만, 서둘러 움직였더니 이내 우리는 한 몸처럼 스케이트를 탈 수 있었다. 스칼릿은 흥이 나는지 까르르 웃으며 말했다.

"너 때문에 속력이 안 나잖아."

우리는 발 맞추어 아이들 사이를 오가며 호숫가를 크게 빙 돌았다. 내내 실내에 갇혀 있다가 밖으로 나와서 차가운 공기를 마시니 기분이 상쾌했다. 발이 아프고 금방이라도 물집이 잡힐 것 같았지만, 이 순간만큼은 무척 즐거웠다.

바로 그 순간, 일이 '심각하게' 틀어지기 시작했다.

우리가 호수 반대편으로 가로질러 가서 바위 뒤를 지나느라 선생님들의 시야에서 벗어났을 때, 고함 소리가 들렸다.

"내가 너한테 아무 의미도 없다는 듯이 날 무시했잖아!"

"내가 어떤 일을 겪었는지 네가 알기나 해? 왜 날 찾으러 오지 않았어?"

스칼릿과 나는 급히 멈춰 섰다. 바위 뒤에 아이들이 우르르 몰려와 있었다. 나는 누가 이렇게 소리 지르며 싸우나 싶어서 주위를 살폈다. 싸움의 주인공은 페니와 바이올렛이었다.

"난 여기서 꼼짝 못 하는데 무슨 수로 널 찾으러 가?"

페니의 얼굴에 매서운 분노가 이글거렸다. 아무래도 바이올렛의 정신 병원 감금 사태를 지금 막 알게 된 모양이었다. 내가 선 곳에서는 바이올렛의 뒷모습만 보였다.

"쌍둥이들은 서로를 잘만 찾아내던데? 별로 어려운 일이 아니었나 보지."

바이올렛의 목소리에 비난과 비웃음이 가득했다. 나는 인상을 확 찌푸렸다. 페니가 바락바락 소리를 질렀다.

"닥쳐! 그것 말고도 숨기는 게 있잖아! 너 말이야, 돌아온 뒤로 도대체 무슨 일을 꾸미고 있는 거야?"

바이올렛이 팔짱을 턱 끼며 대꾸했다.

"난 네가 무슨 소리 하는지 모르겠는데?"

바이올렛은 너무 화가 나서 자신이 구경거리가 된 줄도 몰랐다. 페니도 화가 나서 어쩔 줄 몰라 했다.

"바이올렛, 거짓말하지 마! 난 네 거짓말을 언제든 꿰뚫어 볼 수 있어!"

"거짓말 아니거든! 이 마녀 같은 계집애야!"

그러자 페니가 분통을 터뜨리며 바이올렛을 있는 힘껏 떠밀었다.

그 순간부터 시간이 늘어지듯 천천히 흘렀다. 바이올렛이 균형을 잃더니 두 팔을 하늘로 뻗은 채 콰당 하며 넘어졌다.

"쩡!" 하고 무시무시한 소리가 울려 퍼지더니 물보라가 확 일었다.

비아올렛이 깨진 얼음 호수 속에 빠져 버렸다.

스칼릿

　바이올렛이 어두운 물속으로 사라졌다. 누군가 비명을 지르기 시작했다.

　다음 순간, 바이올렛이 수면 밖으로 고개를 내밀고 미친 듯이 팔을 허우적거렸다. 에설이 고함을 질렀다.

　"사람 살려!"

　페니는 발밑의 빙판처럼 그대로 얼어붙어 꼼짝도 하지 않았다. 외마디 소리조차 지르지 못했다.

　나는 주위를 둘러보았다. 다들 공포에 질린 채 쳐다보기만 할 뿐 아무도 움직이지 않았다. 상대는 바이올렛이었다. 내가 그토록 미워하던 바로 그 바이올렛 말이다. 하지만 바이올렛이 물에 빠져 죽는 모습을 보고만 있을 수는 없었다.

　아니, 그냥 모른 척해 버릴까?

　"아이비, 네가 빠르니까 가서 선생님을 데려와!"

아이비는 고개를 끄덕이고는 겁에 질린 채 숨을 헐떡이며 달려 나갔다.

어떻게 하면 바이올렛에게 가까이 다가갈 수 있을까? 무턱대고 다가가다간 나도 구멍에 빠질 수 있다. 게다가 구멍 주변에 이미 금이 가기 시작해서 너무 위험했다.

나는 얼른 머리를 굴렸다. 그래, 손과 무릎을 얼음판에 대고 기어가 보자. 차디찬 냉기가 살을 파고들었지만 나는 개의치 않고 앞으로 나아갔다. 바이올렛의 숨넘어가는 비명이 귀에 메아리쳤다. 나는 목청을 높여 외쳤다.

"바이올렛, 정신 바짝 차려! 물 위로 머리를 내는 데만 집중해! 아이비가 선생님을 데려올 거야!"

누군가가 계속해서 새된 비명을 질러 댔다. 나디아의 목소리 같았다. 난 말할 겨를도 없어서 속으로만 외쳤다.

'아, 입 좀 다물어. 바이올렛이 침착하게 있어야 구할 수 있다고!'

바이올렛과 거리가 꽤 가까워졌지만, 빠질까 봐 더 다가갈 엄두가 나지 않았다.

"바이올렛, 얼음 구멍 가장자리로 가서 매달릴 수 있는지 확인해 봐!"

바이올렛이 나를 올려다보았다. 휘둥그레 뜬 두 눈에 공포가 가득했다. 바이올렛은 필사적으로 다리를 허우적거리면서 단단한 표면을 찾아 손을 더듬거렸다. 이윽고 바이올렛이 거친 숨을 몰아쉬며 빙판 위로 두 팔을 내밀었다.

"도와줘."

바이올렛이 목멘 소리로 애원했다. 손을 뻗으면 닿을 거리였다. 나는 바이올렛의 얼어붙은 손을 잡고 단호하게 말했다.

"침착해. 곧 도와줄 사람이 올 거야."

빙판이 얼마나 더 버틸지 알 수 없던 차에 볼러 선생님이 호숫가에 모습을 드러냈다. 볼러 선생님은 한쪽 팔에 구명용 부표를 들고서 쏜살처럼 달려왔다.

"모두 다 호숫가로 나와! 당장!"

어느새 나디아의 비명은 흐느낌으로 바뀌었다. 나디아는 서둘러 자신의 패거리를 데리고 안전한 곳으로 물러섰다. 페니는 꼼짝도 하지 않고 그 자리에 서서 자신이 벌인 일을 내려다보았다. 페니가 질겁한 건지 자랑스러워하는 건지 솔직히 구분이 되지 않았다.

"모두 나오라고 했잖아! 페니 윈체스터! 당장 나와!"

마침내 페니가 돌아서서 비틀비틀 호숫가로 나왔다.

나는 애원하는 눈으로 볼러 선생님을 올려다보았다. 내 힘으로는 이 이상 어떻게 할 수가 없었다. 바이올렛이 너무 꽉 잡고 있어서 이러다가 내 손이 떨어져 나가는 게 아닌지 걱정스러울 지경이었다. 바이올렛이 소리쳤다.

"살려 주세요!"

볼러 선생님이 내게 구명용 부표를 던졌다.

"스칼릿, 이걸 바이올렛에게 전해 줘!"

바이올렛은 본능적으로 부표를 낚아챘지만, 여전히 내 손을 꽉 붙잡고 있었다.

"바이올렛, 손 풀어! 부표를 두 손으로 잡아야 살 수 있어!"

바이올렛은 가까스로 손을 풀고는 부표를 잡았다. 볼러 선생님이 소리쳤다.

"스칼릿, 뒤로 물러나."

나는 다시 기는 자세를 취했다. 그 순간 "쩡!" 소리와 함께 내 몸 아래 빙판에 금이 쫙 갔다.

'오, 안 돼!'

고개를 들자 호숫가에 선 아이비가 보였다. 아이비의 얼굴이 공포로 가득 물들었다. 나는 아이비의 생각을 똑똑히 읽을 수 있었다.

'이러다가 나를 다시 잃을까 봐 두려운 거야.'

반드시 살아야겠다는 각오가 끓어올랐다. 나는 살을 에는 냉기도, 몸 아래서 쩍쩍 갈라지는 얼음판도 아랑곳하지 않고 계속 팔다리를 놀리며 기어 나갔다. 점점 가속도가 붙자 마지막 1미터 정도는 아예 쭉 미끄러진 다음 몸을 데굴데굴 굴렸다. 마침내 호숫가의 단단한 땅에 도착했다. 나는 숨을 헐떡이며 일어나 앉았다. 볼러 선생님이 온 힘을 다해 구명용 부표에 달린 밧줄을 잡아당겼다.

"애들아, 도와줘!"

몇몇 아이들이 달려와서 밧줄을 잡고 힘을 보탰다. 나는 헐렁거리는 스케이트화를 냅다 벗어 던지고 밧줄을 잡았다. 아이비도 내 뒤에 와서 섰다.

이윽고 바이올렛이 얼음판 위로 끌려 올라왔다. 스케이트화 한 짝이 물살에 휩쓸려 사라졌다. 바이올렛을 우리 쪽으로 끌어당기자 나머지 스케이트화 한 짝이 얼음판을 긁으며 질질 딸려 왔다. 바이올렛은 눈을 부릅뜨고 팔다리를 축 늘어뜨린 채 잠잠히 누워 있다가 이내 온몸을 부들부들 떨며 경련을 일으켰다. 옷과 머리카락에서 물이 줄줄 흘렀다. 아이비가 외투를 벗어 바이올렛에게 둘러 주자 다른 아이들도 따라 했다.

"어서 안으로 데리고 가야 해."

볼러 선생님의 지시에 따라 우리는 다 함께 바이올렛을 일으켜 세웠다. 그리고 학교까지 길고도 고된 여정을 떠났다.

우리는 현관 앞에서 학생 주임인 나이트 선생님과 보건 교사인 글래디스 선생님과 마주쳤다. 글래디스 선생님은 급히 모은 담요를 한 무더기 안아 들고 있었다.

"어떻게 된 거예요?"

글래디스 선생님이 묻자 볼러 선생님이 대답했다.

"바이올렛이 실수로 얼음 호수에 빠졌어요. 어서 안으로 데리고 들어가야 해요. 지금 당장요."

글래디스 선생님의 눈빛이 달라졌다.

"나이트 선생님, 애를 당장 미지근한 물에 담가야 해요. 그래야 체온을 정상으로 되돌릴 수 있어요."

나이트 선생님이 고개를 끄덕이곤 글래디스 선생님을 도와 바이올렛을 질질 끌어 안으로 데리고 들어갔다. 그때 뒤에서 누군가의 목소리가 들렸다.

"바이올렛은 실수로 빠진 게 아니에요."

아이비와 나는 놀라서 고개를 돌렸다. 목소리의 주인공은 나디아였다.

"페니가 바이올렛을 밀었어요! 페니가 거칠게 떠민 바람에 그렇게 된 거라고요!"

이번에는 페니가 소리를 질렀다.

"아니야! 이, 일부러 그런 게 아니란 말이야!"

다음 순간, 나디아와 페니가 서로에게 달려들었다. 둘은 뒤엉켜서 서로를 할퀴고 머리카락을 잡아 뜯고 비명을 질러 댔다. 우리는 그 광경을 입을 떡 벌리고 쳐다보았다. 볼러 선생님이 둘의 목덜미를 잡고 강제로 떼어 내고서야 싸움이 끝났다.

"너희 둘, 교장 선생님한테 혼 좀 나야겠어!"

나디아와 페니는 볼러 선생님한테 질질 끌려 교장실로 사라졌다.

그날 나머지 수업은 선생님들이 '사고' 처리를 하느라 바빠서 모두 취소되었다. 아마 호수에서 스케이트를 타는 것도 이것으로 끝일 듯했다.

나는 오후 내내 담요를 둘둘 감고 조그만 난방기 앞에 쪼그려 있었다. 이가 딱딱 부딪칠 정도로 온몸에 한기가 들었다.

아이비와 아리아드네는 아이비의 침대에 나란히 앉아 있었다. 아리아드네는 끔찍했던 사건과 우리의 용감했던 구조 활동에 대해 이야기하고 또 이야기했다. 스케이트 실력이 엉망이라 호수 반대편에 널브러져 있었으면서 마치 그 일에 참여하기라도 한 듯 떠드는 게 좀 어이없었다.

"스케이트 타는 거 너무 싫어. 끔찍해."

아리아드네가 말을 맺자 아이비가 나를 빤히 쳐다보았다. 나는 덜덜 떨며 대꾸했다.

"거봐. 내가 뭐랬어?"

아리아드네가 고개를 갸웃하며 다시 말문을 열었다.

"난 솔직히 이해가 안 돼. 페니랑 바이올렛 친하지 않아?"

나는 이유를 알 것 같았다.

"둘 다 성격이 장난 아니잖아. 둘 중 한 명의 성미만 건드려도 무서운데, 페니랑 바이올렛이 서로에게 화가 났으니 큰일 났어. 절대 끝이 좋을 리 없을 거야."

아이비가 입술을 잘근잘근 깨물었다. 내가 그 둘한테 시달렸던 일을 생각하는 모양이었다. 지금까지 그 일에 대해 제대로 말한 적이 없는데 오늘은 어째서인지 나도 모르게 말이 튀어나왔다.

"걔들은 날 옥상으로 끌고 갔어. 바이올렛은 그때 내게 무슨 짓을 하려 했던 걸까? 날 거기서 밀어 버릴 작정이었을까? 폭스 선생님이 그 애를 끌고 가지 않았다면……."

나는 벽만 물끄러미 쳐다보았다. 생각조차 하고 싶지 않은 일이었다. 아이비가 침대에서 내려와 내 옆에 앉더니 나를 똑바로 바라보며 힘주어 말했다.

"다시는 그런 일 없을 거야."

나는 옛 생각에서 깨어나 아이비를 바라보며 말했다.

"그래. 하지만 걔들이 또 무슨 일을 벌일지 누가 알겠어? 오늘 페니는 바이올렛을 죽일 뻔했어."

잠자코 듣고 있던 아리아드네가 조심스럽게 말을 꺼냈다.

"난…… 그 애가 좀 바뀐 줄 알았어. 폭스 선생님과 관련된 비밀을 알아낸 그날 밤 이후로 페니는 진심을 다해 바이올렛을 찾으려 했거든."

내가 대답했다.

"페니는 대장 노릇을 하는 데에만 관심이 있어. 사람들의 인기를 얻고, 마치 자기가 왕이라도 되는 것처럼 모든 사람을 쥐락펴락할 생각뿐이지. 과연 페니가 자기 자신 말고 다른 사람을 신경 쓸까? 글쎄, 난 모르겠어."

아이비가 걱정스러운 얼굴로 말을 꺼냈다.

"로즈를 좀 더 자주 살펴보러 가야 할 것 같아. 바이올렛 없이 그 애가 잘 지낼 수 있을지 모르겠어. 둘이 병원에서부터 늘 함께 지낸 사이…….”

아이비가 말을 하다 말고 입을 꾹 닫았다. 한참을 기다려도 말이 없기에 내가 물었다.

“왜 그래?”

“옥상에서 그 사건이 벌어졌을 때 말이야. 폭스 선생님이 어떻게 네 눈에 띄지 않게 바이올렛을 데리고 나갔는지 아리아드네랑 나는 너무 궁금했거든.”

아리아드네가 이야기에 끼어들었다.

“우리가 또 다른 출입문을 찾아냈어.”

흐으음. 일리가 있는 얘기였다. 바로 그 문제 때문에 나는 내 정신이 정말로 이상해진 게 아닌지 계속 의심했었다. 아이비가 고개를 주억거리며 추리를 이어 갔다.

“위스퍼스의 비밀 공간이 여러 곳 있었다잖아. ‘하늘땅을 샅샅이 뒤져서’ 증거를 모으겠다는 맹세도 했고. 그게 혹시 단서 아닐까? 이 학교에서 가장 높은 곳에 비밀 공간 출입문이 있는 건……?”

흥미가 도는 얘기였다. 나는 자세를 고쳐 앉으며 물었다.

“그럴 수도 있지. 그런데 네 말이 맞는다면…… 그 문 너머에 과연 뭐가 있을까?”

아이비

왜 그 생각을 못 했을까? 돌이켜 보니 답이 우리를 내내 기다리고 있었다. 무조건 그 방에 들어가서 위스퍼스에 대한 단서가 남아 있는지 확인해 봐야 했다.

아리아드네가 볼을 톡톡 치며 중얼거렸다.

"그런데 말이야, 그 문 잠겨 있지 않았어?"

나는 풋 하고 웃음을 터뜨렸다.

"우리가 언제 그런 것 때문에 포기한 적이 있어?"

"하긴 그렇지."

말하고 보니 생각나는 문제가 있었다.

"그런데 이번에는 열쇠가 어디에 있는지 모르잖아. 폭스 선생님이 사라졌으니까. 어디서부터 찾아야 할지 모르겠네."

아리아드네가 고개를 갸웃하며 대꾸했다.

"관리인 아저씨가 복사본을 가지고 있지 않을까? 아니면 교장 선생님."

쩝, 교장실에 몰래 침입하는 것만큼은 정말 피하고 싶은데.
내 표정이 어두웠는지 스칼릿이 말했다.

"그냥 문을 부수고 들어가자."

나는 놀라서 스칼릿을 쳐다보았다.

"미쳤어?"

"그런 말 많이 듣긴 하는데, 나 지금 진지해. 나무 재질이면
부수고 들어갈 수 있을 거야."

그래서 피아노도 부쉈냐고 한마디 하고 싶었지만, 아무래도
안 하는 게 나을 것 같았다. 내가 물었다.

"그걸 누가 해? 네가 할 거야?"

순간 스칼릿의 얼굴이 한층 더 창백해지면서 호흡이 옅어졌
다. 스칼릿은 담요 속으로 움츠러들며 두려워하는 목소리로 말
했다.

"아니. 나는…… 난 거기 올라가지 않을 거야."

아, 그렇지. 괜한 소리를 했네. 나는 스칼릿을 달랬다.

"미안해."

"내가 할게!"

아리아드네가 번쩍 손을 들었다. 나는 골치가 아파서 이마를
짚으며 중얼거렸다.

"휴, 난감하네."

정말로 난감한 계획이었다. 하지만 수업이 취소된 덕분에 우

리한테는 오후 시간이 통째로 비어 있었다. 학생들은 모두 추위를 피해 방에 머물러 있고, 선생님들은 페니와 바이올렛의 문제에 온 신경이 쏠려 있었다. 이 난감한 계획을 실행에 옮길 절호의 기회였다. 스칼릿이 거절한 것에는 전혀 마음이 상하지 않았다. 옥상에 올라간다는 생각만으로도 겁에 질려 버리는 내 쌍둥이 언니를 그곳에 다시 데려갈 수는 없었다.

아리아드네와 나는 최대한 따뜻하게 옷을 껴입고 나섰다. (덤으로 스칼릿한테 털모자도 얻어 냈다.) 우린 빙글빙글 도는 나선형 계단을 올라 지붕으로 나가는 문 앞에 도착했다. 다행히 자물쇠가 채워져 있지 않았다. 지난번에 우리가 연 뒤로 아무도 자물쇠를 확인하지 않은 모양이었다. 아리아드네와 나는 문을 밀어 열고 새하얀 바깥세상으로 나갔다.

눈발이 한층 굵어져 있었지만 아직 쌓이지 않고 희끗희끗 나부끼기만 했다. 나는 외투 깃을 한껏 끌어 올려 목을 감쌌다.

"아리아드네, 조심해. 떨어지면 끝장이야."

아리아드네가 굳은 눈빛으로 고개를 끄덕였다.

우리는 천천히 조심스럽게 지붕을 걸어서 꼭대기를 넘은 다음 반대편으로 미끄러져 내려갔다. 이어 커다란 굴뚝 옆을 지나자 내가 기억하는 대로 그 자리에 우리의 목적지인 지붕 문이 있었다. 나무로 만든 문은 오래되어 삭고 좀이 슨 곳이 많았다. 나는 바람을 이기려고 목청을 높였다.

"문이 낡아서 잘하면 부술 수 있을 것 같아."

"내리칠 만한 도구가 있으면 좋겠는데."

나는 얼른 주위를 둘러보았다. 당장 구할 수 있는 건 부서진 벽돌 조각뿐이었다. 나는 언 손을 호호 불어 가며 벽돌 조각을 집어서 문을 쾅 내리쳤다. 문은 꿈쩍도 하지 않았다.

"뭔가 방법이 있을 거야."

내가 뭐라고 대꾸할 틈도 없이 아리아드네가 문 위에 올라서 깡충깡충 뛰기 시작했다.

"이렇게 하면 좀 느슨해애애애애애애애······!"

"아리아드네?"

나는 구멍 아래를 내려다보며 외쳤다.

"아리아드네, 괜찮아?"

아무 대답이 들리지 않았다. 두려움이 엄습하려는 순간 "아야." 하는 소리가 들리더니 이어서 "응. 괜찮아." 하고 대답이 돌아왔다. 잠깐 침묵이 이어진 뒤 다시 아리아드네의 목소리가 들렸다.

"침대에 떨어진 것 같아!"

침대라니? 나는 몸을 숙이고 구멍 안을 살폈다. 한때 침대 프레임이었던 것으로 보이는 부서진 나무 조각에 매트리스가 놓여 있었다. 그 위에 누워 있는 아리아드네의 모습이 흐릿하게 보였다. 아리아드네가 날 향해 열심히 손을 흔들었다.

"아이비, 여기 천장이 그리 높지 않아. 침대도 꽤 푹신하고.

뛰어내려도 돼!"

아리아드네가 소리치더니 매트리스에서 비켰다. 나는 마른 침을 꼴깍 삼켰다.

'지금 아니면 영원히 기회가 없어.'

나는 부서진 문 조각을 뜯어낸 다음, 문틀 위에 서서 크게 심호흡을 했다. 그리고 아래로 뛰어내렸다. 매트리스가 충격을 흡수해 주긴 했지만, 착지하는 순간 숨이 턱 막혔다.

"어우!"

내가 할 수 있는 말은 그게 다였다.

어둠에 눈이 익숙해지자 나는 방 안을 휘휘 둘러보았다. 크기는 우리 기숙사 방과 비슷했고, 방 안에 부서진 가구가 가득했다. 한쪽 벽에 세워 둔 뒤틀린 침대 프레임, 깨진 거울, 다리가 세 개뿐인 의자, 문이 덜렁거리는 커다란 옷장 따위가 두툼한 먼지와 거미줄을 뒤집어쓴 채 방 안에 널려 있었다. 나는 한쪽으로 삐뚜름하게 기울어진 서랍장 위에 사다리 하나가 대충 걸쳐져 있는 걸 발견하고 아리아드네에게 손짓했다.

"폭스 선생님은 아마 저 사다리를 써서 바이올렛을 데리고 내려왔을 거야."

아리아드네가 고개를 끄덕이며 무언가 곰곰이 생각하더니 말했다.

"이곳엔 쓸모없는 물건이 가득하지만 오히려 그 때문에 위스퍼스의 비밀 장소였을 수도 있어."

아리아드네는 잠긴 문을 가리키며 말을 이었다.

"만약 위스퍼스가 열쇠를 가지고 있었거나 지붕을 통해 들어오는 방법을 알았다면 이곳만큼 좋은 모임 장소가 어디 있겠어? 여기까지 올라와서 감시할 선생님은 없을 테니 걸릴 위험도 없었을 거야."

"자세히 살펴보자. 여기 뭔가 있을지도 몰라."

나는 자리에서 일어나 옷에 묻은 먼지를 털었다. 먼지를 너무 뒤집어써서 털어 내도 별 차이가 없었다.

아리아드네가 나무 더미를 뒤지는 동안 나는 좀 더 합리적인 수색 방법을 생각해 보았다. 위스퍼스가 이곳에 무언가를 숨겨 놓았고 그게 아직 발각되지 않았다면 아마도 뭔가의 '안에' 들어 있을 것 같았다. 그런데 이곳에는 안에 뭔가를 넣어 둘 수 있을 만큼 멀쩡한 것이 별로 없었다. 서랍장과 옷장 정도?

나는 먼저 서랍장을 확인해 보았다. 하나하나 전부 열어 봤지만 고린내 나는 양말 한 짝 말고는 아무것도 나오지 않았다. 그럼 옷장인가? 닫힌 옷장 문을 열어 보았지만 역시나 아무것도 없었다.

아리아드네가 내 곁으로 다가왔다.

"아이참, 왜 없는 거야? 잠깐, 저게 뭐지?"

아리아드네가 가리킨 쪽을 보니 옷장 주위로 바닥에 가느다란 사각형 선이 그려져 있었다. 맙소사! 그게 뭔지 나는 바로 알아챘다. 스칼릿도 쓴 적이 있는 방법이었다. 나는 무릎을 꿇고 앉아 틈새에 손톱을 밀어 넣고 나무판을 들어 올렸다.

"가짜 바닥이야!"

아리아드네가 탄성을 터뜨렸다. 예상했던 대로 뭔가가 들어 있었다. 아마도 공책인 듯했다.

아리아드네가 잽싸게 손을 뻗어서 공책을 꺼냈다. 그토록 오랫동안 숨겨져 있던 물건치고는 상태가 좋았다. 나는 그 물건이 무엇인지 곧바로 알아보았다.

"반장 수첩이야!"

빨간색 표지에 황금색 떡갈나무와 까마귀 문장이 찍혀 있었다. 그뿐만이 아니었다. 누군가 멋지게 쓴 제목도 있었다.

벽 속의 속삭임
위스퍼스

아리아드네는 흥분해서 수첩을 흔들며 말했다.

"멤버 중 한 명이 반장이었나 봐! 이야, 그럼 이중 첩자였던 거잖아? 너무 흥미진진한걸!"

"그건 아직 모르는 일이야. 뭐라고 쓰여 있어? 열어 봐!"

아리아드네는 들떠서 덜덜 떨리는 손으로 첫 장을 넘겼다.

다음 순간, 아리아드네의 얼굴이 어두워졌다.

스칼릿

나는 아이비와 아리아드네가 돌아오기를 참을성 있게 기다
렸다. 음, 아무래도 '참을성 없이'라고 하는 게 맞겠다. 손톱을
잘근잘근 씹고, 일기장에 낙서를 끼적거리고, 담요를 두른 채
계속 방을 서성댔으니까. 저녁 식사 시간 5분 전이 되었을 땐
둘을 찾으러 가야 하는 건 아닌지 고민했다. 하지만 건물 옥상
에 간다는 생각만 해도 속이 울렁거렸다.

그곳은 악몽 속에서 계속 나를 따라다닌다. 나는 때로는 벽
에 갇히는 꿈을 꾸고, 때로는 다시 까마득한 지붕 끄트머리에
아슬아슬하게 서 있는 꿈을 꾼다. 꿈속에서 바이올렛은 깔깔거
리며 나를 떠밀고, 매번 나는 땅에 부딪히기 직전에 눈을 뜬다.

다행히 쓸데없는 걱정이었다. 둘을 찾으러 나가야 하나 망설
이는 사이, 아리아드네가 문을 벌컥 열고 방으로 들어오더니
반장 수첩처럼 생긴 물건을 흔들어 댔다.

"우리가 뭘 찾아냈는지 좀 봐! 그런데 무슨 뜻인지 도무지 모르겠어!"

"어디 보여 줘 봐."

아리아드네한테서 수첩을 건네받아 펼치는 동안 아이비도 방으로 들어왔다. 나는 내용을 본 소감을 두 마디로 정리했다.

"뭐야? 숫자뿐이잖아?"

아이비가 침울한 얼굴로 대답했다.

"내 생각에는 암호 같아. 모든 내용이 다 숫자로 쓰여 있어."

아이비 말대로였다. 중간중간 줄표로 이어진 숫자가 끝도 없이 나열되어 있었다. 아마도 이 암호 덕분에 위스퍼스가 오랫동안 비밀을 유지할 수 있었던 게 아닐까?

7-19-22

4-19-18-8-11-22-9-8

18-13

7-19-22

4-26-15-15-8

"이게 암호라면 풀면 되잖아. 안 그래?"

내 말에 아리아드네의 얼굴이 확 밝아졌다.

"맞아!"

나는 아리아드네에게 다시 수첩을 던졌다.

"똑똑이, 이건 네가 맡아 줘. 엄마에 대한 정보라면 그게 뭐든 난 꼭 알고 싶어."

아리아드네가 싱글싱글 웃으며 대답했다.

"맡겨만 줘."

우리는 위스퍼스의 수첩을 내 침대 매트리스 속에 감추고 함께 저녁 식사를 하러 갔다. 식당으로 가는 내내 아리아드네는 평소와 달리 말이 없었다. 아마 머릿속으로 열심히 암호를 푸느라 그런 것 같았다. 나는 아리아드네가 암호를 풀어 주기를 바라지만…… 솔직히 저 애를 믿어도 될지 여전히 확신이 없었다. 아리아드네는 너무 범생이 스타일이었다. 저러다가 혹시 선생님한테 수첩을 갖다 바치는 게 아닐까? 그랬다간 우린 정말로 끝장인데.

놀랍게도 오늘 저녁 메뉴는 스튜가 아니었다. 얼핏 봐서는 그릇에 고기와 채소를 담고 소스를 자작하게 부어 오븐에 구운 캐서롤인 듯했다. 아이비가 조심스럽게 한 입 떠먹더니 인상을 살짝 찌푸리며 말했다.

"캐서롤이랑 스튜는 다른 요리인데, 왜 캐서롤에서 스튜 맛이 나지?"

휴, 그럴 줄 알았지. 하지만 나는 배가 너무 고프고 몸이 으슬으슬했다. 맛이 좋지는 않지만 그래도 따뜻한 음식이니 더 따질 겨를이 없었다.

페니와 나디아는 식당에 없었다. 교장 선생님이 둘에게 과연 어떤 벌을 내렸을까? 생각만 해도 몸이 부르르 떨렸다.

"알았다!"

아리아드네가 손가락을 딱 튕겼다. 그 소리가 얼마나 컸는지 주변 사람들이 일제히 아리아드네를 쳐다보았다. 맞은편에서 잔뜩 지친 기색으로 나이트 선생님이 물었다.

"뭘 알았다는 거니?"

"아, 아무것도 아니에요."

아리아드네가 얼굴이 벌겋게 달아올라서 말을 얼버무리자 아이비가 얼른 옆에서 거들었다.

"아, 아리아드네가 어려운 수학 문제를 풀고 있었거든요."

"아, 그래? 잘됐구나. 공부를 열심히 하는 학생을 보면 기쁘단다."

주변 사람들이 다시 수다를 떨기 시작하자, 아리아드네가 우리 쪽으로 고개를 기울이며 속삭였다.

"암호를 푼 것 같아! 그런데 알파벳으로 바꿔 쓰려면 시간이 좀 걸릴 거야."

내가 확인차 물었다.

"너, 비밀을 지키겠다고 맹세할 수 있어?"

아리아드네는 어이가 없다는 듯이 눈을 껌벅였다.

"당연하지!"

뭐, 저 애가 과연 자기 말을 지킬지 잘 지켜보는 수밖에.

다음 날, 수업에 들어온 페니와 나디아는 서로 최대한 멀어지려는듯 교실 양쪽 끝에 떨어져 앉았다. 둘 다 안색이 엉망이었고, 어디가 아픈지 움직임이 어색했다. 나디아의 두 볼은 눈물로 얼룩져 있었다. 분노한 교장 선생님과 함께 있었다니, 무슨 일을 겪었을지 상상하기도 싫었다.

바이올렛은 여전히 양호실 신세를 지고 있었다. 그래서 밤에 로즈에게 음식과 물을 가져다주고, 화장실에 데려다주는 역할을 아리아드네가 맡았다. 나는 아리아드네가 무서워할 줄 알았는데, 로즈가 너무 걱정된다며 기꺼이 나서는 모습이 내심 감탄스러웠다.

컴퍼스로 책상을 직직 긁다가 문득 나도 로즈를 걱정한다는 사실을 깨달았다. 지하 비밀 공간은 어둡고 추운데, 로즈가 무서워하지는 않을까?

'신경 꺼. 로즈는 네가 상관할 문제가 아니야.'

나는 스스로를 다그쳤다. 아무래도 아이비의 물렁한, 아니 세심한 마음 씀씀이에 물든 모양이다.

기다리던 발레 시간이 찾아왔는데 페니와 함께 수업을 들을 생각을 하니 흥이 나지 않았다. 누가 개한테 날 좀 내버려두라고 명령해 주면 좋을 텐데.

지하에 있는 무용실은 사계절 내내 따뜻한 적이 없었지만, 바깥 기온이 뚝 떨어지자 얼음 저장고처럼 견딜 수 없을 정도로 추웠다. 핀치 선생님은 스카프를 두르고 털모자를 쓰고서 피아노 앞에 앉아 손을 싹싹 비볐다.

"여러분, 너무 춥죠? 미안해요. 안타깝지만 춤을 춰서 몸을 덥히는 수밖에 없을 것 같네요."

아이비와 나는 자리에 앉아 뻣뻣한 손을 더듬거리며 토슈즈 끈을 묶었다. 그때 페니가 무용실에 들어와 내 옆에 앉았다. 나는 페니가 비아냥거리거나 공격적인 말을 던지기를 잠자코 기다렸다. 보나 마나 또 화가 잔뜩 나 있겠지. 그런데 뜻밖에도 비웃음 대신 훌쩍거리는 소리가 들렸다. 나는 놀라서 페니를 쳐다보았다.

페니는 울고 있었다. 전혀 예상하지 못한 일이라 아무 대처도 할 수 없었다.

'그냥 모른 척하자.'

나는 서둘러 바로 향했다. 뒤에서 아이비의 나지막한 목소리가 들렸다.

"페니, 너 괜찮아?"

페니는 아무 대답도 하지 않았다. 훌쩍훌쩍 우는 소리만 계속 들릴 뿐이었다.

아이비가 내 곁으로 와서 바에 섰다. 아이비에게 '쟤 왜 저래?'라고 눈빛으로 묻자 아이비도 전혀 모르겠다는 듯이 어깨를 들썩였다. 얼마 지나지 않아 핀치 선생님이 울고 있는 페니에게 물었다.

"페니, 왜 그러니?"

페니가 흐느끼며 대답했다.

"바, 바이올렛이요……. 저는 그냥…… 너무 속상해요."

나는 핀치 선생님이 페니에게 다가가는 모습을 거울로 지켜
보았다. 핀치 선생님은 페니 곁에 앉아서 우리한테는 들리지
않도록 낮은 목소리로 뭐라고 속삭였다. 나는 아이비 쪽으로
고개를 숙이며 귓속말을 했다.

"페니도 양심이란 게 있네. 난 쟤가 악마인 줄 알았거든."

4번 발 자세로 서서 연습하던 아이비가 동작을 멈추더니 내
팔을 잡고 나를 돌려세웠다. 그러고는 부드럽게 타이르는 목소
리로 말했다.

"스칼릿. 비록 쟤가 자기 절친을 죽일 뻔하긴 했지만 일부러
그런 건 아니잖아. 우리 둘 다 쟤를 싫어하는 건 알아. 그래도
지금은 좀 너그럽게 봐주는 게 좋지 않을까?"

뭐, 아이비 말도 어느 정도 일리가 있었다. 나는 옆으로 돌아
서서 한쪽 다리를 바에 걸쳤다.

"넌 페니를 과소평가하고 있어."

"그래? 어떤 점을?"

"너는 페니가 슬픔과 죄책감 때문에 운다고 생각하잖아. 틀
렸어. 우리 잘난 반장님은 벌을 받고 왔다는 걸 기억해야지. 저
애는 지금 슬퍼서가 아니라 화가 나서 우는 거야."

아이비

다음 날 저녁 아리아드네가 미친 듯이 우리 방문을 두드렸
다. 아리아드네는 손에 든 위스퍼스의 수첩을 내 침대에 의기
양양하게 탁 내려놓았다.

"다 했어. 으, 저 망할 숫자들, 다시는 보고 싶지 않아!"

아리아드네는 지친 표정으로 양탄자 위에 털썩 주저앉았다.
스칼릿이 물었다.

"암호를 다 푼 거야?"

표정을 보니 스칼릿은 감동한 눈치였다. 아리아드네는 싱글
싱글 웃으며 대답했다.

"모조리."

나는 침대 끄트머리로 고개를 내밀고 아리아드네를 내려다
보았다.

"너 괜찮아?"

"아니. 밤을 꼬박 새웠어. 반밤은 로즈랑 보내고 나머지 반밤은 숫자만 쳐다보며 보냈지. 처음에는 1이 A, 2가 B, 이런 식으로 되어 있을 거라고 생각했거든? 그렇게 조합했더니 'DZOOH'처럼 말도 안 되는 단어가 되더라고. 그러다가 두 번째 줄은 수첩 제목처럼 '위스퍼스(WHISPERS)'가 아닐까 하는 생각이 들었어. 그렇다면 4는 'W'가 되잖아. 영어 알파벳에서 'W'는 뒤에서 네 번째 글자야."

"그럼……."

"응. 이건 알파벳 순서를 앞에서가 아니라 뒤에서부터 나열한 거야. 암호를 푸느라 잠도 못 잤는데 의외로 간단했지 뭐야! 자, 제발 가져가."

나는 어서 읽어 보고 싶어 애가 타던 참이라 바로 첫 번째 페이지를 펼쳤다. 아리아드네가 숫자마다 그에 해당하는 알파벳을 하나하나 써 둬서 쉽게 읽을 수 있었다. 첫 번째 페이지는 어쩌면 당연하게도 다음과 같은 내용이었다.

7-19-22
T-H-E
4-19-18-8-11-22-9-8
W-H-I-S-P-E-R-S
18-13
I-N

7-19-22
T-H-E
4-26-15-15-8
W-A-L-L-S

"내용을 다 읽어 봤어?"

스칼릿이 아리아드네에게 물었다. 아리아드네는 절망스러운 표정으로 천장을 물끄러미 올려다보았다.

"아니. 대충 요점은 알겠는데 또 읽고 싶지는 않아. 난 사양할래."

스칼릿이 내 침대로 와서 함께 수첩 내용을 읽기 시작했다. 글 읽는 속도가 느린 스칼릿 때문에 다 읽기까지 시간이 꽤 걸렸다. 스칼릿이 팔꿈치로 나를 쿡 찌르며 다음 페이지로 넘기라는 신호를 보낼 때까지 나는 매번 기다려야 했다.

내용을 다 읽고 나니 왜 아리아드네가 저런 반응을 보이는지 이해할 수 있었다. 아리아드네는 단순히 밤을 새우느라 피곤해서, 지겹도록 암호를 푸느라 지쳐서 그러는 게 아니었다.

"믿을 수가 없어. 이럴 줄은······."

수첩에는 위스퍼스 멤버가 바살러뮤 교장 선생님에 대해 알고 있는 사실과 의심스러운 점 들이 모조리 기록되어 있었다. 결코 마음 편히 읽을 수 있는 내용이 아니었다. 위스퍼스는 맨 앞에 바살러뮤 교장의 이름을 분명하게 언급하고, 그 뒤부터는 간단하게 '그자'라고 불렀다.

바살러뮤 교장.

그자는 부잣집 출신 학생을 편애한다.

그자는 자신이 편애하는 학생에게 성적을 나쁘게 줬다는 이유로 선생님 한 명을 해고했다.

그자는 학생에게 벌을 주려 하지 않았다는 이유로 선생님 한 명을 밤새도록 벽장 안에 가뒀다.

그자는 학생들이 쓰러질 때까지 학교 주변을 강제로 뛰게 했다.

그자는 한 학생이 뛰다가 지쳐서 천식 발작을 일으켰을 때 가만히 지켜보기만 했다.

그자는 교칙을 어긴 학생에게 벌로 어두운 밤에 호수를 몇 바퀴나 헤엄치게 했다.

그자는 한 학생을 심하게 체벌하다가 팔을 부러뜨렸다.

목록이 계속해서 이어졌고, 매번 더 끔찍한 내용이 나왔다. 지금 노인인데도 무시무시한데, 젊을 때라면 이런 일을 너끈히 벌이고도 남았겠지. 나는 몰려드는 공포와 역겨움 때문에 속이 메슥거렸다.

마지막 내용에 다다르자 스칼릿과 나는 숨을 죽였다. 거기부터 글씨가 달라졌고, 작성자는 암호를 포기하고 일반적인 문장을 쓰고 있었다.

14-02-26

M-Y-A? 어, 이게 아닐 것 같은데…….

우리 위스퍼스는 속삭일 수조차 없게 되었다. 우리는 재앙을 목격했다. 그자는 생각보다 훨씬 더 위험한 사람이다. 모두 한동안 눈에 띄지 않게 조용히 지내야만 한다. 나는 너무 두려워서 더 이상 아무 말도 할 수가 없다.

나는 마지막 내용을 읽는 스칼릿의 얼굴을 바라보았다. 스칼릿은 당혹스러운 듯 인상을 잔뜩 찌푸린 채 입을 살짝 벌리고 있었다.

마침내 스칼릿이 고개를 들고 나를 바라보더니 수첩을 가리키며 말했다.

"이게 대체 뭐지? 아니…… 이보다 더 나쁜 일이 뭐가 있을 수 있지?"

나는 스칼릿이 무슨 말을 하는지 알 수 있었다. 부정부패, 학대, 가혹한 체벌, 이런 것보다 더 나쁜 게 있다고?

"이게 만약 사실이라면, 교장 선생님에 비해 폭스 선생님은 순한 편이었네."

스칼릿이 흘겨보기에 나는 얼른 말을 덧붙였다.

"물론 폭스 선생님이 너랑 바이올렛한테 한 짓은 정말정말 끔찍해. 하지만 이건…… 이건 이 학교에 있는 '모든 사람'을 대상으로 벌인 짓이잖아."

스칼릿이 고개를 가로저으며 대답했다.

"그게 중요한 게 아니야. 문제는 그자가 그런 짓을 벌이고도 멀쩡하다는 거야. 보다시피 여전히 교장을 맡고 있잖아! 다시 그런 일을 벌이려 하면 어떻게 하지?"

아리아드네가 떨리는 목소리로 물었다.

"이미 벌이고 있다면?"

분명 생각해 볼 문제였다. 난 이미 폭우 속에서 학교 주변을 뛰는 벌을 받았다. 그동안 우리는 운 좋게 중요한 교칙을 어기고도 걸리지 않았지만, 걸린 애들은 어떤 일을 당했을까? 페니와 나디아는 대체 어떤 벌을 받은 걸까?

갑자기 스칼릿이 자리에서 벌떡 일어섰다. 스칼릿의 온몸에서 분노가 뿜어져 나오는 게 눈에 선했다.

"우리가 막아야 해. 그자가 정말로 나를 도둑이라 여기면 무슨 짓을 할지 몰라! 그 사람은 몸도 마음도 병들었어!"

"더 있을지 몰라."

아리아드네가 중얼거리자 스칼릿이 날카롭게 물었다.

"뭐가 더 있다는 거야?"

"증거. 벽에 쓰여 있었잖아. '진실에 대한 증거를 모은다.'라고. 교장 선생님이 무슨 일을 했는지 위스퍼스가 증거를 모아 두지 않았을까?"

나는 고개를 갸웃했다.

"옥상 방을 샅샅이 뒤졌잖아. 물건을 숨길 수 있을 만한 곳이 없었어. 거기서 나온 건 그 수첩이 전부인걸."

스칼릿이 발을 마구 굴렀다. 머리끝까지 화가 났을 때 하는 행동이었다. 스칼릿은 할 수 있는 일이 아무것도 없는 상황을 질색했다. 스칼릿이 단호하게 말했다.

"증거를 더 찾아 보자. 설사 증거를 못 찾는다고 해도 여기 언급된 재난이 뭔지 알아내서 반드시 그자가 법의 심판을 받게 만들어야 해."

나도 모르게 씩 웃음이 났다. 바살러뮤 교장 선생님이 아무리 강적이라도 천하의 스칼릿 그레이를 건드린 걸 후회하게 될 것 같았다.

스칼릿이 수첩을 탁 하고 덮은 순간, 수첩에서 뭔가가 쓱 떨어졌다. 집어 들어서 살펴보니 신문 조각이었다. 한쪽 귀퉁이를 뜯어냈는지 '의문의'라는 큰 제목 글자와 날짜만 남아 있었다. 스칼릿이 인상을 찌푸리며 되물었다.

"혹시 이게 또 다른 단서일까?"

"여길 봐."

아리아드네가 눈을 반짝이며 손가락으로 신문 조각에 적힌 날짜를 가리켰다.

"1914-02-26. 수첩에 쓰여 있던 숫자야. 난 암호라고 생각했는데, 날짜였구나!"

스칼릿이 심드렁하게 되물었다.

"날짜가 무슨 의미가 있어? 우리가 그때 살았던 것도 아니잖아. 이 날짜가 무슨 뜻인지 어떻게 알아?"

아리아드네가 싱글싱글 웃었다.

"길이 있는 곳에 뜻이 있는 법."

나는 조심스레 덧붙였다.

"'뜻이 있는 곳에 길이 있다'겠지."

스칼릿

단서를 찾기 위해 이곳저곳을 기웃거리려면 최대한 눈에 띄지 않게 행동해야 했다. 그런데 늘 그렇듯 페니 윈체스터가 훼방을 놓았다. 다음 날 발레 수업을 들으러 아이들과 함께 무용실로 우르르 몰려가는데 페니가 나를 떠밀고 지나갔다.

"야!"

나는 목소리를 곤두세웠지만, 페니는 모른 척 바닥에 앉아 토슈즈를 신기 시작했다.

'저 계집애가 또 무슨 꿍꿍이지?'

나는 페니를 향해 눈을 부라렸다. 어제 내가 했던 말이 머릿속에서 메아리쳤다.

'페니는 슬퍼서가 아니라 화가 나서 우는 거야.'

수업이 진행되면서 느린 음악에 맞추어 움직이는 아다지오 순서가 되자, 핀치 선생님은 우리한테 아라베스크를 연습시켰

229

다. 아라베스크는 한 발로 서서 한 손을 앞으로 뻗고, 다른 쪽 손과 다리를 뒤로 뻗는 어려운 동작인데, 핀치 선생님은 내 자세가 아주 좋다고 칭찬했다. 그러고는 페니의 동작에 대해 이렇게 말했다.

"나쁘지 않네. 그런데 실력이 좀 녹슨 것 같아. 다리를 양쪽 다 최대한 길게 쭉 펴야지."

나는 거울에 비친 내 모습을 보며 발끝으로 서는 앙 뿌엥뜨 동작을 기분 좋게 시도했다. 그런데 갑자기 누가 뒤에서 내 다리를 걷어차는 바람에 무용실 바닥에 꽈당 나동그라지고 말았다.

정신이 없어서 잠시 그대로 쓰러져 있었다. 고개를 들어 보니 페니가 손으로 입을 막고 소리 없이 웃고 있었다. 다른 아이들은 '하여간 별나.'라는 듯한 눈빛으로 나를 내려다보았다.

'나를 또 자기 마음대로 괴롭힐 수 있을 줄 아나 본데, 가만 있지 않겠어.'

페니는 재미있어 죽겠다는 표정을 하고서 머리에 맨 하늘색 리본을 매만졌다. 나는 자리에서 일어나 페니가 아끼는 리본을 휙 잡아챘다. 페니가 흥이 깨진 듯 표정이 돌변해 소리쳤다.

"뭐야? 돌려줘!"

나는 보란 듯이 비웃으며 리본을 확 찢어 버렸다. 두 손을 펼치자 구릿빛 머리카락 몇 가닥과 함께 찢긴 리본이 팔랑팔랑 떨어져 내렸다. 놀란 아이들이 등 뒤에서 술렁댔다.

"이 못된 계집애, 그건 아빠가 선물해 준 거란 말이야! 어떻게 감히 이런 짓을 해?"

아이비가 내 팔을 잡으며 다급히 속삭였다.

"스칼릿, 그만해."

나는 아이비의 손을 뿌리치고 페니에게 소리쳤다.

"야, 아직도 날 건드리면 안 된다는 걸 못 깨달았니? 왕실에서 선물한 거라 해도 난 상관 안 해. 예쁜 리본을 단다고 해서 네 못된 성격이 고와지는 건 아니니 굳이 달고 있을 필요가 없잖아."

페니는 아무 대꾸도 못 하고 씩씩대며 나를 노려보았다.

"웬만하면 그냥 발레 수업 그만둬. 넌 절대 나만큼 잘하지 못할 거야."

"닥쳐."

페니가 다시 빽 소리를 질렀다.

"닥쳐! 닥쳐! 닥치라고!"

나는 눈도 깜빡하지 않고 어깨를 으쓱해 보였다. 페니가 펄펄 뛰면 뛸수록 내가 이긴 기분이 들었다.

"왜, 진실을 도저히 받아들일 수가 없어?"

아이비는 이제 온 힘을 다해 나를 말리려 했다. 하지만 나는 한번 시작한 이상 끝을 봐야 했다.

"난 네가 뭘 두려워하는지 알아. 넌 바이올렛이 너보다 나를 더 좋아할까 봐 겁나는 거잖아. 바이올렛이 돌아온 뒤로 너보

다 나랑 더 얘기를 자주 하니까. 웃긴 게 뭔지 알아? 바이올렛
은 나를 쓰레기라고 생각하거든. 그런데 넌 심지어 그 애를 죽
일 뻔했잖아. 걔가 널 어떻게 생각하겠니?"

다음 순간, 페니가 내 턱에 주먹을 날렸다.

"얘들아, 이게 뭐 하는 짓이야! 당장 그만두지 못해?"

핀치 선생님이 호통을 쳤다. 핀치 선생님이 목청을 높이는
건 처음 있는 일이었다. 나는 얼굴을 감싸 쥐었다. 타는 듯한
통증이 얼굴 전체로 퍼져 나갔다. 나도 어설프게 주먹을 날렸
지만 핀치 선생님이 우리 사이를 가로막고 서 있는 바람에 빗
나가고 말았다. 핀치 선생님이 다시 목청껏 소리쳤다.

"페니! 스칼릿! 이게 무슨 짓이야?"

"페니가 발로 저를 찼어요!"

"스칼릿이 제 머리 리본을 찢었어요!"

핀치 선생님의 얼굴이 분노로 달아올랐다.

"알겠으니까 페니 넌 저쪽으로 가, 스칼릿 넌 이쪽으로 가.
당장!"

핀치 선생님이 무용실 양 끝을 가리켰다. 페니와 내가 동시
에 외쳤다.

"선생님!"

"선생님!"

"어서!"

나는 하는 수 없이 턱을 어루만지며 무용실 구석으로 털레털

레 걸어갔다.

"수업 마치고 둘 다 남아서 도대체 무슨 생각으로 그런 일을 벌였는지 '제대로' 해명하렴. 수업 끝날 때까지 둘 다 조용히 벽을 보고 서 있어. 알았니?"

"네, 선생님."

나는 마지못해 대답하고서 바닥에 털썩 주저앉았다. 페니는 아예 대답도 하지 않았다.

'아, 또 벌받게 생겼네.'

나는 들킬 위험을 무릅쓰고 거울 속의 내 모습을 바라보며 씩 웃었다. 페니의 경악한 얼굴을 떠올리면 이 정도 벌은 감수할 가치가 있었다.

아니, 취소, 취소! 수업이 끝나고 교장 선생님이 무용실로 걸어 들어오기 전까지는 그런 줄 알았다. 나는 교장 선생님이 보이기도 전에 그 소름 끼치는 발소리 때문에 누가 오는지 바로 알아차렸다. 핀치 선생님은 꾸짖기 전에 우리를 더 바짝 긴장시키려 했는지 수업을 마치고도 별말이 없었다. 그 때문에 교장 선생님이 나타났을 때 우리는 계속 바닥에 앉아 벽을 보고 있었다.

교장 선생님이 피아노에 앉은 핀치 선생님에게 느릿느릿 다가가서 인사를 건넸다.

"안녕하세요, 핀치 선생님."

"네, 교장 선생님. 안녕하세요."

핀치 선생님이 평소보다 긴장한 목소리로 대답했다.

"재정 문제로 의논을 하려고 왔어요. 최근 발생한…… 오?"

교장 선생님이 말을 멈추고 내 쪽으로 천천히 고개를 돌렸다. 나는 뒤통수에 꽂히는 매서운 눈길을 느끼며 숨을 죽였다. 이어 교장 선생님의 눈길이 페니에게 향했다.

"혹시 이 학생들이 잘못된 행동을 했나요?"

나는 속으로 애원했다.

'제발 아니라고 해 주세요. 아무 문제 없다고, 우리가 그저 무용실 구석에 앉아 있는 걸 좋아해서 이러고 있다고 대답해 주세요. 제발이요.'

핀치 선생님은 아무 대답을 하지 못했고, 불행히도 교장 선생님은 핀치 선생님의 침묵을 그렇다는 대답으로 받아들였다. 교장 선생님은 튀어나오는 기침을 억지로 참으며 말했다.

"흐으으으음. 적당한 벌을 줬습니까?"

나는 등골이 오싹했다. 핀치 선생님이 움츠러들며 말을 덧붙였다.

"아, 그게, 야단을 치려던 참이었어요. 아니면 반성문을 쓰게 하거나요."

교장 선생님이 고개를 절레절레 흔들었다.

"이런, 그 정도로는 안 되지요. 핀치 선생님, 아이들은 변덕스러워요. 벌을 받고 나면 뉘우쳤다고, 다시는 그러지 않겠다고 다짐하지요. 어쩌면, 정말 어쩌면 몇몇 가르침을 마음에 새

겼을 수도 있어요. 하지만 그건 지속되지 않습니다."

교장 선생님이 다시 나를 빠히 쳐다보았다. 아, 나한테 당장 일어나 도망칠 용기가 있다면 얼마나 좋을까? 그러나 어째서 인지 나는 손도 까딱하지 못한 채 차가운 바닥에 그대로 앉아 만 있었다. 교장 선생님의 듣기 싫은 목소리가 이어졌다.

"훈육을 할 때는 아이들에게 기억에 오래 남을 만한 벌을 주 는 게 중요합니다. 보다시피 윈체스터 양의 경우, 내 노력이 충 분하지 않았다는 걸 알 수 있잖습니까?"

페니가 헉하며 기겁했다. 우리한테 어떤 벌이 가해질지 상상 하자 나는 두려움을 견디지 못해 토할 것만 같았다. 핀치 선생 님이 자리에서 힘겹게 일어서며 말을 꺼내는 모습이 거울에 비 쳤다.

"저, 교장 선생님. 제가 잘 처리하도록 하겠습니다."

나는 숨을 쉴 수가 없었다. 교장 선생님이 과연 그 말을 받아 들일까? 시간이 째깍째깍 흐를수록 두려움이 점점 커졌다.

'제발 핀치 선생님 말대로 하라고요. 제발, 제발.'

교장 선생님이 속삭이듯 목소리를 낮추었지만, 대답 소리가 빈 무용실 벽을 타고 내 귀에 전해졌다.

"제대로 하는지 지켜볼 겁니다. 아니면 저 아이들이 받을 벌 을 선생님이 받게 될 거예요. 나는 반드시 이 학교의 규율을 바 로 세울 작정이니까요!"

아이비

그날 오후 방으로 돌아온 스칼릿은 온몸을 부들부들 떨었다. 나는 곧장 따져 물었다.

"스칼릿, 너 대체 무슨 생각이야? 제발 사고 좀 치지 마! 그러다가 큰일 나면 어쩌려고 그래?"

스칼릿은 아무 대답 없이 그냥 자기 침대로 걸어갔다.

"내 말 좀 들어. 지금 페니랑 그렇게 으르렁댈 때가 아니야. 훨씬 중요한 걱정거리가 있잖아. 제발 페니를 그냥 무시해!"

내가 그런 말 할 자격이 없다는 거 인정한다. 스칼릿 행세를 할 때 나도 페니를 적당히 무시하고 넘어가지 못했으니까.

스칼릿이 고개를 들고서 나를 바라보았다. 두 눈에 스칼릿한테서 보기 힘든 감정, 두려움이 담겨 있었다.

"무용실에 왔었어."

"누가 왔는데?"

답을 듣지 않아도 알 것 같은 섬뜩한 예감이 들었다. 스칼릿은 침울한 얼굴로 대답했다.

"교장 선생님. 학생들한테 기억에 오래 남을 벌을 줘야 한다고 하더라. 그 말을 듣고 나니 매질을 하거나…… 페니랑 나를…… 그곳에…… 가둘 거란 생각만 들었어."

스칼릿의 목소리가 파르르 떨렸다. 나는 스칼릿이 두 번째 가능성을 무엇보다 두려워한다는 걸 알아차렸다. 짜증이 사라지면서 스칼릿에게 미안한 마음이 들었다.

"어떻게 빠져나왔어?"

"핀치 선생님이 막아 줬어. 진짜 놀랐어. 핀치 선생님이 직접 처리하겠다며 교장 선생님한테 맞섰어. 난 솔직히…… 교장 선생님이 받아들이지 않을 줄 알았어. 핀치 선생님이 우리한테 가혹한 벌을 내리게 압박할 거라고 생각했지."

나는 벌렁거리는 가슴을 가라앉히려고 침대에 걸터앉아서 되물었다.

"그래서 핀치 선생님은 어떤 벌을 줬어?"

"한참 동안 아무 말이 없더니 반성문을 써 오라고만 하고 우리를 내보냈어."

"와, 진짜 아슬아슬하게 벗어났구나."

스칼릿이 고개를 가로저으며 말했다.

"그래도 마음이 조마조마해. 교장 선생님이 계속 이렇게 자기 마음대로 학교를 쥐락펴락하게 둘 순 없어! 위스퍼스가 말한 대로야. 만약 그 재난이 다시 반복되기라도 하면 어떡해?"

나는 스칼릿을 바라보며 인상을 찌푸렸다.

"그러니까 이제부터는 부디 교칙을 어기지 않길 바라."

스칼릿의 말에는 분명 옳은 면이 있었고, 그 때문에 나는 걱정이 늘었다. 끔찍한 일이 벌어지기 전에 어서 교장 선생님의 소행을 밝힐 증거를 찾아내야 했다.

저녁 식사를 하러 식당으로 내려가면서 내가 말했다.

"가능하면 양호실에 가서 바이올렛과 이야기를 나눠 봐야 할 것 같아. 물론 나도 걔가 마음에 안 들어. 하지만 혹시 뭔가 알고 있을지도 모르잖아. 아, 혹시 로즈가 뭔가 알고 있으려나?"

스칼릿은 인상을 찌푸리며 대꾸했다.

"걔가 뭘 알겠어? 사람들 눈에 띄지 않고 돌아다니는 법? 바이올렛 외의 다른 사람과는 이야기 나누지 않는 법?"

"로즈는 비밀의 방에서 지내잖아. 지금쯤이면 그곳의 모든 걸 속속들이 알고 있을 거야."

"아이비, 교장 선생님한테 걸리면 어떤 일을 당할지 알면서 또 밤에 몰래 돌아다니자는 거야? 그냥 아리아드네를 보내."

나는 아예 대꾸하지 않았다.

스칼릿과 함께 쟁반을 들고서 배식 줄 끝에 섰을 때 아리아드네가 식당 안으로 들어왔다. 나는 반갑게 손을 흔들며 아리아드네를 불렀다. 아리아드네가 곁에 다가와 서자 스칼릿이 물었다.

"흡혈귀 없이 혼자 지내니까 어때?"

나는 스칼릿의 팔을 찰싹 때리며 주의를 주었다. 아리아드네가 대답했다.

"비슷해. 있을 때도 조용했으니까. 그런데 로즈가 바이올렛을 그리워하는 것 같아."

"어떻게 바이올렛을 그리워하는 사람이 존재할 수 있지?"

"에헴."

배식대 쪽에서 누군가가 헛기침을 했다.

"걔 성격이 진짜 이상하잖아. 사악하다고도 볼 수 있지."

"스칼릿, 그만해."

"엣헴!"

큰 소리에 놀라서 고개를 돌리자 요리사 한 분이 허리에 손을 턱 얹은 채 인상을 찌푸리고 있었다.

"수다 다 떨었으면 이제 그만 음식 받아 가지 그래?"

"아, 죄송해요."

삶아서 으깬 감자와, 멀건 그레이비소스에 빠진 고깃덩이 몇 점이 섞여 있었다. 햇빛을 거의 보지 못한 채 자란 것 같은 시든 양배추도 접시에 올라 있었다. 나는 한숨을 쉬며 쟁반을 들고 리치몬드 기숙사 식탁으로 갔다.

아리아드네는 오늘따라 유난히 말이 없었다. 음식도 통 먹으려 하지 않았다. 뭔가 곰곰이 생각하는 눈치였다.

"아리아드네, 무슨 일 있어?"

아리아드네는 나만 들리게 목소리를 확 낮추며 대답했다.

"그 문구가 계속 떠올라서 말이야. '우리는 재앙을 목격했다.' 대체 어떤 건지 상상이⋯⋯."

갑자기 스칼릿이 자기 이마를 철썩 쳤다.

"왜? 뭐야?"

아리아드네와 내가 동시에 묻자 스칼릿이 눈을 반짝이며 대답했다.

"존스 선생님! 그분 이름이잖아!"

나는 무슨 말인지 갈피를 잡을 수가 없었다.

"존스 선생님 이름이 뭔데?"

"카타스트로피. 줄여서 카시라고 부른대."

아리아드네가 눈을 휘둥그레 떴다.

"재앙을 뜻하는 카타스트로피가 이름이라고? 특이하네."

스칼릿이 피식 웃으며 대꾸했다.

"네 이름도 만만치 않거든? 어쨌든 사실이야. 선생님이 직접 알려 줬어. 혹시 위스퍼스가 존스 선생님에 대해 뭔가 말하려 하는 게 아닐까?"

아리아드네가 실눈을 뜨며 생각에 잠겼다.

"목격했다. 재앙을 목격했다. 재앙이 목격했다!"

아리아드네가 목소리를 높이자 나이트 선생님이 눈총을 날렸다. 우리 셋은 곧바로 흥분을 가라앉히고 정체불명의 고기를 질겅질겅 씹어 삼키는 데 집중했다. 하지만 셋 다 이런저런 생각으로 머릿속이 복잡했다.

새로운 가능성이 열렸다. 만약 존스 선생님이 당시 이 학교에 있었다면, 어떤 일인지 우리는 짐작할 수도 없는 그 문제의 사건을 목격했을지도 모른다. 그러나 무엇보다 나는 이 의문을 떨칠 수가 없었다.

끔찍한 학교를 떠날 기회가 있었는데, 선생님은 왜 다시 돌아온 걸까?

저녁 식사를 마치고 우리는 곧장 도서관으로 갔다. 이게 정말 사건을 풀 단서라면 반드시 확인해야 했다. 아리아드네가 잔뜩 들떠서 말했다.

"존스 선생님한테 자료실에 혹시 예전 신문이 보관되어 있는지 물어보자."

나는 고개를 끄덕이며 대답했다.

"좋아. 사건에 대해 바로 물으면 두려워서 대답을 제대로 안 하실지도 몰라. 어쩌면 화를 내며 우리를……."

"그렇구나. 신문을 찾으면 필요한 정보를 얻을 수 있겠네. 이야, 똑똑한데!"

스칼릿이 탄성을 터뜨리며 등을 철썩 치는 바람에 아리아드네는 하마터면 입에 문 사탕을 뱉을 뻔했다. 하지만 사레가 들려 캑캑거리면서도 기분은 좋아 보였다.

취침 시간이 얼마 남지 않아서인지 도서관에 사람이 별로 없었다. 존스 선생님은 커다란 벽난로 앞에 앉아 손을 녹이다가 우리를 보더니 긴장한 목소리로 말을 꺼냈다.

"아, 얘들아, 안녕. 몸에 한기가 돌아서 불을 쬐고 있어."

존스 선생님이 왜 굳이 자기 행동을 해명하는지 알 수 없었다. 창문에 성에가 하얗게 낄 만큼 도서관 안이 춥다는 건 모두가 아는 사실인데 말이다. 벽난로 옆에 서니, 오늘 처음으로 온기라는 걸 느낄 수 있었다. 나는 날씨 이야기를 꺼냈다.

"우리 학교는 늘 추운 것 같아요. 예전에도 그랬어요?"

존스 선생님이 고개를 갸웃하며 대답했다.

"아마도? 내가 여기 다닐 때도 늘 추웠어."

야호! 선생님이 걸려들었다.

"자, 난 그만 일하러 가 봐야겠어. 노동은 신성하니까."

존스 선생님이 의자 위에 쌓아 둔 책을 안아 들었다. 우리는 당황해서 서로를 쳐다보았다. 존스 선생님의 행동이 왜 이렇게 어색하지? 스칼릿이 대뜸 물었다.

"선생님, 뭐가 또 사라졌어요?"

"아니."

존스 선생님은 대답하면서 계속 천장을 힐끔거렸다.

"너희랑 좀 더 얘기하고 싶은데 그럴 틈이 없네. 책 정리를 마치고 목록 작업도 해야 하거든. 제시간에 도서관에서 나가야 하고 말이야."

존스 선생님이 책을 안아 들고 허둥지둥 자리를 뜨자 스칼릿이 인상을 찌푸리며 중얼거렸다.

"교장 선생님 때문일 거야. 교장 선생님한테 시달린 게 틀림없어."

나는 그만 포기하고 싶었지만 스칼릿은 쉽게 물러날 성격이 아니었다. 내 쌍둥이 언니는 이미 존스 선생님을 뒤쫓아 가고 있었다.

"선생님! 저희 숙제 때문에 왔어요."

존스 선생님이 꿈꾸는 듯 멍한 눈빛으로 물었다.

"어떤 숙제인데?"

스칼릿은 능청스레 거짓말을 했다.

"지역 역사 관련 숙제라서 예전 신문을 찾아야 해요."

"아, 그렇구나! 날 따라오렴."

존스 선생님의 얼굴이 밝아졌다. 도서관 사서로서 자신 있는 일인 모양이었다. 존스 선생님은 우리를 데리고 자료실로 가더니 바닥에 책 무더기를 내려놓았다. 자료실 한쪽에 칸칸이 연도가 쓰인 서가가 보였고, 그곳에는 가죽 장정이 된 신문철이 주르르 꽂혀 있었다. 나는 발끝으로 서서 가까운 책장의 맨 위 칸을 살펴보았다. 〈리치몬드 가제트〉라는 신문 이름이 보였다.

"이게 전부 이 지역 신문이에요?"

"그래. 100년 전 신문도 있을 거야. 몇 년도 신문을 찾니?"

내가 옆구리를 쿡 찌르자 스칼릿은 서둘러 호주머니에서 신문 조각을 꺼냈다.

"1914년 2월 26일이요."

존스 선생님은 신문 조각을 보고 별다른 반응 없이 손가락으로 책장을 죽 훑더니 '1914'라고 표시된 신문철을 찾아서 꺼냈다. 그리고 신문철을 무릎 위에 올려놓고 먼지를 털고는 펼쳐서 해당 날짜를 찾았다.

"2월 26일이라……. 아, 여기 있다. 이런, 신문 한 귀퉁이가 뜯겨 나갔네."

존스 선생님한테서 누렇게 바랜 신문을 받아 든 순간, 한 기사 제목이 내 눈길을 끌었다.

여학교 익사 사건 발생

스칼릿

나는 끓어오르는 감정을 억누르고 무표정을 유지하려 애썼다. 그러나 아이비와 아리아드네는 나만큼 잘 해내지 못했다. 둘 다 당장이라도 토할 것 같은 표정이었다. 나는 기사를 가리키며 최대한 자연스럽게 말했다.

"아, 맞아요. 이 기사예요."

존스 선생님은 섬뜩한 기사 제목에도 별다른 반응을 보이지 않았다. 제대로 읽어 보지 않은 모양이었다.

"얘들아, 오래된 자료니까 조심스럽게 다뤄야 해, 알았지? 도서관 밖으로 가지고 나가면 안 돼. 지금부터 10분 동안 살펴보고, 시간이 부족하면 내일 다시 오렴. 휴, 할 일이 정말 너무 많네."

존스 선생님은 신문철을 책장에 꽂고 다시 책을 안아 들었다. 선생님이 서둘러 자리를 뜨자 우리는 바짝 긴장한 채 신문을 내려다보았다. 존스 선생님이 뭔가 알고 있더라도 캐내기는 어려워 보였다.

"분명히 이 신문이야. 얼른 읽어 보자."

내 말에 아이비가 눈을 동그랗게 뜨고서 열심히 고개를 끄덕였다.

셋이서 가까운 책상으로 가는데 뒤에서 너무도 익숙한 거친 기침 소리가 들렸다. 나는 아이비와 아리아드네를 얼른 옆으로 끌어당겼다. 우리는 책장 뒤에 모습을 감춘 채 조심스레 상황을 살폈다. 존스 선생님이 교장 선생님에게 인사를 건넸다.

"아, 아, 안녕하세요, 교장 선생님?"

존스 선생님의 목소리는 겁에 질려 있었다. 선생님들도 모두 교장 선생님을 무서워하는 걸까?

"안녕하세요, 존스 선생님? 혹시 말썽이 일어나지는 않는지 학교를 돌아다니며 살피는 중이에요. 도서관이란 본디 조용히 공부하는 학생들의 천국이어야 하지 않겠습니까?"

"무, 물론이죠! 지금 막 몇몇 학생들한테 신문 자료실을 보여 주고 온 참이랍니다. 학생들이 지역 역사에 대한 관심이 아주 많아서……."

우리는 얼른 책상 밑에 쪼그리고 앉아 몸을 숨겼다. 이대로 머뭇대다간 교장 선생님께 걸릴 것 같았다.

마침내 교장 선생님이 떠나자 나는 가지고 있던 조각을 신문에 대어 보았다. 모양이 딱 맞았다.

의문의 여학교 익사 사건 발생

어젯밤 한 명문 여학교에서 비극이 발생했다. 룩우드 기숙 학교의 학생 한 명이 학교 안의 호수에서 익사한 채로 발견되었다. 오늘 오전, 같은 학교 학생들이 호수에 무언가가 떠 있는 것을 발견하고 교사들에게 알렸고, 그에 따라 교사들이 신속하게 행동을 취했다고 전해진다. 죽은 학생은 나이가 15세라는 점 외에 알려진 바가 없으며, 야간 수영을 하다가 변을 당한 것으로 추정된다.

한 익명의 교사는 해당 사건에 대해 다음과 같이 말했다.

"안타깝기 그지없는 사건이 발생한 데에 우리 룩우드 기숙 학교의 모든 교직원과 학생은 애통함을 금치 못하고 있습니다. 다시는 이런 일이 벌어지지 않도록 조치를 취하고 있으니 학부모들께서는 염려하지 마십시오. 뜻밖의 사고가 있었으나 나머지 학생들은 안전하게 지내고 있으니 안심하시길 바랍니다."

이 교사는 또한 학생을 기리기 위해 학교 안에 추모비가 세워질 것이라고 전했다. 한편 교장인 에드거 바살러뮤 씨는 현재 인터뷰를 거부하고 있다.

나는 아이비를 바라보며 말했다.

"이건 사고가 아니야. 적어도 사람들이 생각하는 그런 사고는 아니지."

"그게 무슨 뜻이야?"

나는 화가 나서 주먹을 불끈 움켜쥐었다.

"교장 선생님이 벌을 내린 거지! 밤에 호수에서 수영하라고 말이야! 그래서 인터뷰도 안 한 거고!"

"위스퍼스가 말한 게 바로 이 사건이로구나."

아리아드네의 말에 나는 고개를 끄덕였다. 아이비는 입에서 터져 나오려는 비명을 두 손으로 막았다. 이제야 내가 무슨 말을 하는지 깨달은 것 같았다.

존스 선생님은 1914년 초에 여기 있었을까? 혹시 이 사건을 목격했을까? 궁금증과 함께 욕지기가 차올랐다. 이건 선을 넘어도 한참 넘은 사건이었다. 교장 선생님은 사람을 죽였다! 규율을 세우는 데 지나치게 집착한 나머지 학생의 죽음을 초래했고, 위스퍼스를 위협하여 침묵하게 만들었다.

나는 이를 바드득 갈았다.

'반드시 책임을 지게 할 거야. 절대 빠져나가게 두지 않겠어.'

아이비는 당장이라도 교장실로 뛰어가 교장 선생님 앞에 신문을 보란 듯이 내동댕이치거나 경찰서에 전화를 걸어 신고할 기세였다. 아리아드네와 내가 겨우 아이비를 말리는데 존스 선생님이 우리 곁으로 다가왔다. 존스 선생님은 이제 그만 신문을 되돌려 놓고 방으로 돌아가라고 지시했다.

아리아드네가 앞장서자 나는 아이비에게 눈길을 돌렸다. 어느 정도 흥분이 가라앉은 듯 보였다.

벌써 다섯 번쯤 같은 말을 되풀이한 것 같긴 한데, 그래도 나는 다시 한번 따졌다.

"증거가 필요해. 증거가 없으면 아무도 우리 말을 믿지 않을 거야."

아이비는 앞만 바라보며 답했다.

"위스퍼스의 암호 수첩이 있잖아."

"우리가 만들어 낸 거라고 몰 수도 있어. 그렇다고 비밀 장소를 보여 줄 수도 없고. 핀치 선생님이 한 일이 들통나면 선생님은 해고될 거야. 우리는 로즈를 돌봐야 해."

"왜 갑자기 로즈한테 신경 쓰는 거야? 너부터 잘해."

나는 아이비를 흘겨보았다.

"오늘 밤은 네 차례거든!"

아이비가 고개를 돌려 나를 바라보았다.

"스칼릿, 난 혼자서는 못 가. 교장 선생님한테 걸리면 갈기갈기 찢겨서 까마귀 떼의 먹이가 되고 말 거야."

황당한 소리지만 이해는 갔다. 아이비와 또 헤어질 수는 없었다. 나는 한숨을 쉬며 말했다.

"알았어. 같이 가. 이건 순전히 네가 말썽에 휘말릴까 봐 걱정되어서 가는 거야."

아이비

우리는 평소보다 이른 시간에 방을 나섰다. 기온이 갑자기 뚝 떨어지는 바람에 로즈가 걱정돼 더 기다릴 수가 없었다. (스칼릿은 끝까지 외투와 목도리를 걸치고 가겠다고 고집했다.) 시간이 꽤 늦어서 선생님들은 모두 잠자리에 들었을 것 같았다.

아리아드네까지 셋이 함께 1층으로 내려가서 어둠에 잠긴 복도를 살금살금 지나는데, 갑자기 창문 밖에서 날카로운 소음이 들렸다. 우리 셋은 기겁해서 숨을 죽였다. 다행히 부엉이 울음소리였다. 나는 하품을 참으며 속으로 중얼거렸다.

'아, 그냥 이불에 폭 파묻혀 잠이나 자면 좋겠는데.'

스칼릿은 평소보다 더 바짝 긴장한 듯했다. 무리도 아니었다. 교장 선생님이 바람에 삐걱대는 창문처럼 거친 숨을 뱉으며 느릿느릿 집요하게 우리의 뒤를 밟는 모습이 눈에 선했다.

학교 안을 소리 죽여 걷는 동안 오랜 세월 교장 선생님의 학대에 고통받은 피해자들의 외침이 귀에 들리는 것 같았다. 억울한 사연을 밝혀 달라고 애원하는 목소리 말이다. 팔이 부러졌다는 아이의 부모님은 그 사실을 알기나 했을까? 교장 선생님은 아이가 실수로 넘어져서 다쳤다고 둘러댔을 게 뻔하다. 밤새 벽장에 감금당한 선생님은 문을 두드리며 내보내 달라고 비명을 질렀겠지. 얼마나 두려웠을까? 천식 발작을 일으킬 때까지 뛰어야 했던 아이는 또 어떻고? 그 아이의 말을 믿어 준 사람이 몇 명이나 있었을까?

피해자들의 사연이 머릿속에서 소용돌이치면서 순간 머리가 어질했다. 나는 정신을 가다듬으며 굳게 다짐했다.

'절대 당신들을 잊지 않을게요. 약속해요.'

내 외투 호주머니에는 위스퍼스의 수첩이 들어 있었다. 그나마 안전한 비밀의 방에 숨겨 둘 작정이었다. 그런데 갑자기 복도에서 인기척이 났다. 깜박깜박하는 불빛에 비친 사람 그림자가 벽을 따라 움직이며 점점 커지더니 곧이어 묵직한 발소리가 들렸다. 우리는 서둘러 회전 책장 문을 밀어 열고서 안으로 뛰어들었다. 나는 스스로를 다독였다.

'별것 아니야. 아마 쥐였을 거야. 쥐라고 하기에는 너무 거대했지만.'

로즈는 담요를 둘둘 휘감은 채 간이침대에 앉아 바이올렛이 준 조랑말 책을 읽고 있었다. 초콜릿 바를 먹느라 뺨 곳곳에 갈색 얼룩이 묻었지만, 그래도 부스스했던 금발 머리를 하나로 땋은 덕에 처음 만났을 때보다는 단정해 보였다. 로즈는 방에 들어서는 우리를 올려다보며 방긋 웃었다.

"로즈, 괜찮아? 어디 아픈 데는 없지?"

준비해 온 신선한 물 한 잔을 내밀자 로즈가 고개를 끄덕이며 잔을 받아 들더니 허겁지겁 마셨다. 스칼릿이 방 안을 서성이며 푸념했다.

"어떻게 사람이 이런 지하에서 살 수 있는지 모르겠어."

나는 눈총을 날렸다.

"로즈가 말을 하지 않는다고 해서 듣지 못하는 건 아니거든. 이 아이에겐 달리 선택의 여지가 없잖아."

로즈가 고개를 들어 나를 바라보았다. 로즈의 어여쁜 두 눈은 어떤 감정도 생각도 드러내지 않았다. 겉으로는 괜찮아 보이지만, 이렇게 추운 곳에서 지내는데 건강이 좋진 않을 것 같았다. 게다가 양초를 잔뜩 켜 두어도 지하라 너무 어두웠다. 로즈를 이런 환경에 영원히 둘 수는 없었다.

우리는 한동안 로즈 곁에 앉아 말 없는 말동무가 되어 주었다. 추워서 턱이 덜덜 떨릴 즈음, 갑자기 계단을 내려오는 발소리가 들렸다. 나는 자리에서 벌떡 일어섰다. 간이 콩알만 해졌다. 발소리가 꽤 묵직했다.

'설마, 아까 보았던 그 그림자가 교장 선생님이었나? 교장 선생님이 여태 도서관에 숨어서 상황을 지켜보고 있었나?'

스칼릿도 자리에서 벌떡 일어서서 내 손을 잡았다. 도망칠 곳은 없었다. 상대가 누구든 우리 둘이 힘을 합쳐 맞서는 수밖에.

잠시 후 한 사람이 비틀거리며 방에 들어섰다. 품에 담요를 한 무더기 안고 있었다. 놀랍게도 발소리의 주인공은 바이올렛이었다. 우리만큼 바이올렛도 깜짝 놀란 모습이었다.

"바이올렛! 여긴 어쩐 일이야?"

바이올렛은 서둘러 로즈에게 다가가 가녀린 어깨에 담요 한 장을 더 둘러 주었다.

"양호실에서 몰래 빠져나왔어. 글래디스 선생님이 내일 방으로 돌아가도 된다고 했거든. 오늘 밤이 이걸 가져올 수 있는 마지막 기회였어."

"바이올렛 언니."

바이올렛이 나타나자 로즈의 얼굴이 한층 밝아졌다. 나는 나직이 한숨을 쉬며 말했다.

"때마침 잘 왔어. 너무 추워서 담요라도 더 덮어 주지 않으면 애가 어떻게 견딜지 막막하던 참이었어."

바이올렛이 뾰족하게 대답했다.

"그래서 이렇게 왔잖아. 이제 나한테 맡기고 너희들은 가 봐. 내가 구해 왔으니 내가 돌봐야지."

얘는 핀치 선생님이 했던 말을 그새 잊은 걸까? 내 생각을 읽은 듯 스칼릿이 불같이 화를 냈다.

"기껏 구해 줬더니 고맙다는 말 한마디 안 하니? 널 구하려다가 나까지 호수에 빠질 뻔했거든? 네가 양호실에 누워 있는 동안 네 꼬마 친구를 누가 돌봤을 것 같아? 염치가 없어도 너무 없는……."

"스칼릿 그레이. 내가 이런 일로 너한테 고마워할 거라고 생각한다면……."

"바이올렛 언니!"

방 안에 있던 모두가 깜짝 놀랐다. 로즈가 큰 소리를 내다니! 로즈는 우리가 들어온 출입문을 빤히 바라보고 있었다.

"저기 왔어."

바이올렛이 대뜸 되물었다.

"로즈, 너 무슨……."

다음 순간, 우리는 일제히 출입문으로 고개를 돌렸다. 누군가가 거기 서 있었다.

페니 윈체스터였다.

아이비

페니는 온몸에서 분노를 이글이글 뿜어내며 차디찬 목소리로 물었다.

"너 지금 여기서 뭐 하는 거야?"

그러자 놀랍게도 바이올렛이 횡설수설하기 시작했다.

"페니, 저기 있잖아. 그러니까…… 내 말 들어 봐. 별일 아니야. 내가 다 해명할 수 있어."

페니는 바위처럼 그 자리에서 꿈쩍도 하지 않았다.

"이게 다 뭐야? 쟤들이랑 뭐 하는 거냐고?"

나는 주위를 둘러보았다. 아리아드네는 얼굴이 파랗게 질렸고, 스칼릿은 폭력을 써야 할지 고민 중인 듯했다. 나는 예방 차원에서 스칼릿의 손을 꽉 잡았다.

"아무 일도 아니야."

바이올렛은 두 손을 들고 방어적인 자세를 취하며 페니에게 다가섰다. 그러나 페니는 거침없이 바이올렛의 두 손을 쳐 냈다. 끝장을 볼 모양이었다.

"나한테 어떻게 이럴 수가 있어? 한밤중에 이 찌질이들이랑 몰래 어울려 다니면서 나한테는 거짓말이나 했다 이거지? 지금 막 양호실에서 나왔으면서, 나하고는 아직 말 한마디 나누지 않았으면서! 기껏 너한테 사과하러 양호실에 갔더니 넌 또 어딘가로 사라져 버렸더라!"

바이올렛이 매몰찬 목소리로 대꾸했다.

"너 아니었으면 양호실 신세 질 일도 없었거든."

"그거랑 이 일이랑 아무 상관 없거든."

내가 듣기에는 매우 상관이 있었지만, 페니는 계속 자기 할 말만 했다.

"널 찾아서 온 학교를 돌아다녔어. 그러다가 네가 도서관으로 들어가는 걸 얼핏 봤지. 도서관 안을 뒤졌더니 빙글빙글 도는 책장 문이 있더라? 심지어 빼꼼 열려 있더라고. 들어갔더니 비밀 통로가 나오고……."

페니는 분통이 터져 말을 제대로 잇지 못했다.

"이건 미친 짓이야! 대체 여기서 무슨 일을 꾸미는지, 저 여자애는 또 누군지 당장 말해! 당장 말하라고!"

그 순간 로즈가 자리에서 벌떡 일어섰다. 그러자 몸에 둘둘 말고 있던 담요가 스르륵 흘러내리며 페니의 옷이 드러났다. 정말 나쁘기로는 완벽한 타이밍이었다. 페니가 그 모습을 보고 바락바락 악을 썼다.

"왜 저 애가 내 옷을 입고 있는 거야?"

"내가 병원에서 구해 온 애야. 제발, 페니, 제발. 뭐든지 할 테니까 비밀로 해 줘."

"왜, 교장 선생님한테 말하지 말라고?"

페니가 소리를 빽 지르더니 갑자기 얼음처럼 뚝 멈췄다. 우리는 당황해서 페니를 빤히 쳐다보았다. 촛불에 비친 페니의 반장 배지가 황금색으로 빛났다.

"오, 이런."

내가 탄식을 터뜨리자마자 페니가 뒤돌아서서 부리나케 달리기 시작했다.

"안 돼!"

바이올렛이 비명을 지르며 페니를 뒤쫓았다. 나도 곧장 뒤따라 달렸다. 부디 스칼릿과 아리아드네도 바로 따라오기를 바랄 뿐이었다. 교장 선생님한테 로즈의 존재를 들킬 수는 없었다. 우리가 이 일에 관여했다는 사실을 들키는 건 더더욱 곤란했다.

비밀 계단을 달려 올라가는데 교장 선생님의 온갖 가혹한 체벌이 머리를 스치고 지나갔다. 페니는 너무 빨랐다. 우리가 계단에 도착하기도 전에 그 애는 이미 계단 꼭대기에 올라서고 있었다. 바이올렛이 몸을 날려서 난간 사이로 페니의 발목을 붙잡았다. 그러나 페니는 당나귀처럼 거칠게 뒷발질해서 바이

257

올렛을 떨쳐 냈다.

나는 가쁜 숨을 몰아쉬며 소리쳤다.

"페니! 멈춰! 말로 해결하자, 응?"

소용없었다. 페니는 몸무게를 실어서 책장을 밀더니 밖으로 넘어지듯 튀어 나갔다. 바이올렛은 벌써 호흡이 거칠어지면서 점점 뒤처지고 있었다. 뒤에서 계단을 올라오는 발소리가 들렸지만 돌아볼 여유가 없었다. 어떻게든 페니를 잡아야 했다.

우리는 도서관 안을 질주했다. 페니의 구릿빛 머리카락이 저만치 앞에서 나부꼈다. 사람들이 깰까 봐 소리를 지를 수는 없었다.

도서관 밖으로 나서자 우리 모두 점점 더 속도를 높이며 복도를 내달렸다. 교장실이 어느덧 가까워졌다. 빠른 발놀림만큼 심장도 미친 듯이 뛰었다.

'제발, 제발!'

나는 교장실에 아무도 없기를, 부디 교장 선생님이 퇴근했기를 간절히 바랐다. 페니가 멈춰 서서 교장실 문을 쾅쾅 두드리기 시작하자 심장이 멎을 것 같았다.

"교장 선생님! 안에 계세요? 교장 선생님!"

'아, 늦어 버렸어.'

나는 바짝 긴장한 채 숨을 골랐다. 바이올렛이 내 옆에 도착해 바닥에 털썩 주저앉았다.

페니는 주먹으로 힘껏 문을 두드렸다. 그 손길에서 절박함이 느껴졌다. 교장실 문은 계속 굳게 닫혀 있었다. 내가 가까이 다가서도 페니는 계속 문을 두드려 댔다. 나는 페니의 손목을 확 잡아챘다. 어찌나 세게 두드렸는지 주먹이 까져서 피가 나 있었다. 페니는 이내 꺼이꺼이 울기 시작했다.

"미워. 너희들 모두 미워. 다 말해 버릴 거야! 두고 봐!"

페니는 눈물을 삼키면서 잠옷으로 얼굴을 벅벅 문질러 닦았다. 바이올렛은 고개를 떨어뜨리고 바닥만 멍하니 내려다보았다. 마치 전원이 꺼진 듯했다.

곧이어 스칼릿과 아리아드네가 나타났다. 아리아드네는 교장실 문이 열리지 않은 걸 보고 멈춰 섰다. 그리고 허리를 숙이며 가쁜 숨을 골랐다. 스칼릿이 저벅저벅 걸어와 페니의 가슴팍을 떠밀며 물었다.

"넌 네가 뭐라고 생각하는 거야?"

페니는 눈물범벅이 된 얼굴로 비틀비틀 물러서며 두 주먹을 움켜쥐고 소리쳤다.

"난…… 난 옳은 일을 하려는 거야. 너희는 교칙이란 교칙은 모조리 어겼어!"

스칼릿은 눈도 까딱하지 않고 쏘아붙였다.

"아, 그래서 너는 천사다 이거야? 우리의 사악한 행동으로부터 모두를 구원해 주시려고? 야, 바이올렛을 호수에 빠트린 사람이 바로 너야. 그래 놓고 이제는 널 따돌렸다고 벌까지 주려 하잖아!"

페니가 되받아쳤다.

"누가 그딴 거 상관한대? 어쨌든 난 너희가 교칙을 어기고도 빠져나가게 내버려두지 않을 거야! 내일 교장 선생님을 만나서 다 말해 버릴……."

스칼릿이 페니의 멱살을 움켜쥐며 으름장을 놓았다.

"야, 내 말 똑바로 들어. 교장 선생님이 네 말을 믿어 줄 것 같아?"

페니가 스칼릿의 팔을 붙잡고 손톱이 박히도록 힘을 주었다.

"이거 놔."

스칼릿은 그대로 서서 꿈쩍도 하지 않았다. 하지만 페니의 손톱이 점점 깊이 파고들자 이내 고통으로 얼굴을 일그러뜨렸다. 결국 스칼릿은 손을 풀었다.

"좋아, 놔줄게. 대신 질문에 대답해."

페니가 코웃음을 치며 말했다.

"난 그분이 뽑은 반장이야. 당연히 내 말을 믿지."

말은 그렇게 해도 사실 자신이 없어 보였다. 페니는 패배를 인정하는 듯 어두운 얼굴로 교장실 문에 기대섰다.

나는 나지막이 안도의 한숨을 내쉬었다. 다행히 시간을 조금은 벌었다. 핀치 선생님이 로즈를 어딘가 다른 곳으로 옮기고, 우리는 로즈가 이곳에 머물렀던 증거를 없앤다. 그런 다음 교장 선생님한테는 다 페니가 꾸며 낸 거짓말이라고 둘러대면 될 것 같았다. 페니와 스칼릿이 원수지간이라는 건 모두가 아는 사실이었다. 최근 바이올렛과도 사이가 나빠진 터라, 호수에 떠밀고도 분이 풀리지 않아서 이런 일을 꾸민 거라고 말이다.

"어디서 타는 냄새 나지 않아?"

아리아드네가 불쑥 물었다. 킁킁 공기 냄새를 맡아 보니 정말로 매캐한 탄내가 났다. 어디서 나는 걸까?

페니가 여전히 눈물을 줄줄 흘리면서 비아냥거렸다.

"허둥지둥하다가 양초를 넘어뜨리기라도 했나 보지. 하여간 멍청이들다워."

나는 공포에 질려 스칼릿을 바라보았다. 다음 순간, 우리는 깜짝 놀라 복도 모퉁이로 내달렸다. 복도 끝 출입문에서 시커먼 연기가 뿜어져 나오고 있었다.

도서관에 불이 났다!

스칼릿

"맙소사."

그 말밖에 나오지 않았다. 아이비가 고개를 돌려 나를 보더니 "불이야."라고 중얼거렸다. 그리고 큰 소리로 외쳤다.

"불이야!"

아리아드네는 당황해서 팔을 허우적거리며 소리쳤다.

"사람을 불러와야 해! 모두 대피시키든가! 아니면 둘 다 하든가! 아, 어쩜 좋지? 어떻게 하지?"

"로즈!"

바이올렛이 갑자기 정신이 번쩍 든 듯 비명을 질렀다. 그러고는 미처 말릴 틈도 없이 우리 곁을 지나 도서관을 향해 내달렸다. 나도 바이올렛을 뒤따라 달리기 시작했다.

"스칼릿, 안 돼!"

뒤에서 공포에 질린 아이비의 외침이 들려왔다. 나는 고개를 돌릴 틈도 없이 소리쳐 대답했다.

"사람들을 불러와!"

거대한 도서관 안으로 들어서자 상황이 '얼마나' 안 좋은지 눈으로 똑똑히 볼 수 있었다. 불길이 책장에서 시뻘건 혀를 날름거리며 활활 타오르고 있었다. 짙은 연기 때문에 숨을 쉬기가 힘들었다. 나는 스카프로 코와 입을 막고 다시 달리기 시작했다. 바이올렛이 너무 빨라서 따라잡을 수가 없었다.

"바이올렛, 기다려!"

"비밀 문이!"

바이올렛의 외침이 들렸다. 목소리에 두려움이 가득했다. 그 말이 무슨 뜻인지 깨달은 순간 나는 가슴이 철렁 내려앉았다. 회전 책장 문에 불이 붙은 게 분명했다. 나는 스카프를 내리고 고개를 젖히며 외쳤다.

"반대편으로 가자!"

바이올렛은 곧장 내 곁으로 왔고 우리는 함께 서가 사이를 달리기 시작했다. 불이 빠르게 번지는 가운데 저만치 앞에 회전 책장 문이 보였다. 아니나 다를까, 문은 이미 화염에 휩싸여 있었다. 불길이 삼켜 버린 책이 오그라들면서 재가 되어 화르르 날렸다. 열기가 어마어마했다. 온몸의 감각이 내게 어서 여기서 벗어나라고 아우성쳤다. 하지만 로즈가…….

"어떻게 들어가지?"

눈물범벅이 된 바이올렛이 숨을 헐떡이며 물었다. 나도 연기 때문에 눈이 쓰려서 스카프를 최대한 얼굴 위로 끌어 올렸다. 평생 이렇게 빠르게 머리를 굴려 본 적이 있을까 싶을 만큼 머릿속에서 생각이 핑핑 돌아갔다. 마침 높은 곳에 있는 책을 꺼낼 때 쓰는 바퀴 달린 사다리가 근처에 있었다. 나는 곧장 사다리를 가리켰다.

"저걸 쓰자. 정면으로 통과하는 수밖에 없겠어."

바이올렛은 군말 없이 내 뜻을 따랐다. 우리는 각각 사다리 기둥을 한쪽씩 잡고서 비밀 문을 향해 밀고 갔다. 한 걸음씩 불타는 문에 다가설 때마다 무시무시한 열기를 견디느라 나는 이를 꽉 물었다. 문득 발밑에서 콰직 하고 뭔가가 으깨지는 느낌이 났다.

'뭐야? 유리 같은데?'

내려다보니 석유램프가 박살이 나서 불길에 휩싸여 있었다. 시간이 없었다. 어떻게든 로즈한테 가야 했다. 나는 목청을 높여 소리쳤다.

"지금이야!"

바이올렛과 나는 사다리로 문을 들이받았다. 회전 책장 문이 불붙은 채 빙그르르 돌았다. 우리는 그 순간을 놓치지 않고 벌어진 틈새로 몸을 날렸다. 연기와 열기 때문에 기침이 계속 나고 땀이 비처럼 쏟아졌다. 나는 혹시 옷에 불길이 옮겨붙었을까 봐 서둘러 옷을 내려쳤다.

그사이 바이올렛은 바람처럼 계단을 달려 내려갔다. 조용히 해야 한다는 생각을 까맣게 잊었는지 바이올렛은 미친 듯이 로즈를 외쳐 불렀다. 로즈는 비밀 공간 구석에 서서 우리를 빤히 올려다보고 있었다. 바이올렛이 다급하게 말했다.

"로즈, 어서 여기서 나가야 해. 불이 났어."

로즈가 알겠다는 듯이 고개를 끄덕였다. 내가 로즈의 손을 잡으려 하자 로즈가 몸을 휙 빼더니 안쪽으로 들어가 버렸다.

"로즈!"

다행히 로즈는 금방 우리 곁으로 다시 돌아왔다. 로즈의 손에 조랑말 이야기책이 들려 있었다.

우리는 다 함께 계단을 달려 올라갔다. 세 사람의 몸무게가 한꺼번에 실리자 계단이 삐걱대며 불길한 비명을 질렀다. 꼭대기에 가까워질수록 연기가 점점 짙어져서 숨을 쉬기가 힘들었다. 어느새 불이 계단 꼭대기까지 번져서 아래로 스멀스멀 기어 내려오고 있었다. 계단이 얼마 버티지 못하리라는 걸 본능적으로 알았다. 바이올렛이 울부짖었다.

"안 돼! 안 돼!"

"뛰어넘는 수밖에 없어!"

목청을 높여 말했지만 스카프에 막혀서 내 말이 잘 들리지 않는 것 같았다. 비밀 문 입구는 아직 괜찮아 보였지만 얼마나 버틸지 알 수 없었다. 그 순간, 내 생각을 읽기라도 한 듯이 책장 맨 위 칸이 무너져 내렸다. 사다리로 겨우 벌려 놓은 틈이 더 좁아지면서 불타는 책들이 바닥으로 우수수 떨어져 내렸다.

바이올렛이 먼저 좁은 틈으로 몸을 날렸다. 나는 바이올렛의 소매에 불길이 확 옮겨붙는 걸 보고 질겁했다. 다행히 바이올렛은 바닥에 몸을 굴려서 금방 불을 껐다.

나도 뛰려고 온몸에 긴장을 불어넣은 순간, 바이올렛 없이 혼자 남겨진 로즈가 눈에 들어왔다. 로즈는 매캐한 연기 때문에 콜록콜록 기침을 하고 눈물을 줄줄 흘리면서 어쩔 줄 몰라 했다. 품에는 조랑말 책을 꼭 안고 있었다.

나는 얼굴을 가린 스카프를 내리고 로즈의 두 눈을 마주 보았다.

"로즈, 저곳을 통과해야 나갈 수 있어. 언니랑 손잡을래?"

로즈가 고개를 끄덕였다. 나는 로즈의 손을 꽉 잡고 함께 풀쩍 몸을 날렸다.

불구덩이를 빠져나오자마자 나는 로즈를 얼싸안고 바이올렛이 했던 대로 바닥을 데굴데굴 굴렀다. 눈썹과 머리카락이 그슬려 탄내가 났다.

나는 멍한 상태로 비틀비틀 자리에서 일어섰다. 로즈는 무사했고 어서 이곳을 빠져나가야 한다는 생각이 어렴풋이 들었다. 하지만 목이 너무 따갑고 머리는 빙글빙글 돌았다. 나는 로즈를 부둥켜안고서 휘청휘청 걸음을 뗐다.

어디선가 종소리가 들렸다. 귀청이 터질 듯 소리가 컸다. 누군가 화재경보를 울린 모양이었다.

'조금만 더 가면 돼.'

눈앞이 흐릿했지만, 그래도 도서관 출입문을 알아볼 수 있었다. 나는 로즈를 끌고 가다시피 하며 걸음을 서둘렀다. 폐가 쓰리고 가슴이 터질 듯이 갑갑했다.

'바이올렛?'

바이올렛이 문간에 서서 숨을 헐떡이며 헛구역질을 하고 있었다. 나는 바이올렛의 팔까지 잡아 앞으로 끌어당겼다. 한 걸음 한 걸음 힘겹게 내디딜 때마다 우리는 시커먼 연기로부터 점점 멀어졌다.

'얼마 안 남았어. 다 왔어.'

모퉁이를 돌아 복도를 걸으며 끊임없이 되뇌었다. 화재경보음이 귀에서 계속 웽웽 맴돌았다.

어느 순간, 눈앞이 잠옷 차림의 여자아이들로 가득했다.

'아, 대피하나 보네.'

아이들이 우르르 현관으로 몰려갔고, 우리도 그 무리에 휩쓸렸다. 육중한 학교 출입문은 이미 활짝 열려 있었다. 얼굴에 차디찬 밤공기가 느껴졌다. 나는 바이올렛과 로즈를 데리고 문밖으로 향했다. 학교를 뒤로하고 얼어붙은 겨울밤 속으로 걸어나갔다.

해냈다. 우리는 살았다.

나는 그대로 하얀 눈 위에 털썩 쓰러졌다.

아이비

"스칼릿!"

나는 앞으로 뛰어나갔다. 눈물이 마구 솟구쳐 올랐다. 스칼릿의 옷은 검댕이 묻어 엉망이고, 머리카락은 그슬려 끝이 고불고불했다.

'또다시 내 소중한 반쪽을 잃을 수 없어!'

나는 스칼릿을 돌려 눕힌 뒤 어깨를 잡고 마구 흔들었다.

"일어나! 일어나라고!"

두려움에 숨이 멎을 것 같은 시간이 흘렀다. 이윽고 스칼릿이 고개를 돌리더니 쿨럭쿨럭 기침했다.

아리아드네가 울린 화재경보가 귀에 쩌렁쩌렁 울렸다. 아이들이 주위에 둘러서서 우리를 쳐다보며 수군거렸다. 아리아드네가 손짓으로 아이들을 막았다.

"저리 가! 선생님, 선생님을 불러 줘! 어서!"

스칼릿이 한참 기침을 계속하더니 마침내 눈을 떴다. 그리고 거칠게 심호흡을 하며 물었다.

"어떻게…… 된 거야?"

"오, 스칼릿."

나는 그 말만 겨우 하고서는 내 쌍둥이 언니를 와락 끌어안았다.

"으윽, 너무 꽉 안지는 마."

스칼릿이 웅얼거리는 소리에 나는 얼른 뒤로 물러났다. 잠깐 사이에 검댕이 묻어 내 옷도 엉망이었다.

그때 탄탄한 체격을 지닌 사람이 서둘러 현관 계단을 뛰어내려왔다. 나는 가로등 불빛에 비친 얼굴을 보고서 사감 선생님이라는 걸 알아차렸다. 사감 선생님은 급히 달려 나왔는지 머리에 헤어 롤러를 돌돌 만 채 잠옷 위에 두툼한 가운을 걸치고 있었다. 선생님이 학생들에게 목청 높여 외쳤다.

"자자, 여러분, 침착하세요! 소방서에 연락했어요. 날씨가 추우니 다 같이 꼭 붙어 있어요!"

너무 긴장한 탓에 추운 것도 잠시 잊고 있었는데, 이제 보니 다들 잠옷 차림이었다. 사감 선생님은 반장인 모린과 레티의 도움을 받으며 학생들을 조별로 나누기 시작했다. 아리아드네가 서둘러 그쪽으로 뛰어갔다.

"스칼릿, 일어설 수 있겠어?"

"그럴 것 같아."

스칼릿은 멀쩡한 부분이 얼마 남지 않은 스카프로 얼굴을 대
충 문질러 닦고서 목 아래로 느슨하게 끌어 내렸다. 미나와 나
디아 자매가 아이들 틈을 밀치고 다가오더니 걱정스러운 얼굴
로 말했다.

"우리가 도와줄게."

내가 고개를 끄덕이자 나디아가 내 옆으로 와서 스칼릿의 반
대쪽 어깨를 잡았다. 우리는 함께 힘을 합쳐 스칼릿을 일으켜
세웠다. 차가운 눈발이 내 손에 내려앉았다.

이윽고 아리아드네가 사감 선생님과 보건 교사인 글래디스
선생님을 데리고 나타났다.

"여기예요. 연기를 많이 들이마신 것 같아요."

두 선생님이 서로 눈빛을 교환했다. 분명히 '스칼릿은 왜 도
서관에, 화재 현장에 있었을까? 그것도 한밤중에?'라고 생각하
는 표정이었다. 어쨌든 선생님들은 아무 말도 하지 않고 우리
곁으로 다가와서 스칼릿을 넘겨받으려 팔을 뻗었다. 나는 스칼
릿 곁을 떠나고 싶지 않았다. 하지만 선생님들께 맡겨야 한다
는 사실도 알고 있었다.

글래디스 선생님은 곧장 스칼릿에게 담요를 둘렀다. 내가 마
지못해 옆으로 물러서자 아리아드네가 내 손을 꼭 잡았다.

"괜찮을 거야."

문득 잊고 있던 의문이 떠올랐다.

'바이올렛과 로즈는 어디로 간 걸까? 학교 건물 밖으로 나오

는 모습을 보지 못했는데. 하긴 한꺼번에 너무 많은 사람이 몰려나오는 바람에 내가 놓쳤는지도 몰라.'

사람들 사이에서 둘을 찾는 사이 멀리서 웨에엥 하는 사이렌 소리가 들렸다. 도움의 손길이 다가오고 있었다.

나는 스칼릿 쪽으로 눈길을 돌렸다. 두 선생님이 스칼릿의 상태를 바삐 확인하는 동안 소리 죽여 물었다.

"다들 나왔어?"

스칼릿이 고개를 끄덕였다. 다행이다.

사이렌 소리가 점점 커지더니 멀리 차량의 형체가 흐릿하게 보였다. 이윽고 소방차가 학교 진입로에 들어섰다. 커다란 사다리가 달린 빨간색 소방차에서 근사한 제복을 입고 금속 헬멧을 쓴 소방대원이 쏟아져 나왔다. 소방대원들은 학교 동관 건물을 가리키며 서로 목청 높여 지시를 주고받았다. 그사이 도서관 창문 몇 개가 와장창 깨지더니 시커먼 연기가 뿜어져 나오기 시작했다. 사감 선생님이 소리쳤다.

"여러분, 위험하니 물러서요! 어서!"

우리는 우르르 옆으로 비켜서서 소방대원들이 재빨리 차 옆에 달린 호스를 푸는 모습을 지켜보았다. 이윽고 깨진 창문으로 콸콸 물이 뿜어졌다. 곧이어 마스크를 쓴 소방대원들이 물양동이를 들고 건물 안으로 달려 들어갔다.

"교장 선생님한테 연락했어요."

누군가가 소리쳤다. 나는 갑자기 오한이 들어 두 팔로 몸을 꼭 감쌌다. 손발에 감각이 없고 턱이 통제할 수 없을 정도로 덜덜 떨렸다. 친구들이 곁에 바싹 붙어 있었지만 별 도움이 되지 않았다.

그나마 스칼릿의 상태가 나아지고 있어서 다행이었다. 호흡이 정상으로 돌아왔고, 눈빛도 한층 생기를 띠었다. 글래디스 선생님은 곧 의사가 와서 진찰할 거라고만 하고 스칼릿이 도서관에서 뭘 하고 있었는지는 따로 묻지 않았다.

이윽고 나이트 선생님이 학생들 앞에 서서 초조하게 두 손을 비비며 말했다.

"얘들아, 소방대원분들이 불을 끄는 동안 우리는 서관 현관에 머물도록 하자. 둘씩 짝을 지어서 움직여. 서두르렴."

서관에 도착하자 학교 직원들이 담요를 나눠 주었다. 누군가는 따뜻한 차를 끓여 오겠다며 용감하게 부엌으로 향했다. 학생들은 덜덜 떨며 아무렇게나 현관 바닥에 모여 앉았다. 평소 같으면 왁자지껄 떠들어 댔을 텐데, 다들 너무 피곤하고 추워서 말이 없었다.

아리아드네가 침묵을 깨고 소리 죽여 물었다.

"스칼릿, 괜찮아?"

"응. 괜찮아."

대답하는 스칼릿의 목소리에서 희미한 두려움이 느껴졌다. 스칼릿이 겪은 일을 생각하면 그럴 만도 했다.

"교장 선생님은 어디 계시죠?"

선생님들이 모여 있는 쪽에서 사감 선생님이 나이트 선생님에게 불평하는 소리가 들렸다.

"모르겠어요. 전화 연결이 안 되지만, 글래디스 선생님이 건물 안에서 봤다더라고요. 곧 이리로 오시겠죠."

대답은 그렇게 했지만 나이트 선생님은 어쩐지 자신이 없는 듯했다.

잠시 후, 교장 선생님이 현관에 나타났다. 바이올렛과 로즈를 앞장세우고서 말이다. 교장 선생님은 분노로 얼굴을 일그러뜨리며 나이트 선생님에게 다가섰다.

"이 문제아 녀석들이 복도에 숨어 있는 걸 발견했소."

나이트 선생님이 로즈를 내려다보며 물었다.

"처음 보는 얼굴 같은데, 너 우리 학교 학생이니?"

로즈가 고개를 가로저었다.

"제 친구예요."

바이올렛이 날카로운 목소리로 대답하더니, 교장 선생님에 버금갈 정도로 마른기침을 쿨룩거렸다. 나이트 선생님이 교장 선생님 쪽으로 돌아서며 말을 꺼냈다.

"우리 학교 학생이 아니라는데, 그럼 어디서 온 걸까요?"

바이올렛은 입을 꾹 다물어 버렸고, 로즈는 로즈답게 아무런 말이 없었다.

"애들 꼴을 보세요. 재투성이잖소! 범인이 분명해요."

스칼릿은 교장 선생님 눈에 띄지 않기 위해 살며시 담요를 끌어당기고 고개를 숙였다. 나는 몸을 가릴 것이 없어서 그저 내 옷에서 연기 냄새가 나지 않기만을 간절히 기도했다.

"범인이 있다고요? 그럼 누가 고의로 이런 짓을 했다는 말씀이세요?"

글래디스 선생님이 묻자 교장 선생님은 인상을 찌푸리며 아무 대답도 하지 않았다. 바이올렛과 로즈를 놓아주지도 않았다. 글래디스 선생님이 걱정스러운 얼굴로 말을 이었다.

"사고였을 가능성도 있지 않을까요? 어쨌든 저는 이 아이들 상태가 괜찮은지 확인해야 합니다."

그때 핀치 선생님이 문을 벌컥 열고 현관 안으로 들어섰다. 핀치 선생님은 눈물을 주룩주룩 흘리고 있었다.

"모두 무사한가요? 대체 어떻게 된 거예요?"

교장 선생님이 핀치 선생님을 매섭게 노려보더니 바이올렛과 로즈를 고개로 가리키며 말했다.

"핀치 선생님, 이 둘의 감시를 맡아 주시오. 더불어 이 낯선 아이의 정체도 '조사'해 주시고."

스칼릿이 내게 속삭였다.

"망했어."

"뭐라고?"

바이올렛과 로즈가 잡히고 도서관이 피해를 입긴 했지만, 그래도 빠져나갈 방법이 있지 않을까? 우리가 관련되어 있다는 걸 증명할 방법은 없을 텐데.

스칼릿이 멍한 표정으로 말을 이었다.

"계단에 불이 붙었어. 지금쯤 다 타 버렸을 거야. 벽도, 위스퍼스의 수첩도 다 사라졌을 거야. 이제 거기 내려갈 방법도 없다고."

"젠장."

아리아드네가 탄식했다. 나는 그토록 슬퍼하는 아리아드네를 본 적이 없었다.

우리는 고개를 떨군 채 힘없이 앉아 있었다. 손발에 온기가 돌아오면서 전기가 통하듯 저릿저릿했다. 나는 자꾸만 울고 싶었다.

교장 선생님이 가래 끓는 소리를 내며 목청을 가다듬고 학생들에게 말했다.

"여러분, 곧 불이 완전히 꺼질 테니 모두 방으로 돌아갈 수 있을 겁니다. 누가 이런 위험하기 짝이 없는…… 범법 행위를 벌인 것인지 조사하기 위해 내일 수업은 취소합니다."

학생들이 놀라 웅성거리는 소리가 현관 전체에 퍼져 나갔다.

"조용!"

순식간에 모든 학생이 입을 꾹 다물었다.

"분명히 말해 두는데."

나직이 으름장을 놓는 교장 선생님의 표정이 너무도 사악해 보여서 나는 온몸에 소름이 쫙 돋았다.

"이번 화재에 책임이 있는 자는 누구든 즉시 퇴학 처분을 받

275

을 겁니다."

그러자 스칼릿의 표정이 묘해졌다. 나는 스칼릿이 무슨 생각을 하는지 알 것 같았다. 이 끔찍한 학교에서 벗어날 수 있다면 퇴학당하는 것도 나쁘지 않다는 거겠지.

우리 엄마의 어린 시절과 위스퍼스 활동에 대해 알아내기 일보 직전이었는데, 거의 답에 가까워졌는데, 다시 미궁에 빠지고 마는 걸까?

스칼릿

우리는 새벽이 되어서야 방으로 돌아왔다. 지시를 받은 반장들이 학생들을 각각의 기숙사로 안내했다. 나는 글래디스 선생님이 내 상태를 확인하고 가도 좋다고 허락할 때까지 남아서 기다려야 했다. 처음에는 선생님이 내가 화재 현장에 가까이 있었다는 사실을 알고 고발할까 봐 너무 두려웠다. 적당한 변명거리를 찾느라 머릿속이 바빴는데, 가만히 보니 글래디스 선생님도 여느 선생님들과 마찬가지로 불안에 떨고 있었다. 나한테 방에 가서 잘 쉬라고 말하면서도 초조한 눈빛으로 주위를 두리번거렸다. 글래디스 선생님도 교장 선생님이 두려운 걸까?

바이올렛과 로즈가 앞으로 어떻게 될지 모르지만, 핀치 선생님과 함께 있어서 그나마 다행이었다. 하지만 핀치 선생님이 과연 언제까지 교장 선생님의 공격을 막아 줄 수 있을까?

나는 얼굴을 씻고 외투의 그을음을 닦아 낸 뒤 침대에 쓰러지듯이 누웠다. 너무 피곤해서 머리가 멍했다. 목이 따갑지만 숨 쉬는 데는 문제가 없었다. 방 안의 차가운 공기가 오히려 고마웠다. 울퉁불퉁한 침대 매트리스도 지금은 세상에서 가장 편안한 깃털 침대처럼 느껴졌다.

잠이 스르르 들려는 순간, 어떤 생각이 머리를 스치는 바람에 나는 눈을 번쩍 떴다. 비밀 문 주변이 불탔다면 신문 자료실도 손상을 입었을 것이다. 익사한 학생의 기사도 연기처럼 사라져 버렸겠지. 실망감에 가슴이 무너져 내렸다. 모든 증거가 사라져 버렸다. 그것도 한순간에.

그날 밤 나는 늦게까지 잠을 이루지 못하고 뒤척였다.

꿈속에서 나는 학교 옥상에 서 있었다. 사방에 눈발이 휘날렸다.

아니, 이건 눈이 아니야.

그것은 재였다. 회색빛 재와 종잇조각이 바람을 타고 하얀 하늘 위로 화르르 나부꼈다.

나는 지붕 끄트머리에 아슬아슬하게 서 있었다. 저 아래 세상은 너무나 멀고도 멀었다. 하지만 그곳에는 자갈길이나 잔디밭이 아닌 새장이 있었다. 새장에서 수많은 손이 뻗어 나와 허공에서 허우적거렸다.

다리가 후들후들 떨렸다. 이대로 가면 추락할 것 같았다.

그때 내 뒤에서 누군가가 내 이름을 불렀다. 고개를 돌리니 아이비가 서 있었다. 아이비가 내게 손을 내밀어 나도 아이비를 향해 손을 뻗었다. 하지만 뭔가 잘못되었다는 생각이 들었다. 왜 이렇게 멀리 있는 거야?

곧이어 아이비 뒤에서 검은 그림자가 살그머니 모습을 드러냈다. 어쩐지 낯이 익었다. 나는 이미 그림자의 정체를 알고 있었다. 그림자는 연기처럼 아이비의 어깨를 타고 흘러내리더니 아이비의 호주머니로 유령 같은 손을 뻗었다.

아이비는 그림자의 존재를 알아차리지 못하고 계속 나를 향해 손을 뻗은 채 소리 없이 뭔가 애타게 외치고 있었다.

나는 내 손을 내려다보았다. 두 손이 활활 불타고 있었다.

나는 숨을 헐떡이며 자리에서 벌떡 일어나 앉았다. 손바닥에 땀이 흥건하게 묻어났다. 내 두 손이 정말 불타고 있는 게 아닌지 확인했다.

반대편 침대에 누워 있던 아이비가 졸린 눈을 비비며 나를 쳐다보았다. 오늘 아침에는 기상 시간을 알리는 종이 울리지 않았다. 거의 모든 학생이 평소보다 늦은 시간에 잠자리에 들었고 밤새 잠을 제대로 이루지 못했을 테니 종을 울리지 않기로 한 모양이었다. 차가운 겨울 태양이 하늘 높이 떠서 힘없이 햇살을 비추었다.

나는 아이비를 바라보며 얼버무렸다.

"아, 그게…… 악몽을 좀 꿨어."

아이비의 얼굴에 걱정이 스쳤다. 나는 더 말하지 않았다. 꿈이 이상할 정도로 생생했다. 뭔가를 놓치고 있는 것 같아 혼란스러웠다. 이 학교에는 온갖 수수께끼가 소용돌이치고 있고, 진실은 늘 잡힐 듯 말 듯 나를 애타게 한다.

늦은 아침 식사 시간, 모두가 어젯밤의 화재 이야기를 나누느라 바빴다. 아리아드네가 고개를 절레절레 흔들었다.

"난감하네. 사건 조사에 꽤 진전이 있다 싶었는데 갑자기 불이 나더니 모든 것이 잿더미로 변했어. 지금까지 별의별 일을 다 겪었지만, 이번 일이 가장 속상해."

잿더미라는 말에 나는 퍼뜩 악몽이 떠올랐다.

"플리트워스 양."

나이트 선생님이 부르자 아리아드네가 고개를 들었다.

"네, 선생님."

"날 따라오렴."

아리아드네는 눈이 휘둥그레져서 숟가락을 내려놓는 것도 잊고 천천히 자리에서 일어섰다.

"무, 무슨 일인데요?"

나이트 선생님은 대답 없이 아리아드네의 어깨에 손을 얹고 어디론가 데리고 갔다. 아이비가 당황해서 나를 쳐다보았다.

"아리아드네를 왜 데리고 가지? 저 애는 아무…… 설마 바이올렛이 고자질한 건 아니겠지?"

"그건 바이올렛 스타일이 아니야. 만약 그 애가 남 탓을 할 작정이었다면 내 탓을 했겠지. 보다시피 난 눈썹까지 그을렸잖아! 아침에 머리카락 끝을 다 잘라 내야 했어. 내가 어제 무사했던 건 순전히 글래디스 선생님이 너무 신경이 곤두서서 내 꼴을 제대로 보지 못한 덕이야. 바이올렛이 나한테 누명을 씌울 작정이었다면 지금이 절호의 기회였을걸?"

아이비는 그래도 마음이 놓이지 않는 것 같았다.

"뭔가 잘못됐어."

내가 할 수 있는 대답은 이것뿐이었다.

"여긴 늘 그렇잖아."

아무래도 도서관 상태를 확인해야 했다. 무엇 때문에 혹은 누구 때문에 화재가 일어났는지 단서를 찾을 수 있을지도 몰랐다. 게다가 '카타스트로피' 존스 선생님이 위스퍼스의 수첩에 언급된 '재난'이 맞는지 제대로 이야기를 나눠 봐야 했다.

아이비를 끌고 동관으로 가니 슬픈 광경이 우리를 기다리고 있었다. 쇠사슬이 감긴 도서관 문에 '출입 금지'라는 팻말이 걸려 있었다. 그 모습을 보니 한숨이 저절로 나왔다.

"쩝, 비밀 문과 신문 자료실이 얼마나 망가졌는지 알아볼 방법이 없네. 신문이 아직 거기 남아 있기를 간절히 빌었는데."

그 순간 갑자기 누군가가 꺼이꺼이 우는 소리가 들렸다. 우리는 그 소리의 주인을 금방 발견했다. 존스 선생님이 바닥에 주저앉아 두 팔에 얼굴을 묻고서 울고 있었다. 아이비가 걱정스러운 얼굴로 존스 선생님에게 다가갔다.

"선생님? 무슨 일 있으세요?"

말해 놓고 보니 너무 무심한 질문이라 미안한 마음이 들었다. 존스 선생님이 고개를 들었다. 얼굴이 눈물범벅이었다.

"얘들아, 도서관이, 소중한 책들이……."

사람을 대하는 문제에 있어서만큼은 늘 아이비가 나보다 훨씬 나았다.

"그래도 불이 크게 번지지 않았으니 건질 수 있는 책도 많을 거예요. 저희가 도와드릴게요."

존스 선생님은 흐느끼며 대답했다.

"들여보내 주질 않아. 아직 위험하대."

아이비는 존스 선생님 옆에 쪼그리고 앉았다. 존스 선생님은 눈물을 닦으려고 호주머니에서 손수건을 꺼냈다. 한쪽 귀퉁이에 '카타스트로피'라는 글자가 자수로 놓여 있었다. 누군가의 소지품에 '재난'이라는 말이 곱게 새겨진 걸 보게 될 줄이야!

아이비가 조용조용 말을 건넸다.

"저희도 잃어버린 게 있어요. 그래도 세상이 끝난 건 아니잖아요. 삶은 계속되니까요. 더는 견디기 힘들다고, 못 살겠다고 생각해도…… 결국은 버텨 내게 되더라고요."

나는 아이비를 바라보았다. 언제나처럼 나와 똑같이 생긴 모습이었지만, 아이비한테서는 내 얼굴에서 본 적 없는 성숙함과 현명함이 느껴졌다. 나는 곧 그 이유를 깨달았다.

아이비는 나를 잃은 적이 있었다. 내 죽음을 경험했다.

물론 나는 죽지 않았지만, 당시 아이비는 그 사실을 몰랐다. 아이비에게 나의 죽음은 지금 우리 발밑의 대리석만큼이나 차갑고 단단한 현실이었다.

존스 선생님이 한숨을 쉬더니 대답했다.

"네 말이 맞아. 건질 수 있는 책도 많을 거야. 하지만 불타 버린 책은 어떻게 해? 마치 내 몸의 일부가 타 버린 것 같아."

나는 벽에 힘없이 기대어 서서 존스 선생님이 나직이 흐느끼는 소리를 듣고만 있었다.

엄청난 무게에 짓눌리는 기분이었다. 이걸 다시 들어 올릴 수 있을지 자신이 없었다. 룩우드 기숙 학교의 모든 사람들, 과거의 유령과 현재의 희생자들의 무게, 존스 선생님과 아이비의 무게까지. 혹시 내게 그들을 구할 힘이 있었다 해도 지금의 나는 그 힘을 잃어버렸다.

정말 최악의 상황이었다. 지금보다 더 나빠질 수가 있을까?

아이비

"나 퇴학당했어."

아리아드네가 말했다.

"뭐? 너 지금 농담하는 거지?"

스칼릿과 함께 교장실 앞을 지나치는데 마침 아리아드네가 교장실 밖으로 걸어 나왔다. 놀라서인지 눈이 휘둥그레 커져 있었다.

"아니. 나…… 진짜로 퇴학당했어."

스칼릿도 나도 입을 떡 벌렸다. 이건 꿈일 거야.

"어떡해……."

아리아드네가 다리에 힘이 풀린 듯 복도에 털썩 주저앉았다. 아이들은 아리아드네가 암초라도 되는 듯 피해서 지나갔다.

나는 아리아드네 옆에 앉았다. 머리가 멍했다. 이 사태를 어떻게 받아들여야 할지 도무지 알 수가 없었다.

"도대체 어떻게 된 거야?"

아리아드네가 웅얼거리며 대답했다.

"그게…… 나이트 선생님이랑 교장 선생님이, 내가 화재경보를 울리는 걸 본 목격자가 있대. 나한테 기회가 있었는데 내가 날려 버렸거든. 내가 안 그랬는데, 그걸 모르니까 내가 했다고 생각해. 왜냐하면, 왜냐하면……."

나는 아리아드네의 어깨를 잡고 부드럽게 흔들었다.

"아리아드네. 무슨 말인지 못 알아듣겠어."

아리아드네는 파르르 떨며 심호흡을 한번 했다.

"전에 다니던 학교에서 말이야."

"전에 다니던 학교에서 뭐?"

"나 퇴학당했어."

"그래. 네가 퇴학당한 거 알겠어. 그래서 예전 학교에서 뭘 어쨌는데?"

스칼릿이 다그쳐 물었다. 나는 그런 스칼릿의 태도가 마음에 들지 않았다.

"전에 다니던 학교에서도 퇴학당했다고."

아리아드네가 처음 만났던 날처럼 자신감 없는 작은 목소리로 속삭였다. 지나가는 아이들의 수다 소리 때문에 나는 아리아드네의 말이 잘 들리지 않았다.

"그 학교에서도 화재가 났었는데, 그게 음, 내 잘못이었을 수도 있어서 말이야."

285

"이었을 수도 있다고?"

스칼릿이 되묻자 아리아드네가 눈물을 그렁그렁 달고 대답했다.

"그래. 내 잘못이었어! 내가 너무 어리석었다고! 걔들이 매일같이 날 괴롭혔단 말이야. 내 물건을 훔치고, 머리카락을 잡아당기고, 발길질하고……."

아리아드네는 목이 메어 꺽꺽거리며 말을 이었다.

"걔들이 클럽 모임을 여는 낡은 헛간이 있었어. 날 한 번도 들여보내 주지 않았는데, 어느 날 보니까 헛간 밖에 낙엽 더미가 쌓여 있더라. 마침 나한테는 성냥이 있었고. 문득 낙엽 더미에 불을 붙여서 겁을 좀 줄까 하는 생각이 들었어."

나는 스칼릿을 곁눈질했다. 이야기가 어디로 흘러갈지 영 불안했다.

"쉽게 끌 수 있을 줄 알았는데 갑자기 불이 확 옮겨붙더니 헛간이 홀라당 타 버렸어."

우리는 경악해서 아무 말도 못 하고 아리아드네를 빤히 쳐다보았다. 아리아드네는 잠시 후에야 자신이 중요한 내용을 빠트렸다는 걸 알아차린 듯했다.

"아, 걔들은 무사히 다 빠져나왔어. 연기를 보자마자 헛간에서 우르르 달려 나왔거든."

아리아드네의 얼굴이 다시 어두워졌다.

"대신 내 짓이라는 게 알려졌고, 난 학교에서 쫓겨났어. 아빠는 불같이 화를 냈지."

들고 있자니 무슨 일이 벌어지고 있는지 감이 잡혔다.

"여기 선생님들이 이번에도 네가 도서관에 불을 냈다고 생각하는 거야?"

아리아드네가 가만히 고개를 끄덕이더니 발끈해서 말했다.

"하지만 내가 안 그랬어. 맹세해!"

나는 아리아드네의 말을 믿었다. 아리아드네가 굳이 그런 일을 저지를 이유가 없었다. 무엇보다 아리아드네는 거짓말을 하는 아이가 아니었다.

"선생님들은 나한테 뭔가 정신적으로 문제가 있는 게 아니냐고 하는데⋯⋯."

아리아드네는 차마 말을 맺지 못하고 입만 벙긋거렸다. 나도 무슨 말을 해야 할지 알 수가 없었다. '아리아드네가 퇴학당하다니!' 이 생각만 머리에 맴돌았다. 하지만 스칼릿은 달랐다.

"아리아드네, 그럼 이제 어떻게 되는 거야?"

"가서 짐을 싸래. 그럼 아빠가 와서 날⋯⋯ 데리고⋯⋯."

아리아드네가 왈칵 눈물을 터뜨렸다. 이대로는 나도 울 것 같았다. 나는 아리아드네의 손을 꼭 잡았다.

"우리가 도와줄게. 불을 지른 진범을 찾아내서 반드시 네 누명을 벗겨 줄게. 약속해!"

우리 셋은 어깨를 축 늘어뜨린 채 아리아드네의 방으로 향했다. 바이올렛은 보이지 않았다. 아마 로즈와 함께 핀치 선생님에게 '조사'를 받고 있을 것 같았다. 아, 어젯밤 핀치 선생님이 나타났을 때 얼마나 마음이 놓이던지. 그 둘이 교장 선생님한테 끌려갔다면 무슨 일을 당할지 아무도 모를 일이었다.

처음 이곳에 온 날, 아리아드네는 여행 가방 한 무더기를 마치 경호 부대처럼 차례차례 줄 세워서 들어왔었다. 우리는 아리아드네가 그 많은 가방을 다시 나름의 순서에 따라서 싸는 걸 도와주었다. 셋 중 누구도 입을 열지 않았다. 이 상황을 견딜 수가 없었다. 난 그냥 아무 일도 없는 척하고 싶었다.

아리아드네가 사용하던 구역을 깨끗이 정리한 뒤 우리는 한동안 짐 가방 부대만 멀뚱멀뚱 쳐다보았다. 결국 내가 더 견디지 못하고 먼저 아리아드네를 쳐다보았다. 내 표정이 어지간히 엉망이었는지 눈이 마주치자마자 아리아드네가 먼저 말을 꺼냈다.

"괜찮아. 나 잘 지낼게. 약속해."

그러자 스칼릿이 주먹을 불끈 움켜쥐며 말했다.

"반드시 돌아오게 해 줄게."

아리아드네와 나는 뜻밖의 반응에 놀라서 스칼릿을 빤히 쳐다보았다.

"뭐, 왜?"

스칼릿이 부루퉁하게 대꾸하더니 한결 부드러워진 목소리로 말을 이었다.

"아리아드네 너 말이야, 꽤 근사하더라고. 이건 진짜 말도 안 되는 일이야. 난 교장 선생님이 불을 질렀다고 확신해. 그걸 증명할 방법을 모를 뿐이지."

나는 고개를 끄덕이며 심호흡을 했다.

"어떻게든 방법을 찾을 수 있을 거야."

아리아드네가 나직이 말했다.

"얘들아, 고마워."

하지만 마음속 깊은 곳에서 두려움이 느껴졌다. 만약 아리아드네가 돌아오고 싶어 하지 않으면 어쩌지? 그렇다고 해도 원망할 수 없는 일이었다. 룩우드 기숙 학교에서 벗어나는 것이야말로 우리 모두 간절히 바라던 바인걸.

아리아드네한테는 우리가 없는 게 더 나을 거야.

그날 저녁, 우리는 본관의 안내 데스크 앞에 앉아 아리아드네의 아버지가 도착하기를 기다렸다. 항상 주눅 들어 있는 행정 담당 카버 선생님은 이미 퇴근한 후였다. 널따란 현관에는 우리 세 명과 짐 가방 부대밖에 없었다.

아리아드네가 고개를 흔들며 말했다.

"휴, 아빠가 펄펄 뛰실 텐데. 두고두고 야단치실 거야. 어쩌면 내가 마흔네 살이 될 때까지 가둬 둘지도 몰라!"

그러자 스칼릿이 어깨를 들썩이며 대꾸했다.

"아빠들이 원래 그렇잖아. 그래도 결국에는 받아들일 거야."

아리아드네가 침울한 목소리로 대답했다.

"우리 아빠는 달라. 날 정말 죽이려 들 거야."

아리아드네는 절망스러운 표정으로 무릎에 얼굴을 묻었다. 나는 한숨이 절로 나왔다.

"휴, 아리아드네. 너 없이 어떻게 살지?"

스칼릿이 머뭇거리며 말했다.

"그동안 신세 많이 졌다. 비록 모든 걸 잃어버리긴 했지만, 지금 알고 있는 정보도 다 네 덕분에 얻은 거야. 그래서 말인데…… 고마워. 내가 하고 싶은 말은 그거야."

아리아드네가 고개를 들었다. 표정이 조금 밝아진 듯했다.

"애들아, 날 위해서 이 사건을 해결해 줄 거지? '그자'가 범인이란 걸 증명해 낼 거지?"

스칼릿과 나는 세차게 고개를 끄덕였다.

"약속할게."

아리아드네가 다시 걱정 어린 목소리로 물었다.

"편지도 보낼 거지?"

"당연하지!"

나는 억지로 웃어 보이려 했지만 마음처럼 잘 되지 않았다.

철커덩 소리와 함께 육중한 본관 출입문이 열렸다. 누군가가 외투의 눈을 털며 안으로 들어섰다. 아리아드네는 곧장 자리에서 벌떡 일어났다. 나도 마음의 준비를 하며 따라 일어섰다. 아무 잘못 없는 아리아드네가 벌을 받는 것만큼은 무슨 일이 있더라도 막고 싶었다.

아리아드네의 아버지가 점점 가까이 다가왔다. 나는 꼼짝하지 않고 내 자리를 지켰다.

플리트워스 씨는 키가 나랑 거의 비슷했다. 모자를 벗으니 안경 쓴 부엉이처럼 동그랗고 다정해 보이는 얼굴이 드러났다. 플리트워스 씨가 큰 소리로 딸을 부르며 아리아드네를 있는 힘껏 끌어안았다.

"아리아드네! 우리 귀요미!"

이어 플리트워스 씨는 팔을 풀고서 딸을 요리조리 살폈다.

"우리 딸, 밥은 제대로 먹고 다닌 거냐? 애당초 널 보내는 게 아니었는데. 네 엄마한테……."

플리트워스 씨가 나를 발견했는지 잠깐 머뭇거리더니 다시 입을 열었다.

"안녕, 너는 누구니?"

불호령이 떨어질 줄 알았는데, 예상 밖의 반응에 나는 좀 당황스러웠다.

"아, 저는 아이비라고 해요. 처음 뵙겠습니다."

이번에는 플리트워스 씨가 스칼릿을 보고 환하게 웃으며 탄성을 터뜨렸다.

"이야, 기가 막히게 똑같이 생겼는걸! 쌍둥이인가 보구나."

스칼릿도 당혹스러운지 평소보다 말을 아꼈다.

"전 스칼릿이에요."

플리트워스 씨가 다시 딸에게 눈길을 돌리며 말했다.

"애야, 아빠는 이게 도대체 무슨 말도 안 되는 상황인지 모르겠구나. 난 네가 집에 돌아와서 기쁘단다. 네 엄마는 널 병원에 데리고 가서 정신 감정을 받아 봐야 하는 게 아니냐는데, 난 방화벽이니 뭐니 그런 말 믿지 않는다. 누가 뭐라 해도 넌 내 사랑스러운 딸이야."

나는 지금까지 아리아드네가 단 한 마디도 하지 않았다는 걸 눈치챘다. 아리아드네의 얼굴에는 오로지 두려움과 당혹감만 가득했다.

"자, 그럼 친구들한테 작별 인사 해야지?"

아리아드네가 내 쪽으로 돌아서자, 나는 스칼릿의 어깨를 잡고 의자에서 일으켜 세웠다. 아리아드네가 떨리는 목소리로 인사를 건넸다.

"잘 있어. 우리 또 보자."

스칼릿과 나는 아리아드네를 꼭 끌어안았다. 아리아드네가 안타까운 목소리로 덧붙였다.

"부탁할게!"

플리트워스 씨가 입술에 손가락을 대더니 요란하게 휘파람을 불었다.

"호러스한테 네 짐을 옮기라고 하마. 내 전속 운전기사란다. 지난주에 처음 만났지. 나는 바깥 외출을 즐기지 않거든. 집 밖에는 어떤 위험이 도사리고 있을지 모르잖아."

플리트워스 씨가 출입구를 흘끗 쳐다보더니 부르르 떨며 말을 이었다.

"게다가 소화에도 안 좋고."

플리트워스 씨가 다시 딸을 꼭 끌어안자 아리아드네의 얼굴이 새빨개졌다.

"우리 예쁜 딸, 어서 가자꾸나. 집으로 가서 다시 네 방에서 안전하게 지내렴. 넌 세상 밖에 나갈 준비가 아직 되지 않았어. 아빠는 처음부터 알고 있었지."

플리트워스 씨가 뒤돌아서려다가 멈칫하더니 덧붙였다.

"샐리, 아이린, 만나서 반가웠다!"

우리는 플리트워스 씨가 아리아드네를 현관문으로 몰고 가는 모습을 입을 떡 벌린 채 지켜보았다. 아리아드네는 고개를 돌리고 간절한 표정을 지으며 입 모양으로 '도와줘.'라며 벙긋 댔다. 그러나 이내 아빠에게 이끌려 눈보라 속으로 사라졌다. 쿵 소리와 함께 육중한 현관문이 닫혔다.

설마 오늘이 가기 전에 또 무슨 일이 벌어지지는 않겠지? 그마저 도무지 감당할 자신이 없었다.

저녁 식사를 하러 식당으로 가는 발걸음도, 마음도 무겁기만 했다. 스칼릿은 스칼릿대로 얼굴을 잔뜩 찌푸렸고, 나는 돛이 부서진 채 망망대해에서 표류하는 돛단배가 된 기분이었다.

배식대 앞에 줄을 서자 스칼릿이 불쑥 말을 꺼냈다.

"그래, 처음에는 걔를 안 믿었어. 내가 바보였지. 우리한텐 아리아드네가 필요해. 교장 선생님에 바이올렛과 로즈 문제까지. 아, 그러고 보니 그 둘은 도대체 지금 어디에 있지?"

나는 고개를 가로저었다. 전혀 짐작이 가지 않았다. 머릿속에는 아까부터 같은 생각만 맴돌았다. 아리아드네가 불운한 그레이 쌍둥이랑 어울리다가 불행에 전염되었나 보다고, 우리만 아니었으면 퇴학당하지 않았을 거라고.

스칼릿이 씩씩대며 말했다.

"그 둘을 어떻게 했는지 알아봐야겠어. 그자라면 너끈히 저지르고도 남을 거야. 그, 그 여우가 내게……."

스칼릿은 차마 말을 맺지 못했다. 하지만 나는 스칼릿이 무슨 생각을 하는지 알 수 있었다. 교장 선생님이라면 폭스 선생님이 스칼릿에게 했던 짓을 하고도 남는다는 얘기였다.

스칼릿은 쟁반에 수프 한 그릇, 빵 한 조각을 받아 들고 곧장 리치몬드 기숙사 식탁으로 향했다. 나는 잔뜩 낙담한 채 스칼릿 뒤를 터덜터덜 따라가다가 하마터면 미나 언니와 부딪칠 뻔했다. 나디아 사야니와 친자매인 미나 언니는 내가 처음 여기 왔을 때 상냥하게 대해 준 몇 안 되는 사람 중 하나였다.

"아이비, 무슨 일 있어?"

내 얼굴에 무슨 일 있다고 또박또박 쓰여 있었나 보다. 나는 에버그린 기숙사 식탁 끝에 쟁반을 잠시 내려놓았다. 바이올렛이 있어야 할 자리가 비어 있었다.

"언니, 내 친구 아리아드네가······."

나는 울지 않으려고 갖은 애를 썼다.

"퇴학당했어. 선생님들은 아리아드네가 불을 냈다고 생각해. 하지만 아니야. 아리아드네는 결백해."

미나 언니의 표정이 확 어두워졌다.

"저런. 어쩜 좋아? 너무 속상하겠다."

"그것 말고도 속상한 일이 한두 가지가 아니야."

나는 수프를 내려다보며 잠시 마음을 정리했다.

"언니, 우리는 왜 여기 있는 걸까? 이게 다 무슨 소용일까? 내일 당장 여기서 달아나거나 아빠한테 연락해서 집으로 데려가 달라고 빌면 어떻게 될까?"

과연 아빠가 그 말을 들어줄지는 전혀 다른 문제지만 어쨌든. 미나 언니는 재킷에 수놓인 학교 문장을 내려다보더니 천천히 입을 뗐다.

"내가 여기 남아 있는 이유는 친구들 때문이야. 내 친구들뿐만 아니라 나머지 모두를 위해서도. 싫든 좋든 우리는 한배를 탔잖아. 난 너희가 필요하고, 너희한테도 내가 필요해."

귀 기울여 들을 말이었다. 스칼릿과 내가 도망쳐 버리면 누가 바이올렛과 로즈를 도와줄까? 누가 위스퍼스의 진실을 전할까? 누가 아리아드네의 결백을 증명해 줄까?

콧날이 시큰하면서 눈물이 핑 돌았다. 나는 손수건을 꺼내려고 호주머니에 손을 넣었다가 조그만 종이쪽지를 발견했다. 아리아드네의 글씨였다!

　모든 게 사라진 건 아니야. 내 베개 커버 안을 확인해 봐.
　내가 존스 선생님 말을 안 들었거든. 그러니 꼭 비밀로 해야 해.
　행운을 빌어! 우리 모두 너만 믿어.

네 친구 아리아드네가

　작별 인사를 하며 포옹했을 때 내 호주머니에 몰래 넣어 둔
모양이었다.
　친구 덕분에 내 돛단배에 다시 돛이 우뚝 섰다. 이제 바람이
불 차례였다.

스칼릿

아이비는 리치몬드 기숙사 식탁에 쟁반을 탕 내려놓았다. 차갑게 식은 수프가 그릇 밖으로 후드득 튀자 나이트 선생님이 인상을 찌푸렸다.

"조심해야지!"

나는 눈빛으로 아이비에게 무슨 일이냐고 물었다. 시무룩하던 아이비의 얼굴이 잠깐 사이에 환하게 바뀌었다. 혹시 조울증이 아닌가 싶을 정도로 너무 갑작스러운 변화였다.

"아리아드네가 신문 기사를 빼돌렸어! 자기 베개 커버 안을 살펴보라는 쪽지를 남겼더라고. 지금 확인하고 오는 길인데, 정말 남아 있었어! 스칼릿, 신문 기사는 무사해. 피해 학생의 죽음에 얽힌 비밀을 밝힐 단서가 우리 손에 있어!"

나는 내 귀를 의심하지 않을 수 없었다. 꺅 하고 탄성이 저절로 터져 나왔다.

"우아, 너무 잘됐다! 우리 똑똑이 아리아드네한테 선생님 말을 거역할 배짱이 있었을 줄이야! 아무리 상대가 존스 선생님처럼 여린 분이라지만 말이야."

그것 보라는 듯이 싱글싱글 웃는 아이비가 신기했다. 소심한 범생이 아이비는 어디로 갔을까? 난 내 쌍둥이 동생을 항상 끔찍이 사랑했지만, 새로운 모습의 아이비도 끝내주게 마음에 들었다!

나는 열심히 남은 수프를 퍼먹었다. 마분지를 퍼먹는 것 같아도 기쁨에 들뜨니 꿀떡꿀떡 잘만 넘어갔다.

다음 날 아침, 전교생 모임에 달갑지 않은 사람이 모습을 드러냈다.

"학생 여러분, 학교 측은 이번 화재에 책임이 있는 자들에게 적절한 조치를 취했음을 알려 드립니다. 범죄자들은 이미 떠났으며 다시는 이곳에 돌아올 일도 없을 겁니다."

교장 선생님은 느릿느릿한 말투로 재빨리 주제를 바꾸었다.

"이번 사건에 두 명이 더 연루된 것으로 보이는데 지금, 콜록콜록! 조사를 받는 중입니다. 그중 한 명은 우리 학교 학생이 아니더군요."

앞줄에 앉은 학생 한 명이 손을 번쩍 들었다. 나는 놀라서 눈을 껌벅였다. 교장 선생님이 말하는 도중에 질문을 하다니, 제정신인가?

"교장 선생님, 그 애가 누구예요?"

페니였다.

으윽. 그동안 정신이 없어서 저 애의 존재를 잊고 있었다. 페니는 화재 사건의 범인으로 의심받지 않은 모양이었다. 여태 우리를 고발하지 않고 망설인 것 같은데, 설마 지금 하려고?

교장 선생님이 인상을 찌푸리며 대답했다.

"그건 아직 확인하는 중이다."

짐짓 양복 먼지를 터는 체하는 교장 선생님을 보며 나는 아직 로즈의 정체가 밝혀지지 않았음을 눈치챘다. 물론 교장 선생님은 그 때문에 더 짜증이 난 것 같았다. 핀치 선생님이 교묘하게 시간을 끌고 있는 게 분명했다. 휴, 핀치 선생님이 우리 편이라 얼마나 다행인지.

누군가 로즈를 구해야 한다면 그건 우리겠지. 부디 진범에 대한 우리의 직감이 맞아야 할 텐데.

서서히 일상이 돌아오기 시작했다. 나는 밤에 잠을 제대로 이루지 못해서 지루한 지리나 수학 수업 시간에 코 고는 소리를 들키지 않으려 조심해야 했다. 아니, 솔직히 상황이 이런데 어떻게 수업에 집중을 하겠냐고? 도서관이 다시 문을 열었는지 빨리 가서 확인해 보고 싶었다. 존스 선생님을 만나서 혹시 옛 기억이 나는지 이야기를 나눠 보고 싶어 안달이 났다.

점심시간에 아이비와 나는 샌드위치를 허겁지겁 먹어 치운 뒤 도서관을 향해 냅다 달렸다. 그 잠깐 사이에 선생님들한테서 천천히 걸어 다니라는 주의를 몇 번이나 받았는지 모른다. 교칙을 어겼다가 혹시 교장 선생님한테 걸릴까 봐 온 학교가 신경이 곤두서 있는 것 같았다.

출입 금지 팻말은 그대로 걸려 있었지만 문은 잠겨 있지 않았다. 나는 도서관 안으로 고개를 빼꼼 들이밀었다.

"존스 선생님? 안에 계세요?"

잠시 후 안에서 대답이 들려왔다.

"잠깐만!"

이윽고 존스 선생님이 나타났다. 선생님은 검은색 작업복을 입고 두툼한 장갑을 끼고 있었다. 존스 선생님이 이마의 땀을 훔치며 희미하게 웃었다.

"기다리게 해서 미안. 이제 막 청소를 시작한 참이란다. 다른 선생님들도 도와주겠다고 하셨어. 이따가 핀치 선생님도 오실 거야."

아이비가 팔꿈치로 나를 쿡 치며 말을 꺼냈다.

"바쁘신데 방해해서 죄송해요. 중요한 일이 있어서요."

"그래? 흠, 그럼 들어오렴."

존스 선생님은 우리가 들어갈 수 있을 만큼만 문을 빼꼼 열었다.

"내 곁에 바싹 붙어 다녀야 해. 저쪽……."

존스 선생님은 훌쩍이며 말을 이었다.

"망가진 구역에는 절대 가까이 가지 말고."

도서관 안으로 들어서자 선생님이 무슨 말을 하는지 바로 알 수 있었다. 비밀 문 근처의 서가가 전부 불타서 시커멓게 그을린 채 겨울나무처럼 비틀려 있었다. 사고 현장 안쪽에는 오직 재만이, 바깥쪽에는 시커먼 숯만 남아 있었다. 사방이 그을음으로 새까맸고 매캐한 연기 냄새가 코를 찔렀다. 나는 다시 밖으로 나가서 신선한 공기를 마시고 싶은 충동을 꾹 억눌렀다.

존스 선생님이 혼잣말하듯 말을 꺼냈다.

"교장 선생님은 불이 너무 크게 번지지 않아서 다행이라고 하시더라. 동관 건물 나머지 부분은 별로 피해가 없나 봐."

아이비가 물었다.

"불이 시작된 곳은 어디래요?"

"신문 자료실 근처래. 옛날 신문이 보관되어 있던 쪽에서 시작된 것 같아. 듣자 하니 어떤 애가 불을 질렀다던데…… 왜 그런 몹쓸 일을 벌였는지 모르겠어."

존스 선생님은 코를 훌쩍거리며 얼른 눈물을 삼켰다. 나도 모르게 불쑥 말이 튀어나왔다.

"선생님, 아리아드네가 그런 거 아니에요! 아리아드네는 누명을 쓴 거예요. 범인은 따로 있어요. 누군가 고의로 석유램프를 깨서 불을 냈는데, 솔직히 저희는 교장 선생님이 범인이라고 생각해요. 그 사실을 증명하려면 선생님 도움이 필요해요."

교장 선생님이란 말이 나오자 존스 선생님은 바로 입을 꾹 다물었다. 당장이라도 교장 선생님이 어디선가 튀어나올 듯이 불안한 눈빛으로 주위를 살피더니 대뜸 도서관 안쪽으로 종종 걸음을 놓았다. 그쪽은 창문이 연기에 모조리 시커멓게 그을려 있었다. 아이비와 나는 당황해서 멈칫하다가 서둘러 존스 선생님을 뒤쫓았다. 나는 선생님 소매를 붙잡고 늘어졌다.

"선생님, 제발요!"

존스 선생님은 도서관 사서답게 입술에 손가락을 대고서 "쉿!" 하며 주의를 주었다. 그러더니 나직하게 말했다.

"너희 생각에는 그분이 일부러 뭔가를 없애 버리려 했다는 거지?"

선생님의 목소리에 두려움이 가득했다. 아이비가 고개를 끄덕이며 대답했다.

"선생님, 혹시 위스퍼스라는 모임에 대해 아세요?"

"글쎄, 모르겠는데……."

아이비는 가방에서 신문 기사를 꺼내 내밀었다.

"1914년 2월 26일에 이 학교에서 한 여학생이 익사했어요."

이번에는 확실히 반응이 있었다.

"맙소사!"

존스 선생님이 나직이 비명을 지르며 재투성이 의자에 털썩 주저앉았다. 까만 옷차림이라 그나마 다행이었다.

"그 끔찍한 날 이야기로구나. 내가 머릿속에서 그날의 기억을 지워 버리려고 얼마나 애썼는데. 그 사건이랑 이번 화재가 관련이 있다는 거니?"

"아마도요. 선생님, 혹시 그 사건에 대해 아는 대로 말씀해 주실 수 있으세요?"

나는 얼른 되물었다. 엄밀히 따지면 이 신문 기사는 우리 손에 있을 수 없는데, 선생님이 그 사실을 떠올릴 틈을 주면 안 됐다.

"내가 아주 어렸을 때, 이 학교에 다닌 지 얼마 되지 않았을 때 일이야. 하긴, 난 여기 오래 다니지도 않았어. 이듬해 엄마가 다른 학교로 전학시켰거든. 그날 상급반 학생 중 한 명이 숨이 끊어진 채 호수에 떠 있는 상태로 발견되었어. 모두 얼마나 슬퍼했는지 몰라."

"선생님, 좀 더 집중해 보세요."

내가 재촉하자 아이비가 경고의 눈빛을 보냈다. 나는 '나도 다 생각이 있거든.' 하는 눈빛을 날리며 다시 말했다.

"혹시 뭔가 목격하지는 않으셨어요? 선생님이 뭔가를 봤다고 생각하는 사람들이 있어서요."

존스 선생님은 위스퍼스를 모르지만, 그들은 존스 선생님의 존재를 분명히 알고 있었다. 먼 과거를 되돌아보는지 존스 선생님의 눈빛이 아득해졌다. 재 위에 이런저런 낙서를 하며 생각을 더듬던 선생님이 마침내 입을 열었다.

"달리 목격한 건 없는 것 같은데. 아주 오래전 일인데 어떻게 자세히 기억하겠니?"

그러자 아이비가 간청했다.

"선생님, 부디 한 번만 더 잘 떠올려 주세요. 혹시 그날 친구하고 뭔가 이야기를 나누지 않았어요?"

아이비가 무슨 말을 하는지 나는 곧바로 알아차렸다. 존스 선생님이 뭔가를 목격했다는 걸 위스퍼스가 어떻게 알았겠나? 선생님이 위스퍼스 중 한 명에게 그 말을 했기 때문이겠지!

"아……. 친구 한 명과 이야기를 했던 것 같아. 이름이 탈리아였을 거야. 탈리아가 계속 울어서 달래 줬거든."

나는 얼른 벽에 쓰여 있던 회원 이름을 떠올렸다.

"탈리아 야할롬이요?"

존스 선생님이 입을 떡 벌리며 나를 쳐다보았다.

"맞아! 그런데 네가 그걸 어떻게 알았어?"

"그건 중요하지 않고요. 그래서 선생님이 뭐라고 했는데요?"

존스 선생님이 한숨을 푹 쉬었다.

"글쎄, 너무 오래전 일이라 가물가물하네. 울지 말라고, 다 잘될 거라고 했어. 그리고……."

갑자기 존스 선생님의 얼굴이 하얗게 질렸다.

"교장 선생님이 그 애를 살리기 위해 모든 걸 다 하지 않았냐고 했어."

드디어 사건이 진전을 보이는 것 같았다.

"왜 그런 생각을 하셨어요?"

존스 선생님이 눈을 반짝이며 대답했다.

"내가 그날 아침 일찍 6시쯤에 일어났거든. 수업 시작하기 전에 책을 읽으려고 도서관에 가는데, 창문 밖으로 교장 선생님이 보였어. 온몸이 흠뻑 젖은 채 호수에서 학교 쪽으로 달려오더라고. 좀 이상하다 싶었지만 그냥 가던 길을 갔지. 한 시간쯤 뒤에 한참 책을 읽고 있는데 학생이 익사한 채로 발견되었다는 거야. 그래서 난 아까 교장 선생님이 비상경보를 울리려고 학교로 돌아오던 길이었나 보다 생각했지. 아이를 구하려고 물에 뛰어들었지만 뜻대로 되지 않아서 말이야!"

존스 선생님이 당황한 듯 입에 손을 가져다 대더니 한층 흥분한 목소리로 중얼거렸다.

"난 탈리아에게 그런 뜻으로 말한 건데!"

선생님의 머릿속에서 톱니바퀴가 차르륵 돌아가는 소리가 들렸다. 이윽고 존스 선생님의 얼굴에 깨달음의 빛이 선명하게 떠올랐다.

"아! 전교생 모임에서 교장 선생님이 했던 말이 이제 기억나. 교장 선생님은 새벽 6시에 '학교 관리인'이 시신을 발견했다고 했어. 자신이 호수 근처에 있었다는 말은 전혀 없었어. 분명히 거기 있었는데! 분명히 거기 있었단 말이야!"

존스 선생님은 눈물을 뚝뚝 흘리며 목멘 소리로 말했다.

"구하려 했던 게 아니야. 그자가 죽인 거야!"

아이비

머리가 어지럽고 토할 것 같았다. 슬픔과 두려움을 도저히 감당할 수가 없었다. 존스 선생님은 흐느끼며 떨리는 목소리로 겨우 말을 이었다.

"그럼 교장 선생님이 일부러 도서관에 불을 냈다는 거야? 신문 자료실을 없애서 자신이 예전에 한 짓을 덮으려고?"

나는 천천히 고개를 끄덕였다.

"안타깝지만 그런 것 같아요."

확실하진 않지만 모든 정황이 그쪽을 가리키고 있었다. 한동안 잠자코 있던 스칼릿이 갑자기 입을 열었다.

"그럼 이렇게 해요. 선생님은 여기서 청소를 계속하면서 아무것도 기억하지 못하는 척하세요. 그럼 안전할 거예요."

나는 스칼릿의 태도에 눈살을 찌푸렸다. 상황을 나서서 정리하려 하는 건 좋지만, 선생님한테 이래라저래라 지시를 내리는 건 좀 아닌 듯했다.

"스칼릿. 선생님께 그렇게……."

"아이비, 지금은 예의범절을 따질 때가 아니야! 이건 정말 중요한 일이라고. 선생님, 그래 주실 수 있죠?"

존스 선생님이 눈물을 줄줄 흘리며 고개를 끄덕이자 스칼릿이 단호한 태도로 말했다.

"좋아요. 저한테 계획이 있어요."

나는 어서 수업이 끝나고 계획을 실행할 때가 오기를 조바심내며 기다렸다. 그러나 불행히도 마지막 시간은 불랑제 선생님의 프랑스어 수업이었다. 그간 나이트 선생님이 스칼릿 때문에 스트레스를 많이 받았다지만, 오늘 불랑제 선생님이 스칼릿의 프랑스어 실력 때문에 괴로워한 데 비하면 아무것도 아니었다. 불랑제 선생님 표현에 따르면 스칼릿이 '프랑스어를 조롱했다'는데, 솔직히 선생님이 진짜 프랑스 사람이 맞긴 한지 의심스럽다는 점을 고려하면 그 말은 지나친 것 같았다. 가끔 선생님이 발음을 실수할 때 보면 아무래도 영국 웨일스 출신 같았다. 아무튼 스칼릿은 수업이 끝난 뒤 교실에 남아서 '왜 외국어 공부를 진지하게 해야 하는지' 반성문을 써야 했고, 나는 교실 밖에서 기다려야 했다.

창문 너머로 눈 덮인 안뜰과 저 멀리 지평선이 보였다. 멍하니 풍경을 바라보고 있자니 주변 세상에 대한 감각이 사라지고 사람들에 관한 생각이 머릿속을 헤엄쳐 다니기 시작했다.

'아리아드네, 바이올렛, 로즈, 엄마, 위스퍼스. 모두가 자유로워질 때까지 그 이름들을 마음에 품고 다닐 거야.'

생각에 너무 깊이 잠겨 있던 탓일까? 드디어 스칼릿이 교실에서 나왔을 때 나는 아무 말도 하지 못했다. 우리한테는 허비할 시간이 없는데 스칼릿이 그 귀한 시간을 낭비해 버렸다. 하지만 어쩌겠나. 이게 스칼릿인걸. 스칼릿은 고분고분하게 구는 게 불가능한 아이다. 그래서 나는 화가 나지 않았다. 우리 작전은 너무도 중요해서 화를 낼 겨를이 없었다. 스칼릿이 나오자마자 나는 부지런히 계단으로 걸음을 옮겼다. 스칼릿이 내 팔을 잡아당기며 물었다.

"아이비, 뭐 하는 거야?"

"갈 거야. 너랑 같이."

"안 돼. 잘못하면 큰일 날 수도 있어!"

"왜?"

스칼릿이 팔짱을 턱 낀 채 나를 똑바로 노려보며 물었다. 할 테면 해보라는 거다.

"난 이미 선생님한테 맞서 본 적이 있어. 그러다 어떻게 됐는지 너도 알잖아? 다 잊었어? 난 절대로 네가 이 일에 말려들게 둘 수 없어."

나는 신문 기사를 내동댕이치며 대꾸했다.

"그건 스칼릿 네가 '제대로' 안 해서 그렇지! 그때는 지원군이 없었잖아. 둘이 함께하면 훨씬 안전해."

"네가 그걸 어떻게 알아?"

스칼릿이 내 가슴팍을 세게 떠미는 바람에 나는 뒤로 휘청 물러섰다.

"아이비, 그러다가 그자가 널 가두면 어떻게 할래? 네 입을 다물게 하려고 널 죽이려 들면 어쩌려고?"

"우리 둘 다 없애지는 못할 거야. 지난번 사건에 대해 아빠가 알고 있잖아. 우리 둘 다 없어지면 바로 이상하게 여길 거야!"

스칼릿이 나를 가만히 바라보더니 나직이 물었다.

"아빠가 과연 그럴까?"

순간 말문이 턱 막혔다.

그리고 스칼릿이 보였다.

스칼릿을 두껍게 둘러싸고 있는 '매서움'이란 껍질이 벗겨져 나가면서 그 아래 숨겨져 있던 모든 것이 명확히 보였다. 두려움, 소심함, 외로움, 버림받았다는 마음의 상처까지. 나는 내 쌍둥이 언니를 완전히 잘못 생각하고 있었다.

스칼릿 말이 옳았다. 나는 잊고 있었다. 스칼릿이 어떤 일을 겪었는지 잊고 다시 내 쌍둥이 자매로, 변함없는 친구이자 눈엣가시로만 보고 있었다. 정신 병원에 갇혀 있을 때 스칼릿이 어떤 고통을 느꼈을지 나는 짐작도 가지 않았고, 생각해 보지도 않았다.

목이 메어 왔다.

"스칼릿, 미안해."

과거를 지울 수는 없다. 나는 그 사실을 배워야 했다. 그리고 곧 교장 선생님도 이를 배우게 될 거다.

스칼릿은 여전히 콧김을 뿜으며 물러설 기미를 보이지 않았다. 나는 어떻게든 스칼릿을 설득해야 했다. 우리한테 기회는 이번 한 번뿐이니까.

"스칼릿, 약속할게. 내가 널 지켜 줄 거야. 그러니까 너도 날 지켜 줘. 핀치 선생님한테 계획을 말씀드리자. 만약 일이 잘못되면 선생님이 알아차릴 거야."

이제 스칼릿의 흥분이 가라앉은 듯했다. 그러나 스칼릿은 이내 고개를 절레절레 흔들며 중얼거렸다.

"내가 과연 이걸 해낼 수 있을지 모르겠어."

나는 스칼릿의 팔을 꽉 붙잡았다.

"스칼릿, 이 일을 할 수 있는 사람은 너뿐이야. 꼭 해야 해. 아리아드네를 위해서, 바이올렛과 로즈를 위해서, 우리 엄마를 위해서, 그리고……."

스칼릿은 계속 고개를 가로저을 뿐이었다. 그 순간, 나는 여전히 스칼릿을 제대로 이해하지 못했다는 걸 깨달았다.

"아니야. 방금 내가 한 말은 다 잊어버려."

단호한 말에 스칼릿이 눈길을 들어 나를 똑바로 바라보았다.

"스칼릿, 너 자신을 위해서 해."

스칼릿

아이비의 말이 옳았다. 얼굴도 모르는 유령을 위해, 엄마를 기념하기 위해, 새 친구를 위해, 내가 그토록 미워하는 여자애를 위해 이 일을 할 용기를 내기는 어려울 것 같았다.

하지만 나를 위해서라면? 내 자존심을 위해서, 내 아픔을 위해서라면?

나보다 앞서 고통받은 수많은 아이들처럼 나도 고통받았다. 이제 누군가가 그 대가를 치를 때가 되었다.

그만 생각하자. 나는 나를 갉아먹는 두려움을 마음속 상자에 넣고 뚜껑을 닫아 버렸다. 그러고는 크게 심호흡을 했다.

"핀치 선생님을 찾아가자."

무용실에 도착하자 수업을 마친 1학년 학생들이 밖으로 몰려나왔다. 핀치 선생님은 지쳤는지 피아노 의자에 쪼그리고 앉아 무릎에 얼굴을 묻고 있었다. 하지만 우리가 다가가서 할 이야기가 있다고 말하자 곧바로 귀를 기울여 주었다.

핀치 선생님은 두려워하는 것 같았다. 자신이 로즈의 정체를 밝히겠다고 해서 상황을 어느 정도 무마하긴 했지만, 오래 버티기는 힘들 거라고 했다. 또한 핀치 선생님은 우리한테 교장 선생님한테서 최대한 떨어져 조용히 지내며 말썽을 일으키지 말라고 당부했다.

주변에 우리 말고는 아무도 없다는 걸 확인한 뒤, 나는 핀치 선생님한테 그동안 우리가 밝혀 낸 정보와, 존스 선생님이 오래전 익사 사건의 목격자라는 사실을 알려 주었다. 존스 선생님에게 부탁한 임무도 전했다. 핀치 선생님은 위험한 상황에 뛰어들려는 걸 반기지 않았지만, 우리가 알아낸 사실에 경악하며 무엇이든 돕겠다고 약속했다.

자, 이제 보험까지 마련되었다. 우리는 모든 준비를 마쳤다. 부디 교장 선생님이 우리를 맞이할 준비가 전혀 되어 있지 않기를 바랄 뿐!

똑똑.

나는 배를 감싸 안으며 토할 것 같은 충동을 참았다. 문을 두드린 이상 이제 되돌아갈 방법은 없었다. '교장실'이라는 글자가 평소보다 더 위협적으로 느껴졌다.

기다려도 아무런 대답이 들리지 않았다. 나는 아이비를 흘긋 쳐다보았다. 아이비는 덤덤한 얼굴이었지만, 나는 아이비가 애써 두려움을 감추고 있다는 걸 알았다.

'아무렇지 않은 척해야 해. 속마음을 들키면 안 돼.'

똑똑.

심장이 미친 듯이 쿵쾅쿵쾅 울렸다.

'교장은 언제든지 우리를 매질할 수 있어.'

마음속에서 희미한 목소리가 속삭였다. 그 목소리한테 닥치라고 경고하려는데…… 교장실 문이 열렸다. 바살러뮤 교장 선생님이 한껏 얼굴을 찌푸린 채 모습을 드러냈다.

"선생님의 특별 지시가 있지 않은 한, 학생들은 함부로 교장실을 방문할 수 없다."

교장 선생님은 사람을 상대로 말을 하는 게 아니라 규정집을 읽는 것 같았다. 이어서 위반 사항에 따른 벌이 줄줄 나오겠다고 생각하는데, 아이비가 불쑥 말을 꺼냈다.

"교장 선생님, 꼭 드릴 말씀이 있어요. 그런데 안에서 조용히 말씀드리는 게 나을 것 같아요."

"나한테 감히 이래라저래라 하는 거냐? 무슨 배짱이지?"

교장 선생님의 주름진 얼굴에 분노의 빛이 이글거렸다. 그러자 아이비도 인상을 팍 찌푸렸다. 욱하는 반항심이 두려움을 조금 앞지르는 모양이었다.

"1914년 2월 26일의 일이에요."

아이비가 나직하게 말하자 교장 선생님의 얼굴이 하얗게 질렸다. 죽은 소녀가 눈앞에 나타나기라도 한 반응이었다. 교장

313

선생님은 한 걸음 뒤로 물러서서 우리한테 길을 터 주었다. 우리는 파이프 담배 냄새가 진하게 밴 크고 어두침침한 공간으로 들어섰다. 뒤에서 문이 쿵 하고 닫혔다.

"너희는 여기 올······."

교장 선생님은 말을 하다 말고 심한 기침을 터트렸다. 나는 그 틈에 거침없이 말을 꺼냈다.

"우리는 협상을 하러 왔어요."

내 마음 상태보다 더 당당한 목소리가 나와서 다행이었다.

"너희 따위가 뭘 협상한다는 거냐?"

교장 선생님은 우리를 밀치더니 장작이 활활 타는 벽난로 쪽으로 갔다. 나는 부지깽이를 더듬더듬 찾는 교장 선생님의 뒷모습에 대고 대답했다.

"우리가 알고 있는 사실에 대해서요. 방금 아이비가 말한 날짜를 들으셨죠? 우리는 그날 교장 선생님께서 어떤 행동을 했는지 알고 있어요. 그런 일을 벌이고도 빠져나갈 수 있을 거라고 생각하셨나요?"

교장 선생님이 뒤로 휙 돌아섰다. 주름 가득한 얼굴이 험악하게 일그러져 있었다. 교장 선생님은 벌겋게 단 부지깽이 끝을 우리 쪽으로 겨누며 물었다.

"말해 보렴. 너희가 뭘 알고 있는데 그러지?"

있는 사실 그대로 말할 작정이었는데, 갑자기 내 속에서 뭔가 딸깍하고 스위치가 켜지는 것 같았다. 마음속에 가득한 분노가 밖으로 뛰쳐나갈 기회를 노리고 있었다. 나는 교장 선생님한테서 우리가 원하는 반응을 끌어낼 방법을 깨달았다.

나는 무표정한 얼굴로 교장 선생님 왼쪽 허공에 시선을 고정한 채 섬뜩하고 기괴한 목소리로 속삭였다.

"교장 선생님이 그랬잖아요. 교장 선생님이 날 밖으로 내보냈어요. 호수로 말이에요. 다 날 위해서라고 하셨죠. 너무 춥고 어두웠어요. 저는 무서웠어요. 그러고 싶지 않았어요."

그러자 교장 선생님이 도리질하며 주춤주춤 뒤로 물러섰다.

"헉! 뭐야! 설마……."

"잘못에 대한 벌이라고 했지만, 사실은 그 이상이었죠. 당신은 사람들을 마음대로 통제하고 싶어 했어요. 당신은 그만하라고 하지 않았어요. 난 더는 버틸 수가 없었어요. 물살이 자꾸 나를 끌어 내렸어요. 당신이 날 끌어 내린 거예요."

"안 돼! 그만!"

교장 선생님이 고함을 지르며 내 쪽으로 부지깽이를 휘둘렀다. 다음 순간, 아이비가 내 앞을 가로막더니 맨손으로 부지깽이를 잡았다. 살갗이 타들어 가는 끔찍한 소리가 들렸다. 아이비는 곧장 부지깽이를 잡아채서 바닥에 내동댕이쳤다.

교장 선생님이 털썩 주저앉더니 온몸을 들썩이며 기침했다. 폐를 긁어내는 듯한 소리가 지금까지 들어 본 기침 소리 중에서도 가장 끔찍했다. 저러다가 내장이 튀어나오는 게 아닐까 싶었다. 교장 선생님이 손으로 가슴을 움켜쥐었다. 우리는 얼어붙은 듯이 서서 그 모습을 지켜보았다. 그자는 컥컥거리며 어떻게든 숨을 쉬려고 버둥거렸다.

아이비가 나직이 말했다.

"그게 바로 당신이 그 아이에게 한 짓이에요."

이내 발작적인 기침이 잦아들었다. 교장 선생님은 카펫에 "카악!" 하고 가래침을 뱉더니 재킷 소매로 입가를 문질러 닦았다. 그러고는 천천히 일어나서 책상에 기대어 선 채 숨을 헐떡이며 물었다.

"뭘, 원하는, 거냐?"

"우리는 정의를 원해요. 그동안 당신이 이 학교에서 저지른 범죄에 대한 대가를 치르기를 바라요. 위스퍼스가 시작한 일을 우리가 마무리할 수 있기를, 벽 속의 속삭임이 세상에 크게 울려 퍼지길 바라요!"

이어서 아이비가 나섰다.

"또한 아리아드네 플리트워스가 돌아오기를 원해요. 우린 도서관에 불을 지른 범인이 당신이라는 걸 알고 있어요! 신문 자료실을 없애 버리려는 속셈이었겠죠. 존스 선생님한테 익사 사건이 발생한 날의 신문 기사를 찾아 달라고 부탁했을 때, 당신이 도서관 안을 돌아다니는 소리를 들었어요. 그때 우리가 진실에 바싹 다가갔다는 걸 눈치챈 거죠? 우리는 당신이 한 짓의 증거를 경찰에 고스란히 가져갈 거예요!"

교장 선생님은 분을 참지 못해 얼굴이 허옇게 질렸다. 빨개진 눈에 눈물까지 고였다.

"증거 따위는 없어. 그 아이는 너희처럼 무례하고 행동거지가 막돼먹기 짝이 없었지. 제대로 훈계를 해야 했어. 나머지 아이들도 마찬가지고. 마음 깊이 새겨서 절대 잊을 수 없는 가르침을 내려야 했다고."

교장 선생님의 온몸에서 분노가 뿜어져 나왔다. 나는 목소리를 높이며 쏘아붙였다.

"그럼 인정하는 건가요? 당신이 그 학생을 죽였다는 걸요?"

마침내 숨이 정상으로 돌아온 교장 선생님이 고래고래 소리를 질러 댔다.

"그래, 내가 죽였다! 기회가 오는 대로 너희 둘도 기꺼이 죽여 주마!"

나는 아무 말 없이 뒤돌아서서 교장실 문을 확 열어젖혔다. 곧이어 경찰이 안으로 들이닥쳤다. 그 순간 교장 선생님의 표정이 내게는 최고로 귀한 선물 같았다.

아이비

어떻게 그렇게 절묘하게 경찰이 나타났냐고? 우리 부탁을 받은 존스 선생님이 마을 경찰서에 전화해 상황을 설명해 준 덕분이었다. 경찰은 학교로 즉시 출동했고, 우리가 바라던 대로 교장 선생님의 자백을 들었다.

우리는 교장실 한쪽에서 경찰이 교장 선생님한테 수갑을 채워 데리고 나가는 모습을 지켜보았다. 두 눈이 퀭해진 걸 보니 교장 선생님은 드디어 패배를 받아들인 것 같았다. 스칼릿은 지금까지 본 것 중에서 가장 매섭고 도전적인 눈빛으로 교장 선생님을 쏘아보았다.

잠시 후 우리도 복도로 나갔다. 존스 선생님과 핀치 선생님이 잔뜩 걱정 어린 얼굴을 하며 나란히 서 있었다. 나는 핀치 선생님에게 다가서서 말했다.

"바이올렛과 로즈한테 이제 안전하다고 알려 줘야죠!"

핀치 선생님이 고개를 끄덕였다.

"같이 가자꾸나. 애들이 있는 곳에 데려다줄게."

우리는 핀치 선생님을 따라 계단을 올라갔다. 계단 중간에 아이들이 모여서 웅성대고 있었다. 조지핀과 에설은 미심쩍은 눈으로 우리를 노려보았다. 둘 다 한때 바이올렛이 이끄는 무리의 시녀들이었는데, 지금은 바이올렛에게 조금이라도 관심이 있긴 할까?

다리가 아픈 핀치 선생님은 난간을 붙잡으며 힘겹게 계단을 올랐다. 드디어 2층에 도착하자 핀치 선생님은 가쁜 숨을 내쉬며 말했다.

"애들아, 먼저 가서 둘을 만나 보렴. 난 여기서 잠시 쉬었다 갈게. 필요하면 데리러 와."

나는 더는 참을 수 없어서 스칼릿에게 말했다.

"스칼릿, 나 손이······."

핀치 선생님이 벽에 기대서며 말했다.

"찬물로 상처를 식혀야 해."

다행히 화장실이 가까이에 있었다. 나는 얼른 화장실로 달려가서 수도꼭지를 틀었다. 처음에는 칙칙 소리만 나고 물이 안 나오더니, 이내 콸콸 쏟아지기 시작했다. 나는 얼른 수도꼭지 밑에 손을 갖다 댔다. 다행히 상처가 깊지 않았고 화끈거리는 통증도 점차 가라앉았다. 화장실 안에 있던 아이가 이상하다는 눈빛으로 내 쪽을 힐끗거렸다.

"손에 차를 쏟았어."

둘러대고 보니 미지근한 차나 겨우 마실 수 있는 룩우드 기숙 학교에서 과연 '뜨거운' 차를 구할 수 있을지 의문이었다. 아이는 내 변명을 받아들였는지 별말 없이 자리를 떴다.

쓰라린 느낌이 어느 정도 가라앉자 나는 서둘러 밖으로 나갔다. 스칼릿이 계단 옆에서 나를 기다리고 있었다.

"아이비, 어서 가자."

스칼릿은 걸음을 떼려다 말고 그 자리에 서서 얼굴을 일그러뜨리며 한마디 했다.

"참 나, 어쩌다가 마녀까지 구해 줘야 한담."

꼭대기 층에는 사실상 아무것도 없었다. 우리가 목청 높여 바이올렛을 부르는 소리만 복도에 메아리쳤다. 둘을 찾아 한쪽 복도 끝에 다다랐을 때 마침내 대답 소리가 들렸다.

"우리 여기 있어!"

빗장이 걸린 문 너머에서 바이올렛의 목소리가 들려왔다. 스칼릿과 나는 서둘러 문을 열었다. 바이올렛이 훌쩍훌쩍 울면서 물었다.

"핀치 선생님이 보냈어? 우리를 어떻게 찾았어?"

나는 대답 대신 중요한 소식부터 전했다.

"교장 선생님이 체포되었어. 너희는 이제 자유야."

바이올렛이 놀라서 자리에서 벌떡 일어섰다.

"정말? 확실해? 설마 장난치는 거 아니지?"

바이올렛은 잔뜩 지쳐 보였다. 얼굴에는 눈 그늘이 짙게 드리웠고, 여전히 화재가 있던 날 밤에 입었던 재투성이 옷을 입고 있었다. 바이올렛이 못 믿겠다는 듯 계속 되묻자 나는 고개를 세차게 가로저었다.

"장난치는 거 아냐."

아무래도 스칼릿이 싫은 소리를 하고 말 것 같아서 나는 얼른 말을 덧붙였다.

"로즈는 안전해. 당분간은."

의자에 앉아 몸을 앞뒤로 흔들던 로즈가 고개를 들어 '저요?' 하는 표정으로 나를 올려다보았다. 내가 안심하라는 뜻으로 고개를 끄덕이자 로즈는 다시 바이올렛을 쳐다보았다. 바이올렛이 그런 로즈를 보며 빙그레 웃었다. 바이올렛이 행복해하는 모습을 보는 건 정말 처음이었다.

그러나 이내 바이올렛의 눈동자에 혼란스러운 빛이 어렸다.

"그럼 불은 누가 지른 거야?"

"그것도 교장 선생님이야. 물론 그것까지 정확히 자백한 건 아니지만."

바이올렛은 나를 미친 사람 보듯 쳐다보았다.

"교장 선생님이 왜 자기 학교에 불을 질러?"

"이야기하자면 길어."

사연이 너무 길어서 지금 할 수 있는 말은 그것뿐이었다. 바이올렛이 우리를 바라보며 물었다.

"이제 어떻게 하지?"

바이올렛은 길을 잃은 어린아이처럼 보였다. 그러자 로즈가 바이올렛의 손을 살포시 잡았다. 스칼릿이 대답했다.

"뭐, 이제 넌 기숙사 방을 혼자 쓸 수 있게 됐지."

바이올렛은 아무런 반응을 보이지 않았다. 스칼릿이 계속 말했다.

"그러니 로즈도 그 방에서 지내면 될 거야. 교장 선생님이 사라졌으니 다른 선생님들이 교장 선생님 뜻에 휘둘릴 일도 없을 거고."

"다 잘 해결될 거야."

나는 바이올렛과 로즈를 안심시키려고 자신 있게 말했다.

로즈가 천천히 자리에서 일어섰다. 로즈는 여전히 페니의 옷을 입고 있었는데, 그을음이 묻고 해져서 거의 넝마나 다름없었다. 로즈가 우리 쪽으로 자박자박 걸어오더니 우리 눈을 차례로 바라보며 입을 열었다.

"언니들, 고마워."

우리는 다 함께 바이올렛의 방으로 향했다. 로즈는 바닥이 꺼질까 두려운 듯 머뭇거리다가 조심스럽게 방 안에 발을 들였다. 그사이 핀치 선생님이 방문 앞으로 와서 로즈를 지켜보았다. 바이올렛은 핀치 선생님을 발견하곤 애타게 물었다.

"선생님, 로즈가 정말 여기서 지내도 돼요? 로즈의 가족이 다시 로즈를 병원에 가두는 일은 없었으면 좋겠어요."

"아마도 그럴 것 같아."

핀치 선생님의 대답을 듣더니 로즈가 생글생글 웃었다.

"더 적당한 곳을 찾을 때까지 여기 있어야겠지. 적어도 지하실보다는 나으니까. 그런데 수업을 들을 수 있을지는 모르겠어. 어쩌면 로즈가 마구간 일을 도울 수 있을 것도 같다만."

마구간이라는 말에 로즈의 얼굴에 함박웃음이 걸렸다. 그러더니 로즈가 갑자기 카디건 주머니에서 책 한 권을 꺼냈다.

표지에 조랑말이 그려져 있었다.

스칼릿

나는 그날 저녁 식사를 기분 좋게 즐겼다. 메뉴는 구운 돼지고기였다. 정확히 말하자면 룩우드 기숙 학교 요리답게 '구운 돼지고기이고 싶었던 무언가'였지만, 이렇게 멀쩡하게 살아서 식사를 할 수 있다는 게 어디냐고.

로즈도 식당에 와서 저녁 식사를 했다. 선생님들 대부분은 로즈가 왜 여기 있는지 어리둥절한 눈치였지만, 그래도 로즈가 바이올렛과 함께 앉을 수 있도록 에버그린 기숙사 식탁에 자리를 마련해 주었다. 로즈는 몇 주 동안 제대로 먹지 못한 터라 모든 음식을 싹싹 비웠다.

나는 눈길을 돌리다가 나이트 선생님이 물리학 담당인 댄버 선생님과 이야기를 나누는 모습을 발견했다. 두 분은 얼굴이 하얗게 질린 채 빠르고 나직하게 이야기를 주고받았다. 아마도 나이트 선생님이 교장 선생님 소식을 전하는 것 같았다. 교장 선생님의 행방에 대해 언제쯤 공식 발표가 있을지 궁금하지만, 나는 일단은 이 자랑스러운 비밀을 혼자 간직할 작정이었다.

내 옆에 앉은 아이비도 식사를 (어느 정도는) 즐기고 있었다. 우리 둘 다 옆의 빈자리를 못 본 척하려고 갖은 애를 썼다.

그러나 오늘도 변함없이 페니가 우리 삶을 피곤하게 했다.

"너희 꽁무니만 따라다니던 꼬마가 쫓겨났더라?"

페니는 비웃는 얼굴로 비아냥거리며 쟁반을 내려놓았다.

"너희 둘도 쫓겨났어야 하는데. 바이올렛도 마찬가지고."

페니의 성깔머리까지 받아 주기에는 너무 힘든 하루를 보낸 뒤였다. 페니를 향해 포크를 치켜들고 소리를 지르려는데 아이비가 지친 목소리로 대꾸했다.

"야, 페니. 너 말이야, 바이올렛이랑 이야기 나누려고 노력은 해 봤어? 그 애가 어떤 일을 겪었는지 한 번이라도 물어보기는 했냐고?"

페니는 무표정한 채로 아무 반응이 없었다. 아이비의 말에 대꾸할지 말지 고민하는 듯했다. 아이비가 말을 이었다.

"이게 다 네가, 바이올렛이 널 배신하고 친구 노릇을 그만뒀다고 생각하는 바람에 벌어진 일이잖아. 너야말로 바이올렛한테 좋은 친구가 되어 주지 못했다는 생각은 안 해 봤어?"

"내가 뭘?"

페니가 발끈했지만, 아이비는 전혀 신경 쓰지 않고 싸늘하게 쏘아붙였다.

"페니, 제발 정신 차려. 네가 투정 부리는 바람에 바이올렛은 하마터면 죽을 뻔했어. 너 때문에 우리 모두 교장 선생님한테 크게 당할 뻔했거든. 이게 다 네 질투심 때문이라고!"

페니는 아무 말도 하지 못했다. 나는 입을 떡 벌리고 아이비를 말똥말똥 쳐다보았다. 요즘 들어 이 아이가 정말 내 쌍둥이 동생이 맞나 하는 생각이 자주 들었다. 페니한테 또박또박 따지고 들다니, 도대체 어디서 저런 용기가 난 걸까? 나서서 말하는 건 늘 내 역할이었는데.

이제 식당 안의 모두가 말을 멈추고 아이비를 쳐다보고 있었다. 뭔가 대단한 일이 벌어진다는 걸 알아차린 모양이었다. 페니는 아무 대꾸도 하지 못하고 끙끙거렸다. 다들 이내 다시 수다를 떨 거라고 생각했는데, 갑자기 나디아가 우리 쪽으로 고개를 들이밀더니 페니에게 따끔하게 쏘아붙였다.

"아이비 말이 맞아. 페니, 이제 그만 좀 해. 너랑 바이올렛이랑 티격태격하는 거 정말 지긋지긋하거든. 네가 그렇게 모든 일에 짜증을 내니까 다들 너무 지친다고!"

곳곳에서 동의하는 소리가 들렸다. 페니는 얼굴이 벌게져서 자리에서 벌떡 일어섰다. 설마 또 고래고래 소리 지르려고?

다음 순간, 예상 밖의 일이 벌어졌다. 페니가 식당을 가로질러, 떠들썩한 아이들 사이를 지나 바이올렛이 앉은 자리로 곧장 걸어갔다.

멀어서 페니의 말소리는 들리지 않았다. 리치몬드 기숙사 자

326

리의 모두가 숨죽인 채 상황을 지켜보았다. 이윽고 바이올렛이 손을 내밀더니 페니의 손을 마주 잡고 악수했다.

마침내 휴전이 이루어졌다.

그날 밤은 그나마 곤히 잘 수 있었다. 악몽이 다시 찾아올까 봐 두려웠는데 무서운 꿈도 꾸지 않았다. 잠에서 깨어나면서 이게 혹시 유령이 보내는 고맙다는 메시지는 아닐까 하는 생각 이 몽롱하게 들었다.

이내 나는 머리를 세차게 흔들며 정신을 가다듬었다. 칙칙한 곳에서 너무 오래 지내다 보니 이런 터무니없는 생각도 드는 거겠지.

전교생 모임이 끝나면 학생들에게 온 우편물을 나눠 주는데, 놀랍게도 아이비와 내 이름을 부르는 소리가 들렸다. 나는 나 가서 편지를 받고 강당을 나서자마자 바로 봉투를 열었다. 누 가 보냈을까? 아이비도 궁금한지 내 곁에 바싹 다가섰다.

갈색 봉투를 열자 너무도 잘 아는 글씨체가 눈에 들어왔다. 피비 고모가 보낸 편지였다.

사랑하는 스칼릿과 아이비에게

너희가 너무나 보고 싶구나. 아무래도 내가 너희 새엄마 생각을 좀 성급 하게 받아들인 것 같아. 부디 너희가 버림받았다고 느끼지 않으면 좋겠어. 너희 부모님께 크리스마스 연휴 동안 너희가 나랑 지내도 될지 물어볼 작정이야. 동의해 줄지 모르겠지만 일단 시도해 볼게.

참, 아이비. 혹시 내가 삽을 어디에 뒀는지 아니? 도무지 못 찾겠구나.

피비 고모 씀

나는 싱글싱글 웃으며 아이비를 바라보았다. 나랑 똑같이 생긴 얼굴이 역시 활짝 웃으며 나를 마주 보고 있었다. 오늘은 첫교시부터 라틴어 수업이 두 시간 연속으로 있었지만, (으윽!) 교실로 향하는 발걸음은 가볍기만 했다. 아이비는 답장을 쓰려고 벌써 만년필을 꺼내며 중얼거렸다.

"사랑하는 피비 고모, 삽은 헛간에 있어요. 항상 거기에 두잖아요."

수업이 시작되자 아리아드네의 빈자리가 실감났다. 아리아드네가 곁에 없으니 세상이 너무 잠잠했다. 아이비 쪽을 흘끗 쳐다보니 공책에 라틴어 문법을 열심히 받아쓰면서 슬쩍 눈물을 훔치고 있었다. 아리아드네가 몹시 그리운 모양이었다.

쉬는 시간에 나는 복도에서 바삐 걸어가는 나이트 선생님을 발견하고 후다닥 다가갔다. 선생님과 보조를 맞추려니 거의 달리다시피 해야 했다.

"나이트 선생님, 교장 선생님이 체포되었으니 이제 아리아드네가 학교로 돌아와도 되지 않을까요?"

나이트 선생님이 우뚝 멈춰서 서글프게 웃으며 대답했다.

"안됐지만 힘들 것 같구나. 아리아드네의 부모님께 전화를 드렸는데, 딸을 돌려보내고 싶지 않다고 답하셨어."

"왜요?"

나이트 선생님의 눈가에 주름이 잡혔다. 나한테 알려 줄지 말지 고민하는 것 같았다.

"딸이 화재를 일으켰다는 누명을 쓴 것을 매우 불쾌해하셔. 그리고 이 학교가…… 딸에게 맞지 않다고 여기신단다."

나이트 선생님은 여기까지 하자는 듯 고개를 까딱이더니 총총히 걸음을 뗐다.

"선생님!"

나이트 선생님이 멈춰 서더니 고개를 돌렸다.

"스칼릿, 이번엔 또 뭐니? 난 지금 바쁘단다."

"아리아드네는 여기 있어야 해요. 저보다 훨씬 더 여기 있을 자격이 있는 애예요. 걔는 뭐든 다 잘하잖아요."

나이트 선생님이 한숨을 푹 쉬었다. 맹세하는데, 그 순간 나이트 선생님의 눈빛은 슬픔 그 자체였다.

"그래. 하지만 내가 아니라 아리아드네의 부모님이 그 사실을 받아들이셔야 하는 게 문제야."

나이트 선생님이 자리를 뜨자 나는 고민에 빠졌다. 휴, 아이비한테 이 이야기를 어떻게 전하지…….

"가자."

마지막 수업 종료 종이 울리자마자 나는 아이비의 팔을 잡아 끌었다. 내내 표정이 어둡던 아이비가 인상을 찌푸렸다.

"어디를 가자는 거야?"

아리아드네 부모님이 했다는 말을 전해 주자 예상대로 아이비는 마음에 들어 하지 않았다.

"그러니까 아리아드네가 했을 일을 우리가 하자고. 사건 수사 말이야."

나는 아이비를 끌고 기숙사 방으로 가서 최대한 옷을 따뜻하게 껴입으라고 했다. 아이비는 쉴 새 없이 투덜거렸다.

"왜? 도대체 뭘 찾는 건데?"

나는 대답해 주지 않았다. 아직은 때가 아니었다.

학교 건물 밖으로 나가니 며칠 전에 내린 눈이 일부 녹아서 지저분한 갈색으로 변해 있었다. 눈밭 곳곳에 발자국이 어지러이 찍혀 있었고, 군데군데 질척한 땅이 드러나 보였다. 나는 서둘러 호수를 향해 출발했다. 아이비가 뒤따라오며 외쳤다.

"스칼릿, 뭐 하는 거야? 뭘 찾는 건지 말해 줘!"

"예감이 좋아!"

난 그렇게만 대답했다. 우리는 하얀 입김을 내뿜으며 서리 낀 오솔길을 따라 부지런히 걸음을 옮겼다. 아이비는 계속 어이없다는 듯이 콧방귀를 뀌어 댔고, 난 그런 아이비의 반응이 재미있어서 웃음이 났다. 결국 난 걸음을 멈추고 눈을 한 움큼

퍼서 아이비의 얼굴에 냅다 던졌다.

"악! 뭐야!"

아이비가 짜증을 내며 비명을 질렀고, 나는 깔깔 웃으며 다시 걸음을 뗐다. 잠시 후 눈덩이가 내 뒤통수를 때렸다. 놀라서 뒤돌아보니 아이비가 의기양양하게 웃고 있었다.

이윽고 우리는 숲을 빠져나와 드디어 호수에 도착했다.

"자, 이제부터 찾기 시작할 건데, 문제는 어디부터 찾아야 하는지 모른다는 거야."

내 말에 아이비가 뽀로통하게 대꾸했다.

"어디서부터 찾아야 하는지를 모른다고? 난 우리가 뭘 찾는지도 모르는걸."

"너도 보면 딱 '이거다.' 하고 알 거야."

나는 아이비와 함께 호숫가를 걸으며 덤불 아래를 살펴보았다. 분명히 이 근처에 있을 텐데…… 내가 잘못 생각한 걸까?

호숫가 바위 위에 올라서자 얼어붙은 수면에 내 모습이 비쳤다. 확실히 제정신이 아닌 사람처럼 보였다. 하긴, 이 추운 날씨에 이곳에 있을지 없을지도 모르는 것을 찾아서 호숫가를 헤매는 걸 보면 정말 제정신이 아닐지도 모르겠다.

하지만 정신이 번쩍 들 정도의 추위 속에 있으니 진실이 보였다. 나는 미친 것도, 정신 이상도 아니다. 나는 내가 지금 무엇을 하는지 정확히 알고 있다. 무엇이 사실이고 무엇이 허상인지 명확히 구분하고 있다.

깨달음을 얻고서 바위에서 내려오기 위해 하얗게 서리 낀 덤불에 발을 디딘 순간, 발끝에 뭔가 단단한 것이 닿았다. 나는 잔가지를 발로 쳐 내곤 무릎 꿇고 앉아 땅 위를 자세를 살폈다.

추모비

"아이비! 여기야! 찾았어!"

신문 기사에 죽은 소녀를 기리기 위해 추모비가 세워질 것이라고 나와 있었다. 그리고 여기, 바로 내 눈앞에, 세월에 긁히고 닳은 황동판이 잔가지와 낙엽에 뒤덮인 채 존재했다.

아이비가 덤불을 헤치고 내 곁으로 왔다. 그리고 나직이 탄식을 터뜨렸다.

"아, 이걸 찾고 있었구나."

내 목표는 이게 끝이 아니었다. 추모비라면 이름이 있어야할 테지. 나는 장갑 낀 손으로 추모비가 온전히 드러날 때까지 흙 부스러기를 쓸어 냈다. 다음 순간, 나는 그 자리에 얼어붙었다. 숨이 멎을 것만 같았다.

에멀린 아델

아이비

"맙소사."

입이 절로 떡 벌어졌다. 내가 할 수 있는 말은 그게 전부였다.

"맙소사. 이건 말이 안 돼."

스칼릿이 자리에서 일어서더니 주춤주춤 뒤로 물러섰다.

"나, 난 이해가 안 돼."

우리 엄마.

위스퍼스의 멤버였던 우리 엄마.

우리가 태어난 지 얼마 지나지 않아 세상을 떠난 우리 엄마.

교장 선생님 때문에 호수에서 익사하고 만 우리 엄마…….

이건 불가능해. 어떻게 사람이 두 번 죽어?

갑자기 머릿속이 텅 비었다. 나는 어떻게든 이 상황을 납득하려 애썼다.

"동명이인이겠지."

내가 생각할 수 있는 건 그 정도뿐이었다. 스칼릿이 추모비 아래쪽을 가리켰다.

1899. 1. 5 - 1914. 2. 26
절대로 잊지 않을게

엄마 생일이 맞았다.

다리에 힘이 풀렸다. 나는 차가운 바위에 털썩 주저앉아 한 손에 턱을 괴고 스칼릿을 멍하니 쳐다보았다. 한참 뒤 스칼릿이 입을 열었다.

"누군가 장난친 거야. 우리를 골리려고."

하지만 자신 없는 말투였다. 이 학교에 우리 엄마 이름을, 그 것도 결혼하기 전 성까지 아는 사람은 아무도 없다는 걸 둘 다 알고 있었다. 게다가 이 추모비는 세월에 닳은 흔적으로 보아 최소한 20년 전에 만들어진 것 같았다.

나는 어지러운 마음을 가라앉히려고 머리를 세차게 흔들며 얼어붙은 호수로 눈길을 돌렸다. 잠시 후 어느 정도 생각을 정 리해 스칼릿에게 말했다.

"가능성은 두 가지야. 엄마가 죽은 것처럼 사건을 조작했거 나, 다른 사람이 에멀린 아델의 가면을 쓰고 살았거나."

스칼릿은 단단히 충격을 받은 듯했다. 지금 내 얼굴도 똑같 은 표정이겠지. 그런데 굳어 있던 스칼릿의 표정이 스르르 풀리더니 난데없이 푸핫 하고 웃음을 터뜨렸다. 나는 짜증이 팍 치밀었다.

"뭐야? 왜 웃는 건데?"

"우리가 누굴 닮았는지 너무 분명히 보이잖아."

나는 따라서 웃지 않으려고 갖은 애를 썼다.

"스칼릿, 이건 심각한 일이야."

스칼릿은 팔을 휘둘러 가며 더 크게 웃었다. 놀란 까마귀들이 깍깍거리며 근처 나무에서 푸드덕 날아올랐다.

"아이비, 모르겠어? 엄마도 우리 같았던 거야. 정확히 무슨 일이 있었는지는 모르지만…… 어쩌면 교장 선생님 손아귀에서 도망치려고 죽은 척했는지도 모르지. 아니면 진짜 에멀린과 신분을 바꿨을 수도 있고. 어쨌든 엄마는 기가 막히게 영리했고, 우리만큼이나 별난 삶을 살았던 거야!"

엄마의 모습을 오래된 사진 한 장으로만 봐서 나로서는 엄마의 어린 시절을 상상하기가 쉽지 않았다. 하지만 그 어느 때보다 엄마에 대해 알고 싶은 마음이 끓어올랐다. '진짜' 엄마는 어떤 사람일까? 어떤 삶을 살았을까? 무엇 때문에 이런 일을 벌였을까? 그리고 그보다 더 중요한 질문은…….

"스칼릿, 아빠는 이 사실을 알았을까?"

"아빠처럼 꽉 막히고 답답한 사람이? 난 몰랐을 거라고 봐. 엄마가 이 학교에 다녔다는 말을 한 적도 없잖아. 그걸 알고도 우리를 여기에 보냈겠어?"

"네 생각이 맞아야 할 텐데. 설마 교장 선생님이 어떤 사람인지 알면서도 보낸 건 아니겠지?"

우리 둘 다 한동안 아무 말도 하지 못했다. 아빠가 '알면서도' 그랬을 가능성이 전혀 없어 보이진 않았다. 그렇게 생각하면 너무 마음 아파서 나는 그 생각을 억지로 떨쳐 냈다.

"언젠가 아빠한테 물어볼 기회가 오겠지."

내 말에 스칼릿이 대뜸 대꾸했다.

"그래. 너는 물어봐. 나는 다음에 아빠를 만나면 내가 아빠를 어떻게 생각하는지 분명히 말해 줄 작정이야."

피식 웃음이 났다. 아주 대단한 구경거리가 탄생하겠네.

그날 밤 나는 침대에 누워서 유리창에 하얗게 성에꽃이 피는 걸 지켜보며 두 가지 다짐을 했다.

1. 반드시 아리아드네를 되찾자.

2. 엄마가 어떤 사람이었는지 꼭 알아내자.

그렇게 어려운 일은 아니겠지?

토요일 아침에도 계속 그 생각이 머릿속을 맴돌았다. 아침을 먹고 나서 스칼릿은 바로 기숙사 방으로 갔지만, 나는 존스 선생님이 잘 지내는지 확인하러 도서관으로 향했다.

그러나 가다가 중간에 걸음을 멈추었다. 폭스 선생님의 사무실 문이 열려 있었다. 이번에는 양복 입은 남자들의 모습이 보이지 않았다.

무슨 생각으로 그랬는지 모르지만, 나는 문턱을 넘어 사무실 안으로 들어섰다. 경찰들이 서류와 파일을 모조리 가져갔지만, 나머지 물건은 그대로였다. 나는 사무실 한가운데에 서서 주위를 둘러보았다. 액자 속 개 사진들이 나를 빤히 내려다보았다. 예나 지금이나 그 개들은 한결같이 침묵을 지켰다. 우울한 표정을 한 박제 개들도 전부 그대로였다.

하나만 빼고.

전에 이곳에서 페니와 함께 꼼짝없이 폭스 선생님의 체벌을 기다리는 동안, 나는 사무실 안의 물건 숫자를 세어 봤었다. 그때 박제 개는 모두 여덟 마리였는데 지금은 일곱 마리뿐이었다. 혹시 놓쳤나 싶어서 다시 찬찬히 세어 보았지만 역시 일곱 마리밖에 보이지 않았다.

퍼뜩 기억이 되살아났다.

'치와와!'

책상 위에 놓여 있던, 입에 펜을 문 치와와가 사라지고 없었다. 자세히 살펴보니 치와와 발이 있던 자리에 먼지로 된 윤곽선이 남아 있었다. 나는 놀라서 뒤로 휙 물러났다. 누군가가 치와와를 가져간 게 분명했다.

'책상을 뒤지느라 다른 곳에 치워 둔 건지도 모르지. 그래, 그럴 거야. 아무 의미 없어.'

나는 서둘러 사무실을 빠져나와 문을 닫았다. 그러고는 걸음아 날 살려라 하고 도망쳤다.

스칼릿

나는 거울을 가만히 바라보았다. 거울 속의 나도 나를 마주 바라보았다.

전에는 거울을 볼 때마다 아이비가 보였는데, 지금은 엄마의 모습이 얼마나 있을지 궁금했다. 머리카락? 눈? 어떤 부분이 엄마를 닮았을까?

한 가지는 분명히 엄마한테서 물려받았다고 확신할 수 있었다. 꺾이지 않는 마음과 반항심. 나는 자부심에 가득 차서 고개를 쳐들었다. 엄마가 어떤 사람이었든, 진짜 에멀린 아델이 누구였든, 엄마는 자신의 신념을 위해서 싸웠다.

그 순간 나는 결정했다.

하지만 나 자신을 완전히 설득하기까지는 시간이 한참 걸렸다. 생각만 해도 마음속 깊숙한 곳에서 두려움이 올라왔다. 나는 스스로를 다그쳤다.

'넌 스칼릿 그레이야. 겁을 모르는 아이라고.'

머릿속으로 생각하는 것과 그 생각을 행동으로 옮기는 건 전혀 다른 일이었다. 일기장 뒤쪽의 빈 페이지를 뜯어 메모를 남기는데 손이 바들바들 떨렸다.

옥상에 다녀올게. 금방 돌아올 거야.

나는 장갑을 끼고 외투를 챙겨 입고서 방을 나섰다.

계단을 오를 때는 안전하다는 사실을 충분히 재확인하며 한 번에 한 칸씩 천천히 움직였다. 최대한 마음을 차분하게 가지려고 해도 자꾸만 심장 박동이 빨라졌다. 아무리 괜찮다고 다독여도 몸은 내 말을 믿으려 하지 않았다. 계단 꼭대기가 가까워질수록 숨이 가빠졌다.

지붕으로 나가는 출입문 앞에 도착하자 나는 자리에 털썩 주저앉았다.

'할 수 있어. 나쁜 일은 일어나지 않아. 저 밖은 그냥 지붕 위일 뿐이야.'

나는 그 자리에 가만히 앉아 출입문 너머에서 소용돌이치는 하늘을 하염없이 올려다보았다. 시간에 대한 감각이 사라지고, 공포에 사로잡혀 꿈을 꾸듯 정신이 흐릿했다. 꼼짝도 못 할 것 같았다. 저곳은 내 모든 두려움의 근원이었다. 내 삶이, 모든 것이 틀어져 버린 자리였다.

시간이 얼마나 흘렀을까? 갑자기 계단을 쿵쾅거리며 누군가 올라오는 발소리가 들렸다. 나는 퍼뜩 정신을 차리고 자리에서 힘겹게 일어섰다.

"스칼릿!"

아이비가 숨을 헐떡이며 나를 불렀다. 표정이 예사롭지 않았다. 두려움에 짓눌린 것 같았다.

"아이비, 왜 그래? 무슨 일 생겼어?"

아이비가 걸음을 멈추곤 난간에 기대서 나를 한참 동안 올려다보았다.

"아니. 아무것도 아니야. 여기서 뭐 해?"

나는 지붕 출입문을 가리켰다. 마치 그걸로 모든 게 설명된다는 듯 말이다.

"하지만 눈이 내리는데……."

아이비는 말끝을 흐렸다. 내가 얼마나 단단히 결심하고 왔는지 알아차린 듯했다.

"아이비, 난 저기로 나가야 해. 더는 이렇게 두려워하면서 살 수 없어."

나는 아이비가 그게 뭐 어려운 일이냐고 되묻거나 내가 또 이상한 소리를 한다고 투덜대리라 생각했다. 그러나 아이비는 내가 전혀 생각하지 못한 대답을 내놓았다.

"해 보자. 우리 둘이 함께."

내가 정말이냐는 표정을 짓자 아이비가 고개를 끄덕였다. 아이비도 나만큼 각오가 단단히 선 것 같았다.

아이비가 문으로 다가서더니 잠기지 않은 채 걸려만 있는 자물쇠를 뺐냈다. 그러자 문이 위로 휙 열렸다. 아이비는 지붕 밖으로 나가서는 창문 안으로 몸을 숙이고 내게 손을 내밀었다.

나는 크게 심호흡을 했다. 혼자일 때는 몰라도 아이비 앞에서 두려움에 벌벌 떨고만 있을 수는 없었다.

나는 아이비의 손을 마주 잡았다. 그러고는 지붕 밖으로 나갔다. 현기증이 먼저 찾아왔다. 나는 비틀거리며 아래를 내려다보지 않으려고 애썼다. 약한 모습을 보여서 창피해도 어쩔 수 없었다. 땅이 까마득히 멀었다.

"스칼릿, 괜찮아."

나를 달래던 아이비가 갑자기 흥분해서 외쳤다.

"스칼릿, 저길 봐!"

나는 호기심에 고개를 들고 아이비가 가리키는 쪽으로 눈길을 돌렸다. 하얗게 눈이 휘날리는 하늘을 배경으로 굴뚝 위에 올빼미 한 마리가 앉아 있었다. 나를 바라보는 올빼미의 눈빛에 오랜 지혜가 담겨 있는 듯했다.

나는 뭔가 말하고 싶어 입을 열었지만 아무 말도 나오지 않았다. 우리가 가까이 다가갈 겨를도 없이 올빼미가 하늘로 퍼드덕 날아올랐다. 날개를 활짝 펴고 지붕 너머로⋯⋯ 세상 속으로 날아갔다.

눈이 모든 것을 하얗게 덮었다. 누군가가 흰색, 검은색, 그리고 얼어붙은 호수에 비친 차가운 하늘색을 제외하고 세상의 색을 모두 없애 버린 것 같았다. 올빼미는 새하얀 세상 위에 검은 그림자를 드리우며 땅으로 급강하했다. 한번 발아래 세상을 내려다보고 나니 눈길을 뗄 수가 없었다.

"괜찮아. 아무 일 없을 거야."

아이비가 나를 안심시키려는 듯 다독이는 목소리로 말했다. 하지만 나는 다른 생각에 정신이 팔려 있었다.

'해냈어!'

그 모든 일을 겪고 나는 이 자리에 다시 돌아왔다. 한때 온전히 내 것이었다가 빼앗기고 만 곳. 이렇게 돌아오기 전까지는 악몽에서만 마주하던 곳.

난 이곳을 되돌려받을 작정이다. 지금 당장.

지붕 위에 눈이 두툼하게 단단히 쌓여서 우리 발자국이 진하지 않았다. 다행이었다. 내가 생각하는 일을 실행할 수 있을 것 같았다.

나는 눈을 파내어 선을 긋기 시작했다. 아이비는 처음에는 멀뚱하니 쳐다보고 있다가 이내 나를 돕기 시작했다. 내가 뭘 하려는지 알아차린 모양이었다.

작업이 끝났다. 우리는 작품을 망가뜨리지 않도록 조심하면서 뒤로 물러섰다. 눈 위에 우리 둘이 함께 새긴 글귀가 선명하게 모습을 드러냈다.

위스퍼스.
작지만 분명한 속삭임.

감사의글

스칼릿과 아이비가 다시 만난 이야기를 쓸 수 있어 얼마나 기쁜지 모르겠어요. 바람 잘 날 없는 룩우드 기숙 학교의 두 번째 이야기를 쓰며 참으로 많은 도움을 받았습니다. 그분들께 이 자리를 빌려 감사의 말씀을 드리고 싶습니다.

책을 쓰는 과정 전반에서 저와 함께 열심히 일해 준 로런 포천, 이야기 기획에 큰 도움을 준 리지 클리퍼드. 이 두 사람은 정말 대단한 편집자랍니다. 책을 출간하고 독자의 손에 전달되도록 도와준 (그리고 근사한 파티 좀 열 줄 아는) 하퍼콜린스 출판사의 모든 분들까지.

룩우드 세계를 완벽하게 담아낸 멋진 그림을 그려 준 마누엘 숨베라츠, 엄청난 능력을 지닌 저작권 담당 에이전트 제니 새빌과 앤드루 넌버그 에이전시의 사랑스러운 직원 여러분. 저의 '작가 지원 그룹'인 배스 스파 대학교 어린이·청소년 문예창작 석사 과정 친구들, 레딧 작가님들, 트위터의 #ukmgchat 이용자 여러분. 여러분 없이 제가 어떻게 살까요?

끝없는 사랑과 지지를 보내 준 가족, 친구, 남편에게 특별히 고마운 마음을 전합니다. 여러분 모두에게 피자 한 판 빚졌어요.

마지막으로 테리 프래쳇 경에게 세계를 떠받치는 거대한 거북이만큼 큰 감사 인사를 드립니다. 그분의 책이 여러모로 제 인생과 글쓰기에 큰 영향을 미쳤답니다.

그리고 언제나 변함없이 독자 여러분, 고마워요.

소피 클레벌리

스칼릿과 아이비

② 벽 속의 속삭임

초판 1쇄 발행 2024년 11월 7일

지은이 소피 클레벌리 **옮김** 김경희
펴낸이 김태헌 **총괄** 임규근 **팀장** 정명순
책임편집 이인선 **기획** 석호주 **교정교열** 최미라 **디자인** 양X호랭DESIGN
영업 문윤식, 신희용, 조유미 **마케팅** 신우섭, 손희정, 박수미, 송수현 **제작** 박성우, 김정우
펴낸곳 한빛에듀 **주소** 서울특별시 서대문구 연희로2길 62 한빛미디어(주) 실용출판부
전화 02-336-7129 **팩스** 02-325-6300
등록 2015년 11월 24일 제2015-000351호 **ISBN** 979-11-6921-301-1 73840

이 책에 대한 의견이나 오탈자 및 잘못된 내용은 출판사 홈페이지나 아래 이메일로 알려 주십시오.
파본은 구매처에서 교환하실 수 있습니다. 책값은 뒤표지에 표시되어 있습니다.
한빛에듀 홈페이지 edu.hanbit.co.kr **이메일** edu@hanbit.co.kr

지금 하지 않으면 할 수 없는 일이 있습니다.
책으로 펴내고 싶은 아이디어나 원고를 메일(writer@hanbit.co.kr) 로 보내 주세요.
한빛미디어(주)는 여러분의 소중한 경험과 지식을 기다리고 있습니다.

제 품 명 스칼릿과 아이비 2권 **제조사명** 한빛미디어(주)
제 조 국 대한민국 **연 락 처** 02-336-7129
제조년월 2024년 11월 **대상연령** 8세 이상
주 소 서울시 서대문구 연희로2길 62
주의사항 책의 모서리에 다치지 않게 주의하세요.
*KC마크는 이 제품이 공통안전기준에 적합하였음을 의미합니다.